Il Tempo dei MAGHI

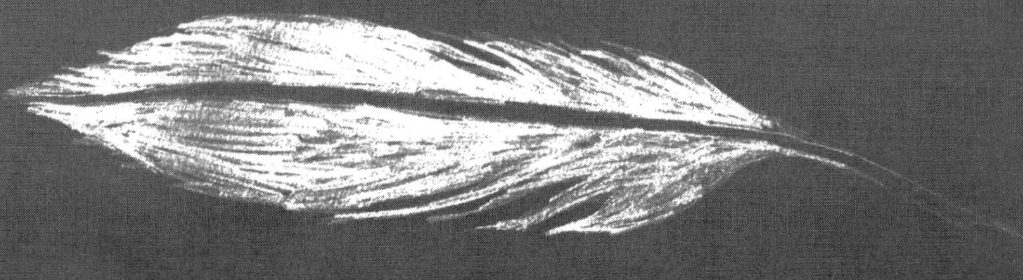

"Se vuoi che i tuoi figli siano intelligenti, leggi loro delle fiabe. Se vuoi che i tuoi figli siano più intelligenti, leggi loro più fiabe."

ALBERT EINSTEIN

Titolo originale: *THE WIZARDS OF ONCE*
Pubblicato per la prima volta in Gran Bretagna da Hodder Children's Books, un marchio di Hachette Children's Group e parte di Hodder and Stoughton
Carmelite House, 50 Victoria Embankment, London EC 4Y 0DZ
www.hachettechildrens.co.uk

Pubblicato per
Rizzoli
da Mondadori Libri S.p.A.

Prima edizione: marzo 2018

ISBN: 978-88-17-09931-8

Adattamento dell'edizione italiana di Davide Vincenti

Questo libro è dedicato a mio figlio Xanny,
un eroe il cui nome inizia con una X (anche se non sempre...).

Cressida Cowell

Il Tempo dei Maghi

Illustrazioni di Cressida Cowell

Traduzione di
Paolo Maria Bonora

Rizzoli

Questa storia
ha due protagonisti.

Il ragazzo, Xar, viene da una tribù
di Maghi, ma non ha la Magia
e farà DI TUTTO per ottenerla.

La ragazza, Desideria, viene
da una tribù di Guerrieri,

ma possiede un Oggetto Magico
proibito e farà di tutto
per nasconderlo.

otta marittima per l'ultima landa dei Giganti
LE ORME DEI GIGANTI
Rotte marittime
N
E
S
O
Il dolce sentiero
TERRITORI
MUCOSI
(IL LIQUA
Scogliere dell'Eternità
GIGANTICA
MONTAGNE DELLE STREGHE
Forte dei Nativi
Attenzione ai Nativi
BOS
MAGHI
Foreste del Persempre
Il dolce sentiero

TERRITORI
CONQUISTATI
DAI GUERRIERI
Da questa parte per la capitale dei Guerrieri
tagne Fantasma
IMPERO
GUERRIERO
Il dolce sentiero
Forte dei Guerrieri di Ferro
Grande Muro Fantasma
IL REGNO DI
SYCHORAX
Il viaggio di Desideria
O SELVAGGIO
BOSCO
MALEFICO
Accampamento dei Maghi
Il viaggio di Xar
Piccola radura
sinistra
REGNO
DI INCANZO
Fiume Frastagliato

Il Forte
dei Guerrieri
di Ferro
della Regina Sychorax
Il forte ha sette fossati
ed è circondato da una foresta infinita
abitata da spiritelli, giganti, Respirorchi
e qualcosa di peggio...

Ingresso delle segrete della Regina Sychorax
Casa di Desideria

Un tempo
esisteva
la Magia...

Prologo

Un tempo esisteva la Magia.

Succedeva tanto tanto tempo fa, su isole britanniche così antiche che ancora non sapevano di essere le isole britanniche: eppure la Magia già viveva nei boschi oscuri.

Forse pensi di sapere com'è fatto un bosco oscuro.

Be', ti dico subito che non lo sai. Erano boschi più scuri di quanto tu possa anche solo immaginare, più scuri di macchie d'inchiostro, più scuri della mezzanotte, più scuri dello spazio siderale, e contorti e aggrovigliati come il cuore di una Strega. Erano quelli che ora si conoscono con il nome di Bosco Selvaggio, e si estendevano in ogni direzione più di quanto riusciresti a pensare, fermandosi solo davanti al mare.

A quel tempo, nel Bosco Selvaggio vivevano due tipi di umani.

I Maghi, che avevano la Magia.

E i Guerrieri, che non l'avevano.

I Maghi avevano da sempre abitato il Bosco Selvaggio ed erano intenzionati a rimanerci in eterno, insieme a tutte le altre creature Magiche.

Finché non arrivarono i Guerrieri. Vennero dal mare e benché non avessero alcuna Magia, portavano con sé una nuova arma che chiamavano FERRO, e *il ferro era la sola cosa su cui la Magia non aveva effetto*.

I Guerrieri avevano spade *di ferro*, scudi *di ferro* e armature *di ferro*, e perfino la spaventosa Magia delle Streghe era inutile contro questo metallo.

All'inizio i Guerrieri combatterono le Streghe e le condussero all'estinzione dopo una lotta lunga e terribile.

Nessuno pianse la loro scomparsa, poiché le Streghe rappresentavano la Magia Malvagia, la peggior specie di Magia, quella che strappava le ali alle allodole e uccideva per divertimento, e avrebbe potuto mettere fine al mondo e a chiunque vi vivesse.

Ma i Guerrieri non si fermarono lì. Pensavano che, se una *certa* Magia era malvagia, allora TUTTA la Magia doveva esserlo.

Così i Guerrieri cercarono di eliminare anche i Maghi e gli orchi e i lupi mannari e la massa caotica e litigiosa di spiritelli buoni e cattivi che ardevano come piccole stelle nel buio, lanciandosi dispettosi incantesimi a vicenda; e i giganti che si muovevano lenti e cauti nel sottobosco, più grandi di mammut e pacifici come bambini appena nati.

I Guerrieri avevano giurato che non si sarebbero fermati finché non avessero DISTRUTTO FINO ALL'ULTIMO BRANDELLO LA MAGIA presente

Siete appena entrati

NELL'IMPERO DEI GUERRIERI DI FERRO

È VIETATO

OGNI TIPO DI MAGIA

in questo territorio.

SONO BANDITI SPIRITELLI, GIGANTI,
RESPIRORCHI,
GATTI DEI GHIACCI, LUPI MANNARI,
DENTIVERDI
(E QUALSIASI ALTRA CREATURA MAGICA).
VIETATO VOLARE,
VIETATI OGGETTI FATATI,
INCANTESIMI, MALEDIZIONI E SORTILEGI.
VIETATA LA MAGIA TUTTA.

Qualunque Mago entri in queste terre
potrà per sua sfortuna vedersi privare della testa.

Per ordine di Sua Maestà

Regina Sychorax

Regina Sychorax, Regina dei Guerrieri di Ferro

nell'intera foresta, che abbattevano più veloci che potevano con le asce di ferro per erigere forti e accampamenti e creare il loro nuovo mondo moderno.

Questo è il racconto di un giovane Mago e di una giovane Guerriera cui è stato insegnato fin dalla nascita a odiarsi a morte.

La storia ha inizio con la scoperta di una GIGANTESCA PENNA NERA.

Possibile che i Maghi e i Guerrieri siano stati così impegnati a combattersi tra loro da non notare il ritorno di un pericolo antico?

Possibile che quella penna sia davvero la penna di una Strega?

Possibile
che questa
sia
davvero
la penna
di una
strega?

Penna di Strega

Io sono un personaggio
di questa storia...
Che vede tutto
e sa tutto.
Non vi dirò
chi sono.
Vediamo se indovinate.

La storia inizia qui.

(Non perdetevi.
Questo bosco è PERICOLOSO.)

PRIMA PARTE

Disubbidienza

1. Una trappola per Streghe

Era una calda notte di novembre, troppo calda per le Streghe, o così almeno si raccontava. Le Streghe erano date per estinte, ovviamente, ma Xar aveva sentito dire quanto puzzavano e gli sembrava di avvertire quell'odore proprio ora, nella quiete del bosco oscuro: un lieve ma inequivocabile puzzo di capelli bruciati mescolati a topi morti da tempo e a un goccio di veleno di vipera: bastava sentirlo una volta per non dimenticarlo più.

Xar era un ragazzo selvatico, che apparteneva alla tribù dei Maghi. Cavalcava un enorme gatto dei ghiacci in un angolo di foresta così buio, intricato e ingarbugliato da essere conosciuto come Bosco Malefico.

Non si sarebbe dovuto trovare lì, perché il Bosco Malefico era territorio dei Guerrieri e se lo avessero preso, be', stando ai racconti che giravano lo avrebbero ucciso all'istante. Via la testa!, com'era gentile usanza di quella tribù.

Ma Xar non sembrava affatto preoccupato.

Era un ragazzaccio allegro, con un enorme ciuffo di capelli dritti sopra la fronte, tanto spettinati che sembrava sempre appena uscito da un invisibile uragano.

Il gatto dei ghiacci che cavalcava si chiamava Regatto, una nobile creatura dalla gigantesca forma di

Xar (pronunciato "Zar")
sta cavalcando una lince gigante

Caliburn, il corvo parlante di Xar

lince, decisamente troppo maestosa per il suo insolente proprietario. Regatto aveva zampe scintillanti così tonde da sembrare irreali e una pelliccia soffice come neve fresca, di un grigio argenteo che tirava sul blu. Correva rapido ma lieve attraverso la foresta, ruotando avanti e indietro le orecchie dalle punte nere perché aveva paura, anche se era troppo orgoglioso per darlo a vedere.

Proprio quel mattino il padre di Xar, Incanzo l'Incantatore, Re dei Maghi, aveva ricordato a tutti che era vietato a qualunque Mago mettere piede nel Bosco Malefico.

Ma Xar era il ragazzo più disubbidiente del regno dei Maghi delle ultime quattro generazioni, e i divieti servivano solo a incoraggiarlo.

Nelle settimane precedenti:

Xar aveva legato insieme le barbe di due Maghi tra i più anziani e rispettabili, mentre sonnecchiavano durante un banchetto. Aveva versato un filtro di Amore-Non-Mente nel mangime dei maiali, e gli animali avevano sviluppato una folle passione per l'insegnante che Xar più detestava, e ora lo seguivano ovunque con grugniti entusiastici e schiocchi di baci. Aveva accidentalmente dato alle fiamme l'ala ovest dell'accampamento.

La maggior parte di questi gesti non era stata intenzionale, o almeno non nel senso preciso del termine. Xar si era soltanto lasciato prendere la mano dall'eccitazione del momento.

Gatto dei ghiacci spaventato →
che si guarda attorno nella radura sicurissima

Eppure nessuno di quegli episodi era grave anche solo la metà di ciò che Xar stava facendo adesso.

Un grosso corvo nero gli volteggiava sulla testa.

«È proprio una pessima idea, Xar» disse il corvo. Si chiamava Caliburn e sarebbe stato uno splendido uccello, se il suo compito non fosse stato quello di tenere Xar lontano dai guai; una missione impossibile, così sfiancante che lui aveva cominciato a perdere le penne. «Non è giusto trascinare i tuoi animali e spiritelli e compagni Maghi tra questi pericoli…»

In quanto figlio di Re Incanzo e ragazzo di grande carisma, Xar aveva numerosi seguaci. Un branco di cinque lupi, tre gatti dei ghiacci, un orso, otto spiritelli, un enorme gigante di nome Frantumo e un gruppetto di giovani Maghi, che lo seguivano come ipnotizzati e tremavano impauriti, anche se cercavano di non darlo a vedere.

«Oh, ti preoccupi troppo, Caliburn» disse Xar, fermando Regatto e saltando giù dalla sua schiena. «Guarda questa adorabile radura… vedi? SICURISSIMA, proprio come il resto del bosco.»

Xar si guardò attorno con soddisfatta disinvoltura, come se si fossero fermati in una dolce valle boschiva, piena di conigli e

Ariel

Spremucco

cerbiatti giocherelloni, e non in una fredda, inquietante radura nella quale i tassi incombevano minacciosi e il vischio gocciolava come lacrime di stregone.

Gli altri Maghi sguainarono le spade e i gatti dei ghiacci, ringhiando, drizzarono il pelo spaventati fino a sembrare enormi vesce pelose. I lupi si muovevano inquieti, cercando di formare un cerchio protettivo attorno ai propri padroni.

Solo gli spiritelli più minuti condividevano l'entusiasmo di Xar, ma questo succedeva perché erano troppo giovani per capire la situazione.

Bomborombo

Non so se avete mai visto uno spiritello, quindi è meglio che ve li descriva.

Ce n'erano cinque più grandi, che somigliavano vagamente a figure umane incrociate con insetti eleganti e fieri. Se irritati o annoiati (cosa che succedeva spesso) baluginavano come stelle e dalle loro orecchie usciva un fumo viola. Erano così trasparenti che si vedevano i loro cuori pulsare.

Poi ce n'erano tre più piccoli, più giovani, che non essendo ancora adulti erano chiamati "fatine pelose". Quello che Xar preferiva era un esserino agitato e un po' stupido chiamato Spremucco.

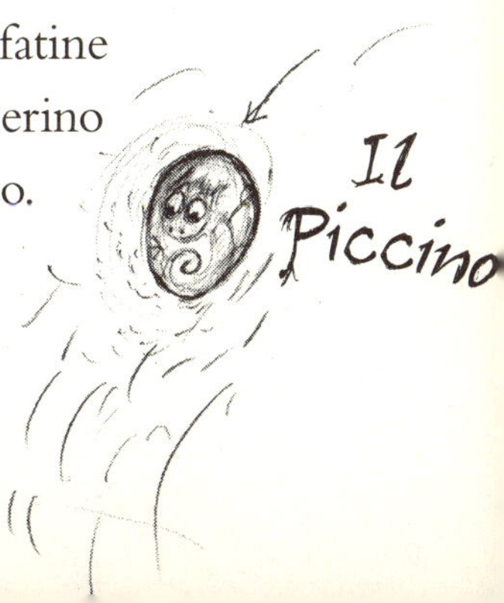

«Oooh è bellisimo! È bellisimo!» squittì Spremucco. «È la radura più terrignifivolosissimamente bella che abbia mai visto! Cos'è questo fiore affascinaressante? Fatemi indovinare! È un ranuncolo! È una margherita! È un geraniglio! È un cavolfiore!»

Volò fino ai rami di un albero particolarmente sinistro e si posò sull'orlo di uno dei suoi fiori carnosi, che aveva foglie dalle spine inquietanti sulla punta, ed era chiamato, infatti, Piastrappola spiritofaga. Il fiore si chiuse con la rapidità di una trappola per topi, catturando il povero Spremucco.

Frattanto Caliburn si era posato sulla spalla di Xar con un lungo sospiro.

«Non mi piace usare l'espressione "te l'avevo detto"» disse Caliburn. «Ma siamo in questa sicurissima radura nel Bosco Malefico da un minuto e mezzo e hai già perso un membro del tuo seguito per via di un fiore carnivoro.»

«Sciocchezze» ribatté Xar bonariamente. «Non l'ho perso. Essere un capo significa proprio questo. Ogni volta che un mio sottoposto si mette nei guai, io corro in suo aiuto perché è così che si comporta un capo.»

Xar si arrampicò sull'albero e, in precario equilibrio su un paio di rami piuttosto sottili e scricchiolanti, a sessanta metri da terra, sfoderò il

pugnale e aprì la Piastrappola spiritofaga, liberando in un batter d'occhio il piccolo Spremucco ansimante.

«Va tutto bene!» squittì Spremucco. «Va tutto BENE! Non mi sento più la gamba sinistra ma va tutto bene!»

«Non preoccuparti, Spremucco. Sono solo i succhi gastrici della Piastrappola: ti tornerà la sensibilità in un paio d'ore» disse Xar lasciandosi cadere a terra. «Visto? Sono un *grande* capo! Stammi accanto e andrà tutto bene.»

I giovani Maghi sembravano molto pensierosi.

In quel momento il fratello maggiore di Xar, Looter, emerse dall'ombra alle loro spalle, in groppa a un grosso lupo grigio; aveva un seguito di spiritelli, animali e giovani Maghi più ampio di Xar.

Xar s'irrigidì, perché odiava suo fratello.

Looter era molto più grosso di lui. Alto quasi come il padre, era un Mago brillante, bello e intelligente, e non si poteva certo dire che non se ne vantasse. Era, infatti, il Mago più tronfio che si possa immaginare e spesso faceva la spia per mettere nei guai Xar.

«Cosa ci fai *tu* qui, Looter?» lo aggredì Xar, sospettoso.

«Oh, ti ho soltanto seguito per vedere quale stupido e inutile piano avesse in mente il mio fratellino questa volta» biascicò Looter.

«I grandi capi come me non compiono *spedizioni*

Looter e Xar

inutili!» si infuriò Xar. «Siamo qui per un MOTIVO. E non sono affari tuoi, ma...»

Xar pensò di raccontare a Looter una qualche elaborata bugia, ma non poté fare a meno di darsi delle arie.

«Stiamo andando a catturare una Strega» si pavoneggiò.

Oooooooooh cielo oh cielo oh cielo oh cielo.

Era la prima volta che Xar raccontava davanti al suo seguito lo scopo della spedizione e la notizia fu accolta molto male.

Una *Strega*!

L'orso, i gatti dei ghiacci e i lupi impietrirono e iniziarono a tremare. Perfino Ariel, il più selvaggio e impavido degli spiritelli di Xar, schizzò in aria e scomparve per un momento.

«Ci sono delle Streghe in questa parte del Bosco Malefico, lo so» sussurrò Xar eccitato, come se una Strega fosse uno splendido regalo da offrire ai suoi compagni.

Seguì un lungo silenzio, ma a un tratto Looter e i Maghi che erano con lui scoppiarono a ridere.

Risero e risero e risero ancora.

«Oh, finiscila, Xar» disse infine Looter, quando ebbe ripreso fiato. «Lo sai anche *tu* che le Streghe sono estinte da secoli.»

«D'accordo» disse Xar, «e se qualcuna di loro fosse sopravvissuta e si fosse nascosta per tutto questo tempo? Guarda! Guarda cos'ho trovato ieri qui nella radura!»

Con grande cautela, sfilò dallo zaino una penna nera davvero gigantesca.

Era enorme: somigliava a quella di un corvo ma molto, molto più grande. Di un nero inchiostro, che sbiadiva all'estremità in un verde scuro e brillante, il colore della testa di un germano reale.

«È la penna di una Strega...» sussurrò Xar.

Looter sfoderò il migliore dei suoi sorrisi di superiorità.

«È solo la penna di qualche grosso vecchio uccello» lo canzonò, «un Corvo Gigante, forse. Ci sono un bel po' di strane creature che vivono nel Bosco Malefico.»

Xar aggrottò la fronte e appese la penna alla cintura.

«Non ho mai visto un uccello così grande» disse brontolando.

«Sciocchezze» sorrise Looter. «Solo uno scemo senza cervello come te non lo sa: le Streghe sono state eliminate per sempre.»

Caliburn volteggiò fino a posarsi sulla testa di Xar.

«Per sempre, parole grosse» disse.

«Lo vedi?» disse Xar trionfante. «Caliburn è un Uccello dei Presagi, che può leggere il futuro e il passato, e *lui* non pensa che le Streghe siano scomparse per sempre.»

«Tutto quel che so è che, se le Streghe *non* si fossero estinte per chissà che motivo, sarebbe meglio non incontrarne una in un luogo come questo» disse Caliburn, rabbrividendo. «A cosa ti serve una Strega, Xar?»

«Io catturerò una Strega» ribadì Xar, «le ruberò la Magia e la userò su me stesso.»

Ci fu un altro silenzio inorridito.

Alla fine Looter parlò. «*Questo*, fratellino, è il peggior piano che abbia mai sentito nell'intera storia dei piani.»

«Sei solo geloso di non averci pensato tu» replicò Xar.

«Ho giusto un paio di domande» disse Looter. «Innanzitutto, come farai a catturare la Strega?»

«Con questa» disse Xar, tirando fuori dallo zaino una rete e sventolandola davanti a tutti. Di certo non gli mancava l'*entusiasmo*. «Uno di noi si offrirà volontario per farsi ferire leggermente, così il sangue attirerà la Strega...»

«Oh, fantastico» sorrise Looter. «Quindi hai intenzione di ferire uno di quei poveretti dei tuoi compari? In una foresta piena zeppa di lupi mannari deliranti e Respirorchi Sniffasangue? Andiamo, sei pazzo da legare. Questo piano è patetico tanto quanto te...»

Xar lo ignorò. «E quindi intrappolerò la Strega in questa rete quando attaccherà. L'altra domanda?»

«Ok, seconda domanda» disse Looter. «Nessun Mago vivente ha mai visto una Strega, quindi come fai a sapere che aspetto ha?»

Xar aprì lo zaino e ne estrasse un libro delle dimensioni di un atlante, intitolato *Il Libro degli Incantesimi*.

Ogni Mago ha il proprio *Libro degli Incantesimi*, che gli viene regalato alla nascita. Quello di Xar era davvero malconcio. Un angolo era invisibile (era accidentalmente finito in una pozione dell'invisibilità), la copertina era talmente bruciacchiata che si poteva a malapena leggere il titolo (era successo quando Xar aveva dato fuoco all'ala ovest) e molte pagine erano volanti o si stavano staccando in più punti (conseguenza di troppe avventure per elencarle ora).

Xar aprì il libro alla pagina dell'indice, che aveva le ventisei lettere dell'alfabeto vergate in una grafia dorata molto grande. Compitò la parola "Streghe" battendo l'indice su ognuna delle lettere e, *frrrrrrrrrrr*, le pagine cominciarono a voltarsi per quello che sembrò un tempo infinito, come un interminabile mazzo di carte, finché non arrivò quella giusta.

«Che strano, non dice che aspetto hanno… ma sono verdi, credo» disse Xar.

Alcuni sostenevano che le Streghe potessero diventare invisibili e avessero sangue acido. Altri che sprizzassero quel sangue dagli occhi.

«Sono sicuro che ne riconosceremo una quando la vedremo» disse Xar, chiudendo con impazienza il *Libro degli Incantesimi*. «Tanto sono piuttosto orrende, no?»

«Meravigliosamente orrende» rispose Caliburn con voce grave. «Le creature più terrificanti che abbiano mai calcato questa terra.»

«Quindi, anche se tu catturassi *davvero* questa Strega, come pensi di convincerla a lasciar perdere la sua Magia?» chiese Looter. «Immagino che delle Streghe, che emettono acido sangue verde e sono le creature più terrificanti che abbiano mai calcato la terra, non

rinuncerebbero alla propria Magia per fare un favore a te.»

«*Aha*» disse Xar con aria astuta. «Ci ho già pensato.»

Con un gesto teatrale si mise un paio di guanti, infilò le mani nello zaino e ne estrasse… un pentolino.

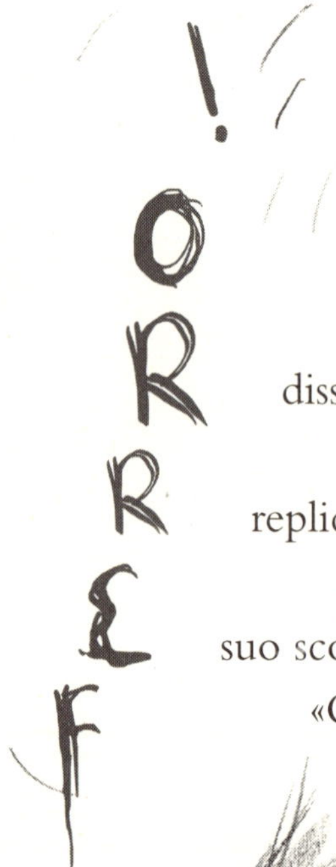

Un nuovo silenzio.

«Ti rendi conto che è un pentolino?» disse Looter.

«Questo non è un semplice pentolino» replicò Xar, sentendosi furbo.

E fece un respiro profondo prima di dare il suo sconvolgente annuncio.

«Questo pentolino è fatto di FERRO…»

La maggior parte dei Maghi fece un passo indietro, inorridita. Gli spiritelli strillarono, allarmati. Looter fu l'unico a non mostrarsi impressionato. Anzi, si mise a ridere così forte che sembrava sul punto di cadere all'indietro. «È uno spasso… stai andando a catturare una Strega con un pentolino!» rideva.

«Altro che "grande capo",

Xar, sei solo un bugiardo, un incapace, la vergogna di nostro padre… e io so benissimo perché speri tanto di rubare la Magia a una Strega. C'è un Torneo di Incantesimi alla Festa d'Inverno stasera e *TU* non sai fare Magie. XAR NON SA FARE MAGIE!» lo schernì Looter.

Xar arrossì d'imbarazzo, poi divenne livido di collera.

Il fatto che non sapesse ancora fare alcuna Magia era uno di quei punti dolenti e segreti che vorresti nessuno scoprisse mai. I figli dei Maghi non nascevano Magici; la Magia compariva verso i dodici anni. Xar ne aveva *tredici* e ancora non si era manifestata.

Ci aveva provato e riprovato. Aveva passato ore a tentare azioni semplicissime, tipo spostare gli oggetti con la mente. Ma era come se la Magia fosse un muscolo che lui non possedeva. «Rilassati» gli dicevano tutti. «Rilassati e vedrai che ce la farai.» Ma era come provare a muovere gli oggetti con le braccia senza averle.

E da un po' di tempo gli era sorta un'altra preoccupazione: e se non fosse MAI successo? Era

piuttosto improbabile, ma che disgrazia sarebbe stata per l'intera famiglia se al Re Incantatore fosse nato un figlio SENZA MAGIA?

Il solo pensiero gli dava la nausea.

«Povero piccolo Xar» lo canzonò Looter, maligno. «Pensa di essere grande ma non sa fare nessunissima Magia...»

«Verrà anche a me la Magia!» sibilò Xar. «Ma nel frattempo giuro» sbraitò, strizzando gli occhi dalla rabbia al punto da non vederci quasi più, «GIURO che catturerò una Strega e ne spremerò tanta Magia, Looter, che ti CANCELLERÒ dalla faccia della terra!»

«Ah sì?» ghignò Looter. Infilò una mano nello zaino e ne estrasse una bacchetta. Le bacchette di un Mago erano lunghe all'incirca come un bastone da passeggio e attraverso di esse i Maghi veicolavano la Magia.

«I tuoi incantesimi non possono avere effetto su di me finché tengo in mano del FERRO!» ruggì Xar, lanciandosi verso Looter per colpirlo con il pentolino.

Aveva perfettamente ragione ma, purtroppo per lui, mentre correva inciampò nei rovi e il pentolino gli sfuggì dalle mani inguantate volando oltre la testa di Looter e finendo nel sottobosco.

Looter puntò la bacchetta contro Xar mormorando un incantesimo. Il suo corpo tremò

mentre la Magia lo attraversava, per poi incanalarsi lungo le mani e percorrere la bacchetta: ne uscì una violenta saetta Magica che andò a colpire le gambe del fratello.

Xar si bloccò, i piedi incollati al terreno dall'incantesimo.

I compagni di Looter ridevano a crepapelle.

«*LASCIAMI ANDARE!*» urlò Xar, cercando di liberare i piedi che si erano come tramutati in piombo.

«Non credo che lo farò» sorrise Looter.

Allora Xar perse la pazienza.

Schioccò le dita e...

ROOOOOOAARRR!

Prima ancora che qualcuno potesse anche solo pensare di reagire, Regatto si lanciò su Looter, le fauci spalancate, trecentosessanta chili di argentea bestia assassina. Looter urlò di terrore e si ritrovò inchiodato a un albero, con il muso spaventoso del gatto a pochi centimetri di distanza e quattro artigli affondati nella spalla come coltelli da cucina. Stava già sanguinando.

Nessuno degli animali o degli spiritelli del suo seguito aveva fatto in tempo a intervenire per proteggerlo.

«Un altro schiocco di dita» sbottò Xar, «e Regatto ti stacca la testa.»

«Imbroglione!» si lamentò Looter. «Hai barato! Non puoi usare gli animali per attaccare un altro Mago!»

«*LASCIAMI ANDARE!*» urlò Xar.

Ora Looter era arrabbiato quanto Xar. Ma cosa poteva fare?

Puntò la bacchetta verso il fratello e cancellò l'incantesimo, liberandogli i piedi; soltanto allora Xar fece cenno a Regatto di mollare Looter.

«Sei pazzo… pazzo da legare…» ringhiò Looter, dopo che la bestia lo ebbe lasciato cadere a terra, e si mise a guardare i quattro fori sanguinolenti sulla propria spalla. «Il tuo animale mi ha MORSO! Se solo OSI

partecipare a quel Torneo giuro che ti ANNIENTERÒ...»

Looter si voltò verso i compagni di Xar. «Chi vuole unirsi a ME invece che starsene qui con questo rimbambito e la sua stupida trappola per Streghe?» urlò.

A uno a uno i compagni di Xar si allontanarono da lui per seguire Looter e salirono in groppa ai suoi lupi e gatti dei ghiacci, borbottando frasi come: «Scusa, Xar, è un'impresa un po' troppo folle perfino per me» oppure «Se le Streghe non si sono estinte sono comunque Magia Malvagia, Xar, non dovremmo essere qui...».

«Visto?» disse Looter trionfante. «Un grande capo deve avere qualcuno da guidare, e nessuno vuole seguire uno svitato senza Magia. Buona fortuna con la tua *Strega*, povero illuso.»

E Looter se ne andò in groppa al suo lupo, seguito dalla maggior parte degli altri Maghi.

«Codardi!» ringhiò Xar, quasi in lacrime dalla rabbia. Corse nel sottobosco a recuperare il pentolino

e agitò i pugni verso Looter e gli altri. «VI FARÒ VEDERE IO! CATTUREREMO UNA STREGA, PRENDEREMO LA SUA MAGIA E ALLORA SAREMO TALMENTE MAGICI *DA POTER VOLARE SENZA ALI*!»

Xar si girò con un sospiro verso i compagni rimasti, che erano piuttosto malconci.

Perché Looter doveva sempre rovinare tutto?

Con Xar erano restati in pochissimi, solo tre giovani Maghi la cui Magia non si era ancora manifestata: una ragazza di nome Eliotropa e due ragazzi, Fretto e Fosco, un giovanotto grosso dalle orecchie enormi

Buona fortuna con la tua STREGA, povero illuso...

che aveva compiuto diciassette anni senza mostrare nessunissima traccia di Magia, ed era un pochino sciocco.

«Mio fratello mi ha lasciato con i più incapaci» disse Xar sconsolato.

«Molto carino da pare tua, Xar» replicò Fretto.

«Potremo davvero volare senza ali?» chiese Fosco, agitando le braccia.

«Ovvio che sì» promise Xar, sfregandosi le mani eccitato, perché in lui lo sconforto non durava mai a lungo. «Quei codardi si pentiranno di averci lasciati qui…»

«Fosco, tu sei il più grosso, quindi sarai tu a scavare di più» ordinò Xar. «Fretto, temo che toccherà a te essere ferito lievemente per attirare la Strega. E se qualcosa va storto…»

«Pensavo avessi detto che quest'impresa era del tutto sicura» disse Fretto, sospettoso.

«Be', niente è DEL TUTTO sicuro…» si affrettò a replicare Xar. «In fondo è la vita a essere pericolosa, no? In fondo, potremmo morire anche arrampicandoci su un albero, come ho fatto io poco fa.»

«Ma non ci stiamo per arrampicare su un albero!» esclamò Caliburn dall'alto mentre i tre giovani Maghi si preparavano a seguire gli ordini di Xar. «Siamo penetrati nel territorio dei Guerrieri per cercare di catturare la più terrificante creatura che abbia mai calcato questa terra!»

Poi Caliburn sospirò.

Nessuno gli avrebbe dato retta.

Si appollaiò su un ramo infilando il capo sotto l'ala, come se, non vedendo ciò che succedeva, il futuro potesse non arrivare mai.

Ma il vecchio uccello sapeva, naturalmente, che non avrebbe funzionato.

Occhiobuio

Gli spiriti di Xar

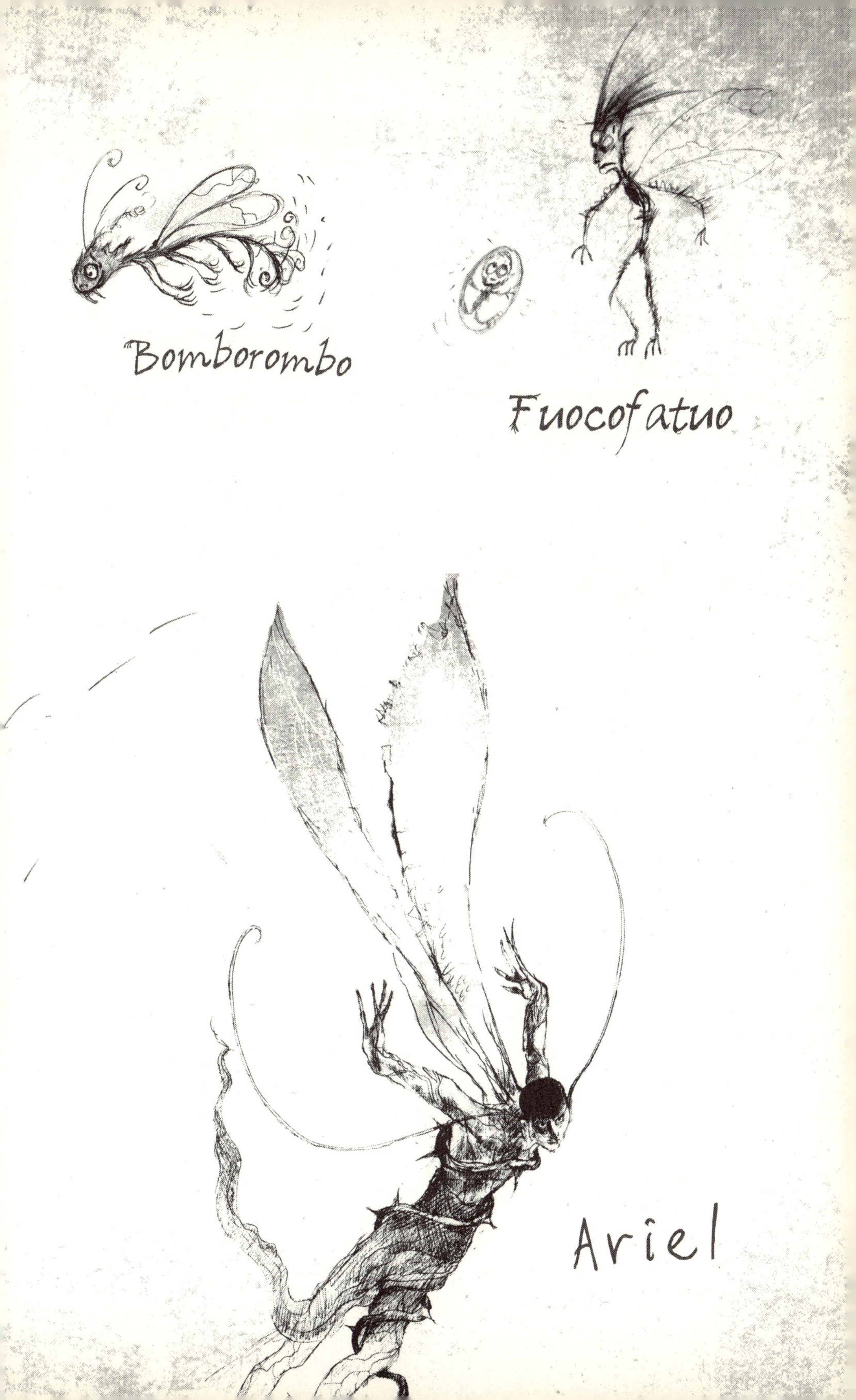
Bomborombo
Fuocofatuo
Ariel

2. Un Guerriero di nome Desideria

Nel frattempo un pony robusto e terrorizzato, con due Guerrieri in groppa, era uscito di nascosto dal Forte dei Guerrieri di Ferro col favore delle tenebre.

In teoria i Guerrieri non lasciavano mai il forte dopo il crepuscolo, perché avevano una paura tremenda della Magia che popolava il bosco.

Il forte era la più imponente struttura difensiva che si possa immaginare, protetta da tredici torri di guardia e circondata da sette fossati scavati nei fianchi della collina. Questi Guerrieri dovevano avere proprio una gran paura della Magia per costruire una fortezza del genere, bianca come un osso, con feritoie sottili come le pupille di un gatto maligno!

Eppure il pony era riuscito a sgattaiolare fuori senza farsi vedere dalle sentinelle, che percorrevano il cammino di ronda del forte sferragliando nervosamente. E forse, chissà, quelle sentinelle avevano *proprio ragione* a scrutare l'immensa foresta che le avvolgeva, a fissare, osservare, cercare di scorgere ciò che poteva nascondere.

Perché qualcosa di MOLTO CATTIVO stava osservando il pony, nascosto tra le cime degli alberi.

Ma è troppo presto per rivelarvi l'identità di questo *qualcosa*.

Qualcosa di MOLTO CATTIVO
stava osservando il pony…
nascosto tra le cime degli alberi…

C'erano molte creature cattive che vivevano nel Bosco Malefico. Magari era un mostrogatto. Magari era un lupo mannaro. O forse un rorco (i rorchi sono più o meno come gli orchi ma molto più terrificanti).

Solo il tempo ce lo dirà.

Ma non c'è da stupirsi che il pony avesse attirato l'attenzione di questo *qualcosa*.

Perché in effetti trottava per il sottobosco facendo un gran rumore e a sobbalzargli in groppa c'erano una Principessa Guerriera, piccola e magra, e la sua Viceguardia del Corpo, Stiletto. Indossavano mantelli rossi sopra le armature, che li facevano risplendere come stelle nel verde cupo della foresta.

Nulla avrebbe potuto farli risaltare di più, se non forse un grande bersaglio sulla testa o un cartello con la scritta: "MANGIATEMI, O MOSTRI AFFAMATI DEL BOSCO MALEFICO".

La principessa aveva un nome lungo e regale, ma tutti la chiamavano Desideria.

In teoria le principesse Guerriere dovevano essere altissime e terrificanti, proprio come la madre di Desideria, la Regina Sychorax.

Ma lei non era né spaventosa né imponente.

Aveva un visetto curioso, decisamente troppo interessato al mondo che la circondava, e capelli che si allungavano in tutte le direzioni come se fossero elettrizzati.

L'occhio sinistro era coperto da una benda, e l'altro sembrava sempre alla ricerca di qualcosa.

«Non dobbiamo uscire dal forte da soli *di giorno*, figuriamoci di notte!» disse Stiletto gettando uno sguardo nervoso dietro di sé. Stiletto non era, in realtà, la vera guardia del corpo della strana principessa. Quella solita si era presa una brutta influenza autunnale.

Stiletto era arrivato a ricoprire la posizione molto ambita di sostituto della guardia reale all'età di soli tredici anni, perché era molto diligente ed era risultato il migliore della classe agli esami di Arte Avanzata della Guardiologia.

A ogni modo questa era la prima volta che svolgeva effettivamente il compito per cui si era preparato e lo trovava più impegnativo di quanto avesse pensato.

Innanzitutto, la principessa non voleva fare ciò che le si diceva.

Benché avesse studiato sodo, in realtà Stiletto non amava granché combattere, e al solo pensiero di trovarsi in una situazione in cui c'era un alto rischio di dover usare la violenza gli veniva una leggera nausea.

«Potrebbero esserci lupi mannari o mostrogatti o giganti in giro!» disse Stiletto. «E poi ci sono orsi e giaguari e Maghi e Respirorchi… e perfino i nani possono essere spiacevoli da incontrare quando cacciano in branchi.»

«Oh, non essere così pessimista, Stiletto!» replicò la principessa. «Torneremo indietro non appena avremo trovato il mio cucciolo. È tutta colpa tua, comunque. Sei tu che lo hai spaventato dicendo che avresti svelato tutto a mia madre, e così è scappato!»

«Stavo solo cercando di evitare che ti cacciassi ancora di più nei guai!» disse Stiletto. «Non puoi tenere animali domestici! È contro le regole dei Guerrieri!»

Stiletto credeva davvero nelle regole. Sperava di fare carriera, passando da Viceguardia del Corpo a Difensore della Casata, e di sicuro infrangere le regole non era il modo migliore per avere successo.

«E soprattutto non puoi tenere *quel tipo* di animale domestico…»

«Dev'essere spaventato a morte» si preoccupò Desideria. «Non potevamo certo lasciarlo nel Bosco Malefico, tutto solo e impaurito, e magari ora lo sta pure inseguendo qualche creatura dalle fauci fameliche…» Poi a un tratto urlò, trionfante e sollevata: «AHA! ECCOLO!».

Tirò le redini del pony e lo fece fermare per chinarsi a raccogliere da terra qualcosa che correva nel sottobosco. «Grazie al cielo!» Lo accarezzò dolcemente e lo calmò con qualche verso rassicurante, come a dire: "Non preoccuparti, va tutto bene, sei al sicuro ora, sei con me…"; quel genere di versi che potrebbero

tranquillizzare un cane o un gatto o un coniglio terrorizzati per aver corso da soli nel Bosco Malefico dopo il tramonto del sole d'autunno.

Il suo cucciolo, però, non era né un cane né un gatto e nemmeno un coniglio.

«Il tuo animale domestico è un CUCCHIAIO!» obiettò Stiletto.

La Viceguardia del Corpo aveva ragione.

Il cucciolo era, effettivamente, un grosso cucchiaio di ferro.

«È proprio vero» ammise Desideria, come se l'avesse notato soltanto allora. Si raddrizzò sul pony e lucidò il cucchiaio con la manica.

«Ed è un cucchiaio VIVO, Principessa, è *vivo*!» disse Stiletto, scosso da un brivido d'orrore mentre lo osservava. «Il che significa che è un oggetto Magico, incantato, assolutamente proibito. Non hai visto i cartelli appesi in tutto il forte? Niente Magia! Niente oggetti incantati! Niente animali! Qualunque accenno di Magia va denunciato subito a un'autorità superiore, per poter fare rapporto e liberarcene per sempre!»

«Non sono convinta che sia proprio Magico...» disse Desideria speranzosa. «È solo un po' *flessibile*...»

«Ma ovvio che è Magico!» replicò Stiletto. «I cucchiai *normali* non saltano su e giù per farsi accarezzare! I cucchiai *normali* si limitano a starsene fermi e aiutarti a mangiare la cena! Guarda questo! Mi sta facendo un inchino!»

«È proprio vero» disse Desideria. «Dimmi tu se non è intelligente!»

Stiletto tirò un sospiro molto, molto profondo. «Qui non si tratta di intelligenza. Questo è infrangere talmente tante regole che non so neanche da dove cominciare! Dove lo hai trovato?»

«È spuntato in camera mia, un giorno, come se fosse un topo o qualcosa del genere, così gli ho dato del latte e da allora mi segue ovunque... Ed è bello, visto che prima del suo arrivo mi sentivo un po' sola. Non ti sei mai sentito solo, Stiletto?»

«Be', in realtà sì» ammise Stiletto. «Da quando ho brillato negli esami e sono stato

Prima del suo arrivo mi sentivo un po' sola...

nominato tua personale Viceguardia del Corpo, tutte le altre Viceguardie dicono che mi sono montato la testa e ora non mi parlano più e… *Aspetta un attimo!* Non è questo il punto!» Stiletto scosse la testa. «Il punto è che se all'improvviso nel forte spunta un oggetto incantato, dovresti subito dirlo a tua mamma, la Regina Sychorax, in modo che lei possa eliminarne la Magia. NON prenderlo con te come animale domestico!»

Al sentir nominare la Regina Sychorax, il cucchiaio iniziò a dibattersi come impazzito dal terrore e si infilò nella giubba di Desideria, per nascondersi sotto l'armatura, lasciando spuntare soltanto la parte concava che era la testa, illuminata da un alone di luce Magica.

«Guarda, lo hai spaventato di nuovo!» disse Desideria. «Comunque, non credo che voglia rinunciare alla Magia.»

«Ma è un processo del tutto indolore» disse Stiletto.

«Ma lui non vuole» replicò Desideria.

«Benissimo» disse Stiletto incrociando le braccia con determinazione. «In tal caso devi liberarlo. Il suo posto è qui in questa giungla spaventosa insieme a tutti gli altri mostri e alle cose Magiche. È questa la sua gente. E qui punto i piedi, Principessa. Non puoi assolutamente riportarlo al forte. Non puoi tenere questo cucchiaio come animale da compagnia. È contro le regole e finirai in terribili guai se qualcuno lo scopre.»

Desideria aveva un'aria molto triste. «Ma io in un certo senso mi identifico con lui perché è come me, è fuori posto e non si integra con gli altri cucchiai...»

«Non si integra con gli altri cucchiai perché è *vivo*, Principessa, è *vivo*!» la interruppe Stiletto.

«Tutti gli altri Guerrieri mi ignorano» continuò Desideria. «Tu e questo cucchiaio siete i miei unici amici. Se perdo il cucchiaio mi resti solo tu.»

«Be', in teoria io non posso essere tuo amico perché *tu* sei una principessa e *io* un servo e queste sono le regole» le spiegò Stiletto.

«Quindi, se lascio libero il cucchiaio, perdo il mio unico amico!» disse Desideria.

«Va bene, Desideria.» (Stiletto era così irritato che si dimenticò di chiamarla "Principessa".)

Era tempo di farle un discorsetto.

«Tu mi piaci, so che hai buone intenzioni, ma diciamolo, la ragione per cui non hai amici è che sei un po' strana e gli strani non hanno un gran successo al Forte dei Guerrieri. Devi cercare di essere più normale. E il primo passo per essere normale è *liberarti del Cucchiaio Incantato.*»

Desideria tentò un'ultima, disperata difesa.

«Anche mia madre ha degli oggetti incantati!» disse. «Guarda questa!»

Con orrore di Stiletto, Desideria sguainò una grossa spada da parata.

Non era una spada qualsiasi. L'elsa era rovinata e fuori moda, ma sotto la patina verdastra di sporcizia si vedeva che era molto bella ed elaborata, con foglie intrecciate di vischio e di altri alberi sacri.

Su un lato della lama erano incise queste parole, con una grafia antica ed elegante:

Un tempo c'erano le Streghe…

E quando Desideria la voltò, sull'altro lato era inciso:

… ma io le ho uccise.

«*Dove hai trovato questa spada?*» chiese Stiletto ammirato.

«Be', è stato piuttosto bizzarro, in effetti. L'ho trovata per terra nella corte principale ieri pomeriggio e non sembrava che appartenesse a nessuno, perciò l'ho presa.»

«*Non hai sentito l'annuncio che hanno fatto a colazione? Diceva che è sparita una preziosissima spada dalle segrete di tua madre.*» Stiletto fremette. «*Non hai pensato che potesse essere QUESTA? Non ti sei chiesta se raccogliere in giro cose che non ti appartengono non sia come RUBARE?*»

«Ma sì, certo» ammise Desideria, accarezzando la spada con desiderio. «Volevo solo tenerla un altro pochino, facendo finta che fosse mia. Io sono così normale e questa spada è speciale ed è bello possedere qualcosa di speciale, non pensi?»

«*No, non penso! Pensare è PERICOLOSO! I Difensori della Famiglia Reale stanno rivoltando il forte come un guanto in cerca della spada che hai RUBATO!*» disse Stiletto strabuzzando gli occhi.

«Non l'ho rubata, l'ho solo *presa in prestito*. Stavo anzi per restituirla, ma tu hai spaventato il cucchiaio e ho pensato che forse avremmo avuto bisogno di un'arma speciale per andare nel Bosco Malefico da soli. Credo proprio che si tratti di una Spada *Incantata*» concluse Desideria raggiante. «Se perfino mia madre possiede oggetti incantati significa che non c'è nessun problema!»

«Ma la tua spaventosa madre non tiene quella spada come animale domestico!» urlò Stiletto, agitando le lunghe braccia secche. «Non si tengono animali domestici nelle SEGRETE! L'ha chiusa a chiave laggiù per tenerla al sicuro!»

Desideria fissò la spada con aria leggermente preoccupata, come se ci fosse arrivata solo in quel momento. «Oh... sììììì... Ora che mi ci fai pensare potresti anche avere ragione. Sembra proprio una cosa tipica di mia madre... A lei le cose Magiche non è che piacciano troppo, sai?»

«Dove hai vissuto negli ultimi tredici anni?» sospirò Stiletto. «Ci sono avvisi enormi appesi per tutto il forte: non puoi non averli notati! Tua madre ODIA A MORTE la Magia! Tua madre DETESTA la Magia! Ha giurato che non si fermerà finché non avrà liberato L'INTERA FORESTA DA OGNI CREATURA MAGICA!»

LA SPADA INCANTATA
Un tempo c'erano le streghe...
Su un lato c'è scritto questo
... ma io le ho uccise.
Sull'altro c'è scritto
QUESTO

Desideria aggrottò la fronte. «Sì, e devo dire che non è che lo capisco troppo. Certo, anche se esiste la Magia cattiva, non significa che sia TUTTA cattiva!»

«Non ti si chiede di capire!» strillò Stiletto. «Sei un GUERRIERO! Non ti si chiede di fare domande! È molto semplice: devi soltanto obbedire alle regole.»

A un tratto Desideria sembrò molto abbattuta.

Il cucchiaio, ora sulla sua testa, si piegò a guardarla.

«Accidenti, hai ragione» disse la principessa con voce triste. «Ho combinato un altro pasticcio, vero, Stiletto?»

«Proprio così!» disse lui, e si affrettò ad aggiungere «Vostra Altezza», perché nell'agitazione del momento si era dimenticato ciò che aveva imparato su "Come Rivolgersi Correttamente alla Famiglia Reale".

Era questo il problema con Desideria.

Ogni volta che trascorrevi del tempo con lei, ti ritrovavi a infrangere regole su regole senza neanche accorgertene.

«Se mia madre dovesse scoprirlo si infurierebbe tantissimo, vero?» chiese Desideria, sempre più triste.

«Tantissimissimo» concordò Stiletto, rabbrividendo al pensiero.

Accidenti, ho combinato un altro pasticcio, vero, Stiletto?

«Vorrei essere NORMALE, come tutti gli altri» disse Desideria. «Cosa posso fare per rimediare?»

Stiletto tirò un sospiro di sollievo, perché sembrava che alla fine la principessa stesse usando un po' di buonsenso.

«Bene, non essere triste, non tutto è perduto» disse, dando a Desideria una pacca sulla spalla per consolarla. «Non avevi capito che era una cosa sbagliata. Ma devi liberare il cucchiaio ADESSO e riportare subito la spada al forte e smettere di fare cose del genere e diventare una Principessa Guerriera come si deve e… Aspetta… Cos'è stato?»

Udirono un improvviso rumore sopra le loro teste, come un ramoscello che si spezza al passaggio di *qualcosa*.

Erano così immersi nella discussione che si erano dimenticati di non essere al sicuro nel Forte dei Guerrieri di Ferro, in attesa di una cena succulenta (i Guerrieri avevano una vera passione per il cibo).

Erano da soli nel Bosco Malefico, di notte.

Si resero conto solo allora che qualcuno li stava osservando.

All'inizio di questo capitolo – correggetemi se sbaglio – ho accennato o no al fatto che *qualcosa* di molto cattivo e pericoloso li stava osservando in silenzio, nascosto tra le cime degli alberi?

Desideria sentì un brivido freddo lungo la schiena e i capelli le si drizzarono sulla nuca come gli aculei di un riccio. Guardò intorno a sé gli alberi neri e silenziosi, i loro rami ritorti e nodosi come le dita di un goblin.

Alzò lo sguardo e non vide nulla, tranne forse l'aria sopra di loro che si scuriva e si addensava, quasi che fosse soffocata da qualcosa di orribile, com'era in effetti. Dal cuore di quella densità pulsante s'irradiava un gelo mai avvertito prima.

Più gelido degli abissi dell'oceano artico, più gelido del ghiaccio, più gelido delle calotte polari, più gelido perfino della morte stessa.

La nebbia ghiacciata che veniva dall'antico passato del bosco s'insinuò sotto l'armatura di Desideria e le entrò come morte nelle ossa.

Era la sua immaginazione o l'aria sopra di loro stava GHIGNANDO?

Il cucchiaio si rizzò sulla testa di Desideria e annusò l'aria.

Di colpo si irrigidì come se avesse percepito qualcosa di terribile, e andò a nascondersi sotto l'armatura della ragazza.

Desideria si mise l'elmo.

«Corri, pony, corri!» squittì.

Il pony, esausto, scattò avanti e, colto dal terrore, si gettò in un galoppo barcollante e sgraziato.

Chiunque li avesse visti avrebbe potuto pensare che erano impazziti, perché non sembrava che ci fosse niente di cui aver paura.

In realtà stava accadendo qualcosa di molto strano.

Desideria e Stiletto non vedevano niente sopra di

loro, a parte il cielo notturno, le stelle e gli alberi, ma qualcosa nel modo in cui i rami si muovevano suggeriva che una presenza invisibile li stesse agitando con violenza.

L'aria che soffiava sulle loro teste era così fredda che bruciava la fronte, e mentre il pony galoppava sempre più veloce il vento dietro di loro iniziò a fare uno strano rumore, mai sentito prima.

«Vedi, Stiletto, non sei contento del fatto che ho portato la spada? Sapevo che ci sarebbe stata utile!» disse Desideria ansimando e cercando di non farsi prendere dal panico.

«Contento? Contento?! In questo momento potremmo esser seduti tranquilli a cenare nel salone d'onore del forte – mi pare che oggi ci fosse l'hamburger di cervo, il mio piatto preferito – e invece questo pony sta correndo nella direzione sbagliata!» si agitò Stiletto. «Il forte è dall'altra parte!»

Ma *chissà-cosa* non voleva che tornassero al forte, così li spingeva sempre più in profondità, verso il cuore del Bosco Malefico.

«Qualcuno lo sa che siamo qui?» urlò Stiletto, che aveva estratto l'arco e scoccava inutili frecce all'aria, benché fosse un pessimo arciere e non riuscisse a vedere il suo bersaglio. «Manderanno delle pattuglie a cercarci?»

«Temo di no» disse Desideria, guardandosi alle spalle per capire chi o cosa li stesse inseguendo, «non prima di domattina, comunque. Ho detto a mia madre che sarei andata a letto presto perché avevo mal di testa.»

«Fantastico» disse Stiletto, «fantastico. In effetti temo che stia venendo un po' di mal di testa anche a me, ora... Non preoccuparti, Principessa... non devi preoccuparti. Sono qui per proteggerti...»

Desideria agitò il cucchiaio in direzione del *chissà-cosa.*

Poteva anche essere una Principessa Guerriera un po' bislacca, ma il coraggio non le mancava.

«NON TI CONVIENE SEGUIRCI, QUALSIASI COSA TU SIA!» urlò a quel nulla scricchiolante e spaventoso. «Perché NOI abbiamo un *CUCCHIAIO INCANTATO*!»

«*La spada*, Principessa» disse Stiletto a denti stretti. «La spada sembra più temibile...»

«*E una* SPADA!» urlò Desideria, brandendo l'arma con la mano destra e il cucchiaio con la sinistra. «Una spada talmente pericolosa che MIA MADRE LA TENEVA CHIUSA NELLE SEGRETE!»

Quelle parole non fecero altro che aizzare ancora di più *chissà-cosa*, perché il vento che soffiava sulle loro teste diede un ululato famelico e l'*essere* divenne ancora più rapido.

«Niente paura, Principessa!» urlò Stiletto, tremando di paura a tal punto che quasi non riusciva a incoccare la freccia sull'arco. «È una brutta situazione ma *io* ti salverò perché in quanto Viceguardia del Corpo della Principessa sono stato addestrato nella più Avanzata Arte della Guardiologia.»

Purtroppo per lui, Stiletto scoprì in quella situazione disperata di avere un terribile difetto come futura Guardia del Corpo. Il problema era che si addormentava di colpo nelle situazioni di estremo pericolo.

Aveva a malapena finito di pronunciare l'ultima sillaba di quel coraggioso discorso che crollò sulla spalla della principessa, con un sonoro russare.

«Stiletto!» urlò lei. «Cosa stai facendo???»

Il ronfo continuò.

«Stiletto!» strillò Desideria. «Svegliati SUBITO!»

Stiletto si ridestò con uno scatto, mormorando: «Dove? Cosa? Come?».

«Il Bosco Malefico...» ansimò la principessa. «Inseguiti... qualcosa di terribile... Arti Avanzate di Guardiologia...»

«Oh, certo! Sono stato addestrato con cura proprio per affrontare situazioni in cui si tratta di vita o di morte!» esclamò Stiletto. Incoccò un'altra freccia ma purtroppo si riaddormentò mentre prendeva la mira, perciò cadde in avanti e colpì il povero pony nel posteriore.

Non ti conviene seguirci!
Perché NOI abbiamo
un cucchiaio Incantato!

Il pony emise un nitrito di protesta quando la freccia lo graffiò, e si diede a una corsa ancora più disperata nella foresta nera come la pece.

Il cuore di Desideria batteva forte come quello di un coniglio e la principessa nemmeno si accorse che i rovi le stavano riducendo gli abiti a brandelli lasciandole lunghi graffi sulle gambe.

Il pony raggiunse un gelido torrente e si fece strada tra i cespugli spinosi per gettarsi nell'acqua – benché fosse così fredda da bruciare come fuoco – nella speranza che la cosa-che-li-stava-inseguendo perdesse le loro tracce.

Salì poi sull'altra riva, e riprese a galoppare nell'oscurità.

"Oh vischio viticchioso..." pensò Desideria terrorizzata.

"Non avrei mai dovuto farlo.

"C'è una ragione se la Magia è proibita.

"C'è una ragione se i Guerrieri non possono uscire di notte.

"C'è una ragione se il Forte dei Guerrieri di Ferro è costruito così."

Sentiva il cuore battere talmente forte che sembrava dovesse schizzarle fuori dal petto da un momento all'altro.

«Più veloce! Più veloce!» incitò, così angosciata che respirava a malapena.

All'improvviso il pony giunse in una radura. L'ululato del vento produceva ora uno stridio simile al fastidioso sfregamento del gesso sulla pietra, un rumore che cresceva, come se si preparasse ad attaccare.

Cresceva e cresceva…

SCRIIIIIIIIIIIIIIIIIITCH!!!

Era un rumore incredibile: sembrava che l'aria stessa venisse lacerata come un enorme foglio di carta.

Atterrita, Desideria si voltò per affrontare l'assalitore brandendo la spada…

Sentì un urlo umano provenire alle sue spalle e…

E, improvvisamente, tutto accadde molto in fretta.

3. La Penna di Strega inizia a brillare

«Okay, comincio a essere un po' stufo» disse Fretto. Se ne stava sdraiato fingendo di essere ferito accanto a una rete nascosta, che era la trappola per Streghe di Xar. «Siamo qui da ore!»

«Urla "Aiuto!" con più disperazione» ordinò Xar dal suo nascondiglio dietro a un albero vicino.

«Posso ferirlo se vuoi» ghignò Tempestizza mettendo in mostra le sue piccole zanne. «Sembra appetitoso.»

«Sto bene così, grazie» replicò Fretto con astio. «Rassegnati, Xar, forse le Streghe sono davvero estinte come dicono tutti... Si sta facendo davvero tardi. A dire la verità mi preoccupano più i Guerrieri delle Streghe.»

«Non temere» disse Xar, allegro. «FRANTUMO CI AVVISEREBBE SE CI FOSSERO PROBLEMI, VERO, FRANTUMO?»

Il compito di Frantumo era di tirare la corda della rete se mai una Strega li avesse assaliti e di fare la guardia. Il gigante era molto alto, quindi Xar doveva urlare per farsi sentire.

«Mmmmmh...» disse Frantumo pensieroso. «In effetti un problema C'È.»

Ma Xar non riuscì a sentirlo perché il gigante era troppo lontano e parlava mooolto mooolto lentamente. (I giganti vivono in una dimensione temporale un po' diversa da quella degli altri.)

A ogni modo non importava, perché Xar non lo stava ascoltando comunque e il problema a cui si riferiva Frantumo non c'entrava molto con quelli che si poneva Xar.

Alcuni credono che solo perché i giganti parlano lentamente siano stupidi. Be', si sbagliano di grosso. I giganti sono enormi e tendono ad avere ENORMI pensieri, e Frantumo era un gigante Altopasso Grancamminante, tra i pensatori più profondi che ci siano.

"Dunque il problema" pensava Frantumo "è questo: l'universo smetterà prima o poi di espandersi o andrà avanti all'infinito?"

(Ve l'ho detto che era un ENORME problema.)

"Se lo spazio è infinito e le stelle sono infinite" pensava Frantumo, "ciò significa che c'è anche un infinito numero di Frantumi? Com'è possibile e quali implicazioni può avere?"

Il che era di sicuro interessantissimo, ma purtroppo significava che, nonostante Frantumo stesse tenendo in mano la corda, la sua mente vagava tra le stelle e non badava ai pericoli che potevano essere in agguato.

Un gigante Altopasso Grancamminante non è la vedetta ideale.

«Ancora un altro po', Fretto» sussurrò Xar con una scintilla negli occhi. «Ci sono delle Streghe qui attorno... sono certo di sentirne l'odore...»

Xar chiuse gli occhi e annusò l'aria.

"Vi prego" pensò, "vi prego, divinità degli alberi e dell'acqua. Non sapete quanto sia dura crescere in un mondo pieno di Magia senza averne neanche un po'. Tutti ti deridono o ti compatiscono. Vi prego, fate che sia una Strega perché ho bisogno di Magia. Voglio che mio padre sia orgoglioso di me."

In quel preciso momento gli spiritelli di Xar schizzarono fuori dal buio e si misero a vorticare attorno alla sua testa come una Magica nuvola luminescente, con gli occhi rosso fuoco, ronzando come un nido di vespe: «*Sssstregheeeeeee... Sssstregheeeeeee... Sssstregheeeeee...*».

«Lo sapevo!» esclamò Xar eccitato. «Fuori le bacchette, spiritelli! Archi in posizione! Stanno per attaccarci!»

«No, non è vero» sospirò Eliotropa, che era ormai stufa di Xar e dei suoi folli progetti e voleva solo tornarsene a casa. «Le Streghe sono estinte... lo sanno tutti...»

Ma Fretto, sdraiato a terra, si rese conto che all'improvviso l'aria intorno a lui era diventata talmente gelida da farlo rabbrividire.

«Non muoverti, Fretto!» lo incoraggiò Xar. «Stai andando alla grande. Sembri proprio una vittima. Vedrai che le Streghe si lasceranno ingannare! Frantumo, tieniti pronto!»

Silenzio.

«FRANTUMO!!!»

«Sì? Penso di avere appena avuto un'illuminazione» annunciò Frantumo, infilando la testa al di sotto delle cime degli alberi con una lentezza da lumaca se misurata in tempo umano ma con sorprendente rapidità per un gigante, perché era molto emozionato. «Sono incline a pensare che l'universo potrebbe essere FINITO...»

«Frantumo! Non ora! E ti avevo detto di non fare ragionamenti profondi!» tagliò corto Xar. Quando il gigante faceva ragionamenti profondi la sua testa iniziava a ardere e fumare come un incendio boschivo, e questo significava che i Guerrieri nemici o i Respirorchi o, per l'appunto, le Streghe avrebbero potuto scoprirli.

«Siamo sotto attacco!» urlò Xar esasperato.

«Oh!» Frantumo si risvegliò dai suoi giganteschi sogni a occhi aperti, si ricordò dove si trovava e strinse la corda.

Ciò che nessuno notò, in mezzo a tutta quella agitazione, fu l'enorme penna nera che dondolava appesa alla cintura di Xar.

Se qualcuno l'avesse osservata in quel momento avrebbe notato che aveva iniziato a BRILLARE nel buio, debole ma inquietante.

Ci dev'essere per forza una spiegazione ragionevole e scientifica per questo fenomeno…

Ma a una penna di corvo non sarebbe successo, qualunque fossero le dimensioni del corvo.

4. La trappola per Streghe cattura qualcosa

Ecco ciò che accadde dal punto di vista di Xar. Era in attesa, nascosto dietro a un albero, tremante di eccitazione.

Gli spiritelli ronzavano sempre più forte, vorticandogli attorno al viso, urlando: «*Streghestreghestreghestreghestreghestreghestreghe!!!!!*».

Si udì un rumore di zoccoli e *qualcosa* entrò nella radura alla luce della luna, troppo veloce per riuscire a fermarsi. Se Xar avesse potuto distinguerlo con chiarezza, avrebbe visto zampe di pony, un doppio corpo umano e un'enorme indistinta nuvola al di sopra.

Che razza di mostro era?

Fretto era impietrito dal terrore, non poteva muoversi, l'avrebbe travolto…

SCRRRRRITTTCCCH!!!

Si sentì uno strappo: sembrava che l'atmosfera venisse stracciata come un pezzo di carta.

E in quel momento i sensi di Xar furono sopraffatti dal più fetido odore che possiate immaginare: cadaveri in decomposizione e uova marce e puzza d'ascelle e piedi non lavati di uomo morto da sei settimane, mentre un urlo lacerante, come di cinquecento volpi in agonia, gli penetrò nel cervello e si mise a vibrargli dentro tanto che gli sembrava di impazzire.

"Cosa sta succedendo???" pensò con la piccola parte della mente che ancora era in grado di ragionare.

Fretto si rannicchiò come un riccio, proteggendosi la testa con le braccia in modo piuttosto patetico, come per salvarsi da ciò che emetteva QUEL rumore e QUELL'odore.

Xar urlò in direzione di Frantumo.

E poi tutto accadde in un attimo.

La nuvola, o vento che fosse, ululò più forte. Chissà cos'era? Forse Xar aveva ragione ed era davvero una Strega... Ma *chissà-cosa* continuò a strillare e nello stesso esatto momento i sette spiritelli lanciarono incantesimi con le loro bacchette contro il centro della radura, come fruste di fuoco bianco o lucciole supersoniche, e Frantumo tirò come un pazzo la corda e ci fu un'enorme esplosione...

BANNNNNNGGGGGG!!!

Xar si gettò pancia a terra dietro l'albero per ripararsi.

Si udì un potente stridore.

Qualcosa rimbalzava per la radura, qualcosa di stranamente grosso e scuro e piumato, che si fermò con un grido acutissimo e orrendo.

Nuvole di fumo nero e verde riempirono l'aria, e Xar si alzò in piedi tossendo.

Appesa nel mezzo della radura c'era la sua trappola per Streghe, con Frantumo che faceva da contrappeso all'altra estremità della corda.

Qualcosa si dibatteva all'interno della trappola e tutto attorno alla rete c'era un campo di forza rosso come il sangue, rosso come le fiamme.

"Cosa diamine è successo?" si chiese Fretto, tossendo, mezzo soffocato dall'odore e incapace di credere di essere ancora vivo.

«Ha funzionato!» esclamò Xar, tentando di rimettersi in piedi e ringraziando la sua buona stella. «Oh cielo... Ha FUNZIONATO! Ce l'abbiamo fatta... Abbiamo davvero catturato una Strega... È il campo di forza... Basta, spiritelli, è del tutto inutile continuare...»

In effetti gli incantesimi degli spiritelli, mandando scintille, stavano cercando di fendere la densa nube. Ma l'aria era sempre più rossa e diventava appuntita, come fatta di spine vive e fiammeggianti.

Fretto guardò la rete che si dimenava e deglutì spaventato. «Oh per il vischio e tutte le piante rampicanti, forse Xar ce l'ha fatta davvero. Forse ha davvero catturato una Strega! Meglio scappare.»

Si tirò su, saltò in groppa al proprio gatto dei ghiacci e scappò via, proprio come Eliotropa e Fosco.

Avevano dato per scontato che Xar li seguisse, ma lui era l'unico ragazzo al mondo a essere tanto folle da rimanersene in una radura con una vera Strega.

«Sei GENIALE! Sei MERAVIGLIOSO! Sei il migliore del MONDO! Ehm… cosa facciamo ora, capo?» chiese Spremucco, un po' ansioso.

Persino Xar aveva paura adesso, ma avrebbe preferito morire che ammetterlo di fronte ai suoi spiritelli e animali.

«Circondate la Strega!» ordinò.

Pur lamentandosi a gran voce, gli spiritelli circondarono la rete con un cerchio di fuoco e Xar si costrinse a mettere un piede davanti all'altro e avvicinarsi, con le mani così sudate per la paura che quasi fece cadere il pentolino.

Nella radura c'era un odore così spaventoso che sembrava di nuotare in un'orrida zuppa solforosa.

Xar si fermò sotto la rete, fissandola mentre ondeggiava lenta sopra di loro, avanti e indietro, avanti e indietro…

A sorpresa,
quattro inconfondibili
zampe di CAVALLO
penzolavano dai buchi della rete.

«Wow…» sussurrò Xar. «Chi l'avrebbe mai immaginato? Le Streghe non sono uccelli, assomigliano più a dei centauri.» Poi urlò, facendo la voce grossa e agitando il pentolino con mano tremante: «Okay, Strega! Non tentare nulla di stupido! Sei circondata e ho in mano un'arma temibile fatta di FERRO!».

Dopo un attimo di silenzio, una vocina stridula che veniva dalla rete disse: «Io *non sono* una Strega… Le Streghe sono estinte! Lo sanno tutti… Perché ci hai attaccati? Cosa vuoi?».

«Be', ovviamente una Strega non è certo così sciocca da AMMETTERE di essere una Strega, giusto?» disse Xar. «Non cercare di imbrogliarmi, Strega!»

«Non ti sto imbrogliando» replicò la voce, meno stridula e decisamente più indignata. «Il mio nome è Desideria, non Strega. Se le Streghe esistessero *davvero* sarebbero verdi, comunque, sai? Sangue acido e penne e tutto il resto.»

Ci fu un'altra pausa. «Be', che razza di mostro sei allora?» chiese Xar. «Una specie di centauro?»

«No, no» rispose la voce. «È solo il mio pony. Credo sia svenuto. Il mio amico Stiletto e io stavamo attraversando la foresta quando all'improvviso qualcosa si è messo a inseguirci… LASCIACI ANDARE!»

Uffa. Non era una Strega. Era stato tutto inutile. Il suo odioso fratello aveva ragione su tutta la linea e quella serata era stata una perdita di tempo.

«Lasciali andare, Frantumo, qualsiasi cosa siano» sospirò, annientato dalla delusione.

Frantumo calò piano la rete. Il pony non era svenuto, poveretto: era stato colpito da uno degli

incantesimi narcotizzanti di Tempestizza e dormiva russando fragorosamente.

Ma Xar vide che c'erano anche due esseri umani nella rete. Il primo, che era piccolo e portava un'armatura da capo a piedi, si alzò barcollando dietro il pony, per poi liberarsi della rete brandendo una grossa spada ornamentale; dietro di lui ce n'era un altro poco più alto, magro come un rastrello e anche lui infilato in un'armatura, che si stava rialzando come se si fosse appena svegliato.

Noi sappiamo che si trattava di Desideria e Stiletto (Stiletto quello alto, Desideria il più basso con la spada).

Ma Xar non aveva mai incontrato un Guerriero prima di allora. E non avrebbe mai immaginato che anche Desideria e Stiletto potessero essere gli eroi di questa storia, proprio come lui.

Vide soltanto che i due erano ricoperti di placche di ferro e portavano spade di ferro e quindi dovevano essere Guerrieri, e Xar era stato educato a odiare i Guerrieri come fossero veleno poiché erano il nemico.

Perfetto.

Dopo essere passato in fretta dalla paura all'eccitazione alla delusione, ora Xar si sentiva prudere le mani dalla voglia di COMBATTERE.

Se non poteva catturare una Strega, poteva quantomeno uccidere un nemico.

«*GUERRIERI!*» urlò con ferocia strizzando gli occhi e stringendo il pentolino in mano. Poi estrasse una pesante bacchetta di quercia dallo zaino.

«Guerrrrrrrrieri... Guerrrrrrrrieri... Guerrrrrrrrieri...» sibilavano gli spiritelli, brucianti di rabbia rossa. «Ucciderli... Ucciderli... Ucciderli...»

«È un *MAGO con le sue creature*!» urlò Stiletto spaventato, indicando Xar e mettendosi tra lui e Desideria per proteggerla. «E sembrano aggressivi!»

Lo erano di certo, e Desideria fissava, impietrita dal terrore, gli spiritelli brucianti d'ira, che avevano lunghe zampe lambite dalle fiamme e sprizzavano scintille tutt'attorno; i lupi, l'orso e i gatti dei ghiacci ringhiavano mostrando i denti; e sopra di loro, molto sopra di loro, l'enorme figura di un gigante si stagliava contro il cielo.

Erano in disperato svantaggio numerico e per di più, a quanto si diceva, i giganti mangiavano gli esseri umani. Gli spiritelli potevano portarti a morte lenta con la Magia e con una sola occhiata un gatto dei ghiacci ti faceva capire che era in grado di farti a pezzi. Desideria aveva una Spada Incantata ma sapeva di non essere una brava spadaccina e, ammettiamolo, Stiletto non si era dimostrato di grande aiuto come guardia del corpo.

Non avevano scampo.

«Non preoccuparti, Principessa!» gridò Stiletto sprezzante del pericolo. «Di loro mi occupo io!»

Sollevò la lancia e brandì la spada.

Avanzò minaccioso.

Poi vide il gigante.

Si impietrì in quella sua posa da Guerriero temibile.

Batté le palpebre due volte.

E infine le chiuse, la testa gli cadde in avanti e lui la seguì le-e-ento come un albero abbattuto, tagliando a metà la lancia con la spada per errore.

Rimase steso a terra con la bocca aperta.

Xar lo fissò sbalordito.

«Gatti! Lupi! A me!» ordinò. Gli animali lo circondarono con il pelo ritto, pronti ad attaccare. «Orso! Bloccalo a terra! Potrebbe essere una finta!»

L'orso appoggiò una zampa sul petto di Stiletto e gli si sedette sopra.

«Spiritelli! Lasciate fare a me! Mostrerò a questi infidi Guerrieri come si combatte!» urlò Xar e si lanciò contro Desideria, pentolino in una mano, bacchetta nell'altra. Lei parò il colpo con la Spada Incantata e il duello ebbe inizio.

Desideria scoprì che combattere con una Spada

Incantata era molto più semplice che farlo con un'arma normale. La Spada Incantata poteva anticipare gli affondi del pentolino o della bacchetta e pararli, indirizzando la ragazza.

La spada la strapazzò di qua e di là, e lei la impugnava con entrambe le mani, come se si tenesse stretta alla coda di un toro imbizzarrito.

Caliburn era preoccupatissimo e svolazzava sulle teste dei duellanti, gracchiando: «La Spada Incantata!

Attento, attento alla Spada Incantata! Non deve toccarti! C'è qualcosa di strano in quella spada!».

«Una Spada Incantata!» ansimò Xar. «Impossibile!»

Come faceva un *Guerriero* a combattere con una Spada Incantata? I Guerrieri non usavano la Magia.

La Spada Incantata fece un ultimo lungo affondo contro Xar e finalmente lo disarmò. La bacchetta finì roteando nel sottobosco, seguita dal pentolino.

«Ti arrendi?» chiese Desideria, puntando la Spada Incantata contro il viso del ragazzo.

«Mi arrendo» rispose lui a denti stretti.

«Non fidarti! I Maghi sono degli imbroglioni!» gridò Stiletto, che si era risvegliato dal torpore ma era ancora intrappolato sotto l'orso.

Desideria ignorò il consiglio, si rilassò, fece un passo indietro e abbassò la spada.

Il che fu un grave errore. Stiletto aveva ragione. Di Xar era meglio non fidarsi.

«Regatto! Occhiobuio! Attaccate!» urlò Xar non appena vide che la spada si abbassava.

Regatto balzò avanti e schiacciò Desideria al suolo. La forza del colpo le sfilò di mano la Spada Incantata che, non appena il contatto si interruppe, perse ogni potere e cadde a terra, fredda e senza vita come una spada qualsiasi.

Xar la raccolse mentre trecentosessanta chili di lince argentea, nella forma di Regatto, si abbassavano su Desideria e le aprivano l'elmo con le zanne, come uno schiaccianoci con una noce.

Le due metà caddero a terra e Xar si ritrovò a fissare il viso di una buffa ragazzina con una benda su un occhio.

«È una ragazza!» esclamò sorpreso.

Gli spiritelli scoppiarono a ridere: «Xar stava per essere battuto da una ragazza...».

Desideria invece si ritrovò a guardare un ringhiante gatto dei ghiacci e un giovane Mago che teneva la Spada Incantata sopra la testa con un gesto teatrale.

«E ora» disse il Mago, «ti arrendi *tu*?»

5. Dove le cattive stelle si incrociano e i mondi si scontrano...

«Nemmeno per sogno!» disse Desideria. «Hai BARATO!»

«I Maghi non seguono le regole dei Guerrieri» rispose Xar.

«Imbroglione di un Mago!»

«Guerriera malefica!»

«Lanciatore di maledizioni!»

«Avvelenatrice del bosco!»

«Mangiabambini!»

«Distruttrice di Magia! Che i denti del Grande

Orco Grigio possano ridurti in pezzi più piccoli degli occhi di una pulce su una mosca!» la maledì Xar.

Entrambi erano stanchi e intirizziti e si erano appena presi un enorme spavento. La paura si era tramutata in rabbia, come accade spesso, e cominciarono subito a lanciarsi il tipo di insulti e brutte parole che Maghi e Guerrieri si scambiavano fin da quando i Guerrieri avevano attraversato il mare e i due popoli si erano affrontati nei boschi per la prima volta, secoli prima.

Xar era rosso in viso per la stizza e brandiva la spada sul capo di Desideria con tanta sicurezza che Stiletto urlò: «NON UCCIDERLA! È LA FIGLIA DELLA REGINA SYCHORAX E SE LA UCCIDI LA VENDETTA DELLA REGINA SARÀ TERRIBILE!».

Xar guardò Desideria con stupore. «Una figlia della Regina Sychorax...? Ma non può essere!»

La Regina Sychorax era una leggenda nella foresta, famosa per la sua crudeltà e la sua forza di Guerriera. Come poteva quello scricciolo di ragazzina essere la figlia della temibile Regina Sychorax?

«Figlia della Regina Sychorax! Uccidila uccidila uccidila...» sibilavano gli spiritelli volandole vicino, pronti a scagliare i loro più letali incanti. Sarebbe bastata una sola parola di Xar.

Xar si era sempre vantato che se avesse incontrato un nemico lo avrebbe ucciso all'istante.

Ma le vanterie sono una cosa.

E uccidere *per davvero* una ragazza in carne e ossa della tua stessa età che è chiaramente terrorizzata anche se cerca di non darlo a vedere, con una spada che le hai appena strappato con l'inganno… be'… è decisamente un'altra cosa. E Xar capì che non avrebbe mai potuto farlo.

"I miei *antenati* l'avrebbero fatto" pensò, roso dal senso di colpa. "*Looter* non avrebbe esitato."

Si fermò, incerto.

E in quel momento, con sua ulteriore sorpresa, si vide attaccato da quello che sembrava *un cucchiaio*, che lo aggredì con ferocia e si mise a dargli delle gran botte sulla testa.

«Ritiro il mio cucchiaio se tu ritiri il tuo orso» ansimò Desideria.

Con grande delusione degli spiritelli, che strillavano come trombe, Xar abbassò la Spada Incantata e fece cenno all'orso, che lasciò andare Stiletto con un grugnito. Il Cucchiaio Incantato smise di picchiare Xar sulla testa, gli fece un piccolo inchino di scuse e tornò saltellando da Desideria.

Il Mago e i Guerrieri si fissarono meravigliati, ancora ostili e sospettosi ma anche curiosi.

«Io sono Desideria, figlia di Sychorax, Regina dei Guerrieri» disse Desideria, «e questa è la mia Viceguardia del Corpo Stiletto. Tu chi sei?»

«Io sono Xar il Magnifico, figlio di Incanzo, Re dei Maghi» rispose Xar. «E questi sono i miei compagni. I miei lupi, il mio orso e i miei gatti dei ghiacci: Regatto, Occhiobuio e Cuordibosco. Il mio corvo, Caliburn. Il mio gigante, Frantumo. E i miei spiritelli: Ariel, Senapensiero, Tempestizza, Fuocofatuo e Temperso.»

Gli spiritelli volteggiarono maliziosi attorno alle teste dei Guerrieri, mandando scintille e fiamme minacciose.

«Non dimenticarti di noiiiiiii…» squittì Spremucco.

«Ah sì, anche loro sono spiritelli, ma sono così piccoli che li chiamiamo fatine pelose» spiegò Xar. «Bomborombo e il Piccino e…»

«Spremucco!» sussurrò Spremucco all'orecchio di Stiletto, all'improvviso e in modo inquietante. Le lunghe antenne dell'esserino sfiorarono Stiletto, che rabbrividì e agitò le mani invano per scacciarlo.

Desideria sospirò di invidia nel vedere il seguito di Xar, soprattutto gli spiritelli.

Allungò una mano verso quello che Xar aveva chiamato Spremucco, che era un esserino bizzarro, peloso come un bombo.

E purtroppo Spremucco la morse.

«Wow!» esclamò Desideria, succhiandosi il dito. «Gli spiritelli sono più tosti di quanto immaginassi. Sono quasi violenti… e non sembra che io gli piaccia granché.»

«È ovvio che non gli piaci, stupida Guerriera!» disse Xar. «La tua malefica madre cattura i nostri giganti e nani e spiritelli con le sue trappole terribili e noi NON LI RIVEDIAMO PIÙ!»

«Ma mia madre non uccide gli spiritelli che cattura» disse Desideria. «Toglie soltanto loro la magia posandoli su una Pietra-che-Elimina-la-Magia che conserva nelle segrete.»

La voce di Desideria si spense quando si ricordò che non avrebbe sopportato di veder cancellata la Magia del suo cucchiaio.

«Ed è un processo del tutto indolore» le venne in soccorso Stiletto.

«E tu pensi che *tutto questo* non li uccida?» sibilò Tempestizza. «Perché non togliere loro anche il cuore? Uno spiritello senza Magia è uno spiritello senz'anima.»

Oh cielo… Desideria non voleva pensarci ora; sembrava tutto così triste.

«Ma la Magia li rovina» disse senza convinzione, «e la usano per maledirci… e i giganti mangiano le persone… È per questo che mia mamma li cattura, me lo ha detto lei.»

Xar e gli spiritelli scoppiarono a ridere di fronte alla sua ignoranza. «I giganti non mangiano le persone!»

Desideria alzò lo sguardo verso il gigante, piena di meraviglia.

E con orrore di Stiletto, quello la prese tra due dita usando una grande delicatezza e la sollevò in aria. Lei avrebbe dovuto essere spaventata. Ma il gigante si muoveva così piano e le sue dita parevano così grandi e sicure che Desideria provò una forte esaltazione per quella nuova esperienza, mentre veniva sollevata su, su, SU al di sopra delle cime degli alberi.

«Guardati attorno e guarda in basso» disse il gigante. «Cosa ti sembra importante da quassù?»

Desideria guardò al di là delle enormi dita che la tenevano stretta e il respiro le morì in gola per la sorpresa di vedere il mondo da un punto di vista del tutto diverso. Il manto del bosco si allungava per chilometri e chilometri in ogni direzione e il cielo notturno sopra di lei era trapunto di stelle che sembravano non finire mai. Laggiù in basso, gli umani erano grandi come spiritelli e gli spiritelli erano solo pulviscolo brillante. Uno degli umani – Stiletto – stava urlando qualcosa – «METTILA. SUBITO. GIÙ!» – ma era un grido così lontano che Desideria lo udiva a malapena e l'agitazione del ragazzo le appariva, da dov'era ora, sbagliata e inutile.

«La foresta è importante» disse, «e le stelle…»

«Hai ragione» sorrise il gigante. Poi aggiunse: «Guardami negli occhi. Ti sembro il tipo di persona che potrebbe mangiare un essere umano?»

Il viso del gigante era coperto da una ragnatela di rughe e linee d'espressione che ricordavano i sentieri tracciati su una vecchia mappa, e i suoi occhi erano dolci e saggi.

«No» rispose Desideria.

«Hai di nuovo ragione» disse il gigante. «A differenza degli orchi, noi giganti siamo vegetariani.»

Frantumo sorrise e strappò un albero. Fece un sorriso ancora più grande quando l'intero albero scomparve nella sua enorme bocca, che masticava rami come fossero erbette. «Mol-to più di-ge-ri-bi-le» disse sognante.

Nella mente di Desideria era stato gettato il primo seme del dubbio: forse non tutto ciò che le era stato insegnato sulle creature Magiche era vero. Alzò lo sguardo verso il gigante, che rideva di gusto alla propria pessima battuta.

«Frantumo non mi sembra il nome adatto per te» disse.

«È l'abbreviazione di Frantumaproblemi» spiegò lui.

«Stai bene?» strillò Stiletto, ansioso.

«Certo che sto bene» disse Desideria mentre il gigante la riportava con dolcezza a terra. «Questo gigante è DAVVERO innocuo…»

Possibile che i Guerrieri si fossero sempre sbagliati riguardo alla Magia? Ci poteva essere un altro modo di guardare le cose, diverso dal loro?

Desideria stava cambiando la propria visione del mondo e momenti del genere sono sempre difficili.

«Non ascoltarli, Principessa!» disse Stiletto. «*Ci hanno fatto un incantesimo! Vogliono farci vedere le cose dal loro punto di vista!*»

Anche Xar era pensieroso.

«I Guerrieri vogliono distruggere qualsiasi forma di Magia.» Aggrottò la fronte, fissando la Spada Incantata che aveva tra le mani. «Una Principessa Guerriera non dovrebbe avere con sé un oggetto Magico.»

«Non dovrebbe proprio!» esclamò Stiletto. «È da un po' che glielo dico.»

«Sta' attento con quella Spada Incantata, Xar» gracchiò Caliburn. «C'è qualcosa che non quadra... me lo sento nelle piume...»

Abbassando lo sguardo sulla lama, Xar si rese conto di colpo che Caliburn aveva ragione, c'era davvero qualcosa di strano in quella spada, qualcosa di così strano e insolito e decisamente MISTERIOSO che quasi la fece cadere dall'emozione.

«Oddio, Caliburn!» esclamò. «È incredibile! Te lo dico io cos'è che non quadra! È fatta di ferro! E pure quel cucchiaio! *Ferro e Magia MESCOLATI INSIEME!*»

Incredibile!

Inconcepibile!

«Impossibile!» sussultò Caliburn.

«Dove hai preso questa spada?» chiese Xar, rigirandosi l'arma tra le mani.

«L'ho trovata in un corridoio» rispose Desideria, sconfortata. «Ma è una Spada Incantata quindi penso che sia uscita dalle segrete di mia madre per i fatti suoi. Non è tua, Xar. Appartiene a mia madre. Ridammela SUBITO!»

Tentò di afferrarla e Xar la allontanò da lei, mentre Occhiobuio si frapponeva tra loro ringhiando perché lei non si avvicinasse ancora.

«Aspetta un secondo» disse Xar. «E questo cos'è?»

Aveva notato le parole incise sulla lama:

Un tempo c'erano le Streghe…

Sentì rizzarsi i capelli sulla nuca. Poi voltò la lama e lesse le parole sull'altro lato:

… ma io le ho uccise.

Dopo l'ultima parola c'era una freccia rivolta verso la punta della spada, dove adesso si vedeva *qualcosa* brillare.

Una goccia di sangue verde.

I tre umani fissarono quella macchia verde che mandava fumo.

«Non toccarla!» gracchiò Caliburn.

Non toccarla!

NON TOCCARLA!

6. Attento a cosa desideri

I tre ragazzi, il corvo, gli spiritelli e gli animali fissarono quella goccia di sangue verde con orrore crescente o, nel caso di Xar, con crescente esaltazione.

«Sangue di Strega!» disse deliziato.

«Cosa intendi con "sangue di Strega"?» protestò Stiletto. «Le Streghe sono estinte!»

Ma non lo disse con la stessa convinzione che avrebbe avuto se si fosse trovato al sicuro nel forte, protetto dai suoi sette fossati. C'era qualcosa nel Bosco Malefico, ora che era notte e il gelo si infittiva e il fungelo* cresceva e crepitava sui rami degli alberi morti, che poteva indurre a credere, forse, ma solo forse, che le Streghe non fossero poi così estinte.

«Questa è una spada *ammazzastreghe*!» esclamò Xar. «Guarda! Dice così sulla lama. Ed è uscita dalle tue segrete perché ha percepito che le Streghe sono tornate nel bosco.»

«Non è possibile...» disse Stiletto.

«Ma è pur VERO» disse Desideria lentamente «che prima di cadere nella trappola di Xar *qualcosa* ci stava inseguendo e io penso di averlo ferito con la spada.»

---

* Termine spiritese per: ghiaccio che cresce come un fungo sul legno morto in condizioni di freddo estremo.

«Vi aveva attaccati una Strega e questo è sangue di Strega» sorrise Xar.

«No che non lo è! Un sacco di creature hanno sangue verde» replicò Stiletto. «I Mostrogatti! E i Respirorchi! I goblin dentiverdi! Gli orchi dentiverdi! Non può essere una Strega perché le Streghe sono estinte.»

«*Probabilmente* estinte» lo corresse Caliburn.

«NON estinte di sicuro» disse Xar, indicando il centro della radura.

Lì, proprio accanto alla trappola, c'era un'altra penna nera simile a quella di un corvo ma molto più grande.

Xar la raccolse.

Quando fu abbastanza vicina a quella che teneva appesa alla cintura, entrambe si accesero di un debole bagliore verde, un alone di Magia sinistra. E quando la avvicinò alla spada, anche la macchia s'illuminò, come il brillio di una lucciola ma di una tinta verde ben più inquietante.

«*Streghe!*» ghignò Xar.

Calò un silenzio terribile.

A quanto pareva le Streghe erano tornate nel Bosco Malefico.

Le creature più terrificanti che avessero mai calcato questa terra erano ancora vive.

I due gruppi avversari, gli spiritelli e gli animali si

strinsero un po' più gli uni agli altri, scrutando la buia foresta che li circondava, uniti dal terrore per ciò che poteva nascondersi *là dentro*...

«Se fosse davvero sangue di Strega – non lo è, ma se lo fosse, dico –, anche quella singola goccia sarebbe molto, molto pericolosa» rabbrividì Caliburn. «Asciugala sfregando la lama contro la corteccia di un albero, Xar, prima che qualcuno si faccia male.»

«Oh, non ci penso nemmeno» disse Xar. «Ci dev'essere un *motivo* se ho catturato una ragazza di nome Desideria con la mia trappola. Quali sono le probabilità che accada una cosa del genere? Ho desiderato di essere Magico e l'universo sta cercando di dirmi che ha esaudito il mio *desiderio*!»

«Può darsi che ti stia dicendo tutt'altro! L'universo è piuttosto complicato» gracchiò Caliburn. «Magari ti sta mettendo alla prova! Magari ti sta ammonendo a non esprimere desideri così folli!»

Ma Xar non lo stava ascoltando. Era il destino ad avergli indicato la strada da percorrere per rubare la Magia a una Strega.

«NON TOCCARLA, XAR!» urlò Caliburn, così angosciato che le penne iniziarono a cadergli come una pioggia nera.

«Non toccarla... Non toccarla... Non toccarla...» sibilavano gli spiritelli.

Ma Xar allungò la mano e premette forte il palmo contro l'estremità della lama sulla quale brillava la goccia di sangue verde.

Vi strisciò sopra la mano una, due volte, a formare l'iniziale del suo nome: X.

E da quel momento la storia di Xar prese una nuova strada, una strada da cui sarebbe stato molto difficile tornare indietro.

«NOOOOOOOOOOOOOO!!!» gridò Caliburn.

Ma era troppo tardi.

Troppo tardi… davvero troppo tardi.

La lama della Spada Incantata tagliò la mano di Xar…

… e lui urlò e si piegò per il dolore, stringendola a sé.

Caliburn aprì le ali con cui si stava coprendo gli occhi. «Oh, Xar… Cosa hai fatto???»

Xar si raddrizzò.

Aveva gli occhi che brillavano di eccitazione, benché rabbrividisse dal dolore e scuotesse la mano come se fosse bruciata.

«Troppo tardi» ghignò

Troppo tardi.
La X ne indica il punto esatto.

Xar alzando la mano. Al centro del palmo il suo sangue e quello di Strega mescolati assieme formavano una X.

Quando le cattive stelle si incrociano… e i mondi si scontrano… la X ne indica il punto esatto.

«Perché lo ha fatto?» chiese Desideria.

«Userò il sangue di Strega per fare Magie» spiegò Xar.

«Funzionerà?» chiese la ragazza.

«Non ne ha la più pallida idea!» disse Caliburn. «Ti pare che Xar sia il tipo di persona che *pensa prima di fare qualcosa*??? Non sappiamo neanche cos'è quella roba verde! Ti conviene sperare che non sia davvero sangue di Strega, Xar, perché dicono che sia pericolosissimo. Magari saresti anche in grado di utilizzarlo per fare Magie, ma potrebbe consegnarti alle tenebre… Potresti diventare una delle creature delle Streghe… Tuo padre perderebbe il trono…»

Caliburn era ancora più agitato del solito. «Devo però ammettere» disse, un filo più incoraggiante, «che è poco probabile sia sangue di Strega, dopotutto. Ci sono tantissime creature dal sangue verde nel Bosco Malefico. Potrebbe essere sangue di lupo mannaro, e quindi diventeresti soltanto un lupo mannaro...»

«Diamine» disse Xar, a disagio, scuotendo la mano ancora un po'. «Non ci avevo pensato.»

«... Cosa che sarebbe molto sconveniente» proseguì Caliburn. «Sai, uscire dopo mezzanotte e ululare alla luna e tutti quei peli e il resto... Ma non sarebbe la fine del mondo.»

«Sarebbe GRANDIOSO!» squittì Spremucco. «Saresti peloso come ME! Oh ti prego, Xar! Diventa un lupo mannaro!»

Xar non sembrava troppo felice all'idea di diventare un lupo mannaro, mentre Desideria e Stiletto fecero un passo indietro, giusto per sicurezza.

«Potrebbe anche essere sangue di Respirorco... che non ha alcun effetto... *per quanto ne sappiamo*...» aggiunse

Caliburn. «Ma hai ragione, devo pensare positivo. Speriamo che sia solo sangue di Respirorco. In questo caso non dovremmo restarcene qui a bighellonare nel bosco perché, non dimenticarlo, i Respirorchi cercano *sempre* di seguirti se li hai feriti, per riprendersi il sangue.»

«E come fanno?» chiese Stiletto, terrorizzato.

«Meglio non saperlo» rispose il corvo. «Diciamo solo che sono piuttosto attaccati al proprio sangue, quindi i modi in cui se lo riprendono non sono dei più piacevoli.»

«Be', *io comunque* spero che sia sangue di Strega» disse Xar con ostinazione. «Ma anche se non lo fosse, ho comunque la spada, no?» Appese la spada alla cintura.*

«Quella spada non è tua!» disse Desideria. «Ridaccela!»

«Quella spada?» chiese Xar, spalancando gli occhi con aria innocente. «Quale spada?»

«La Spada Incantata che appartiene a mia madre e in questo momento è infilata nella tua cintura» rispose Desideria.

«Oh, *questa* spada» disse Xar, salendo in groppa a Regatto. «*Questa* spada mi è stata donata dal fato perché io possa incarnare il destino e guidare il mio popolo nella lotta contro voi Guerrieri. E tu non puoi discutere col fato.»

---

* Gesto da evitare. Una spada andrebbe sempre tenuta al sicuro in un fodero, ma Xar non era tipo da preoccuparsi troppo della sicurezza.

«Non ti è stata data dal fato!» strillò Desideria. «La stai RUBANDO! Ridaccela, ladro!»

Xar la ignorò e si rivolse agli altri: «Avanti, amici! Torniamocene a casa, devo sconfiggere Looter al Torneo di Incantesimi».

«Aspetta un attimo, e noi?» chiese Desideria. «*Noi* non possiamo tornarcene a casa! Gli incantesimi dei tuoi spiritelli hanno spedito il mio pony nel mondo dei sogni.»

Il pony, in effetti, continuava a russare pacifico al centro della radura.

«Be', non avreste dovuto andarvene per il Bosco Malefico dopo il tramonto se non volevate fare brutti incontri...» fece notare Xar in puro, incredibile stile Xar.

In quel momento si sentì un lontano scalpitio di zoccoli al galoppo e un ululare di cani, e gli spiritelli si misero a sibilare spaventati: «*GUERRIERI!*».

I Guerrieri di Ferro della Regina Sychorax avevano avvistato il gigante nel loro territorio all'interno del Bosco Malefico (Xar aveva ragione a proposito dei pensieri profondi e del fumo che producevano) e stavano uscendo al galoppo dal forte per capire cosa stesse succedendo.

«Ecco a voi, problema risolto» disse Xar a Desideria. «La tua gente sta arrivando e può riportarvi a casa.»

«Ma finiremo in guai immensi per essere usciti senza permesso!» disse lei. «Ti prego, aiutaci a tornare al forte di nascosto.»

«Non ho tempo di aiutarvi prima che il torneo inizi» rispose Xar, «ma sarò così cortese da permettervi di venire con me e farvi passare la notte nella mia stanza all'accampamento dei Maghi.»

«Questo significa FURTO *E* RAPIMENTO!» urlò furiosa Desideria. «Riportaci al Forte dei Guerrieri di Ferro e restituiscimi la spada, orribile Mago.»

«Be', non vedo cos'abbia a che fare tutto questo con *me*» disse lui, sorpreso. «Perché dovrebbero interessarmi i problemi di un paio di Guerrieri nemici? Sto cercando di assecondarvi, ma voi fate proprio i difficili.»

Se Desideria aveva iniziato a dubitare del fatto che i Maghi fossero malvagi come tutti dicevano, cambiò subito idea.

«Mia madre ha ragione su di voi gente Magica!» s'infuriò. «Siete dei pericolosi imbroglioni, dei bugiardi senza alcuna morale, del tutto fuori controllo e...»

«Ha ragione, Xar!» gracchiò Caliburn. «Si deve restituire all'universo ciò che l'universo ci ha donato. Rapire questa ragazza e rubarle la spada significa aspettarsi in cambio dall'universo qualcosa di terribile:

Non Fare Agli Altri Ciò Che Non Vuoi Sia Fatto A Te, O Farai Una Brutta Fine…»

«Be', l'universo dovrebbe essere grato che non li lascio qui ad aspettare le Streghe. Non riesco a capire come mai non siete tutti felici per me.» Xar aggrottò la fronte. «È un atteggiamento davvero egoista da parte vostra. IO SONO L'INCARNAZIONE DEL DESTINO! IO SONO IL PRESCELTO!»

Si voltò verso gli animali e il gigante.

«Occhiobuio! Cuordibosco! Frantumo! Conducete questi stupidi Guerrieri e il loro pony al campo, dopo che sarò partito io!»

«Vado anch'io con i Guerrieri!» squittì Spremucco. «Starò con loro e li proteggerò dai giagulari!»

«Non sentirti in dovere, Spremucco» rispose Xar, piuttosto offeso.

«Ma io VOGLIO farlo!» canticchiò lo spiritello con enorme entusiasmo. «A me lei *piace*! È un po' buffa… e ha

un occhio solo… ma ha un odore di albicocca che non è umanoso… e mi piacciono i suoi capelli!»

Spremucco volò tra i capelli di Desideria e si mise ad annodarli creando un piccolo nido in cui nascondersi.

«Be', i gusti sono gusti» sbuffò Xar irritato. «Pensavo che preferissi rimanere con l'incarnazione del destino, ma se ti dispiace per questi poveri tipi strambi è affar tuo, Spremucco.

«Forza, ragazzi!» urlò. «Torniamo al campo!»

Regatto balzò in avanti in un arco argenteo e gli altri animali lo seguirono in gruppo, con gli spiritelli in testa.

Tornare indietro nel tempo è impossibile.

Probabilmente.

Eppure…

SE Xar avesse visto Desideria dopo averla lasciata nella radura…

SE avesse visto l'espressione sul suo viso mentre si rendeva conto di colpo che non avrebbe potuto rimettere la spada al proprio posto e che sua madre avrebbe per forza scoperto la sua disubbidienza grazie a quel sesto senso che tutte le madri possiedono…

SE avesse saputo che la madre di Desideria non era una di quelle che davano ai propri figli l'impressione di poter perdonare loro qualsiasi cosa…

Con un cucchiaio
che senza parlare
tentava di consolarla...

SE avesse visto Desideria scoppiare a piangere con un cucchiaio che non sapeva parlare e tentava di consolarla senza parole; e una Viceguardia del Corpo altrettanto triste che le batteva una mano sulla spalla e Spremucco che le faceva le buffe facce per tirarla su…

SE avesse visto tutto questo, Xar avrebbe forse voluto tornare indietro nel tempo, anche se non è possibile?

Può darsi.

Eppure…

Anche guardare nelle vite degli altri quando non sono davanti a noi è impossibile…

Probabilmente.

Dico "probabilmente" perché tornare indietro nel tempo e guardare nelle vite degli altri quando non sono davanti a noi richiedono il genere di Magia che chiamiamo "immaginazione". Xar non aveva ancora sviluppato quel tipo di Magia, esattamente come non poteva muovere gli oggetti col solo potere della mente o volare senza l'aiuto di ali aggiuntive.

Quindi, non appena Desideria fu uscita dal suo campo visivo, Xar si dimenticò di lei e continuò, cosa molto più importante, a compiacersi della propria furbizia, mentre cavalcava Regatto diretto all'accampamento dei Maghi.

Frattanto, nella radura, Desideria aveva smesso di piangere, perché era una persona pratica e piangere non l'avrebbe aiutata.

«Cosa facciamo ora?» chiese Stiletto, strabuzzando gli occhi gonfi di costernazione per come erano andate le cose.

«Dobbiamo soltanto seguire quel ladro traditore di uno Xar fino all'accampamento dei Maghi e riprenderci la Spada Incantata, e a quel punto possiamo tornarcene al forte di nascosto prima che sorga il sole» rispose lei. «Quella spada è ferro e Magia insieme: non possiamo lasciarla nelle mani dei Maghi.»

«Oh, tutto qui?» disse Stiletto con ironia. «E io che pensavo fossimo nei guai…»

«E per guardare il lato positivo: ABBIAMO L'OCCASIONE di cavalcare questi gatti dei ghiacci!» esclamò Desideria.

«E questo sarebbe il lato *positivo*?» chiese lui, fissando orripilato quelle bestie enormi e selvagge un po' troppo vicine a loro. «Ma sono animali proibiti! È contro le regole!»

Desideria allungò una timida mano verso Cuordibosco e gli toccò la testa soffice. Era dal momento in cui aveva posato lo sguardo su quei gatti che moriva letteralmente dalla voglia di cavalcarne uno. Perciò un momento dopo gli saltò in groppa, allegra.

«Vieni anche tu con noi, Frantumo?» chiese Desideria rivolgendosi al gigante.

Frantumo fu felicissimo di essere consultato. «Io sono un po' più le-e-ento dei gatti dei ghiacci» disse con un enorme sorriso, come una zucca di Halloween. «Ma vi seguirò. Non preoccuparti. Sono un gigante.»

Certo, come aveva fatto a non pensarci? Un gigante sapeva badare a se stesso. Doveva essere anche un temibile avversario, benché fosse vegetariano.

«Segui Xar, per favore, gatto dei ghiacci» disse la ragazza.

Cuordibosco balzò in avanti e iniziò a correre veloce e morbido come velluto. "Oddio, sto cavalcando un gatto dei ghiacci NELLA VITA VERA..." pensò

Desideria sbalordita, mentre la lince si muoveva con agilità tra gli alberi e il vento della notte le soffiava tra i capelli. La ragazza si dimenticò del pericolo che correva e si abbandonò alla felicità.

"Per il vischio e l'agrifoglio e le unghie dei piedi delle Streghe e l'alito puzzolente di un Saltogoblin Strabuzzocchi!" pensò Stiletto, tutto solo nella radura. "Questa principessina assomiglia a sua madre più di quanto non sembri. Testarda! Irresponsabile! Cocciuta! E quel ragazzo Mago era anche peggio! Cos'hanno tutti questi reali? Forse il cibo raffinato che mangiano dà loro alla testa."

Ma cosa poteva fare il povero Stiletto? Non certo restarsene tutto solo lì in quel bosco abitato, forse, da lupi mannari, a godersi la brezza notturna e giocare a nascondino coi Respirorchi.

Per di più avrebbe dovuto proteggere e controllare l'incontrollabile principessa: era questo il suo lavoro. Quindi, riluttante, si arrampicò in groppa al secondo animale, che altrettanto riluttante gli permise di salire e partì all'inseguimento di Desideria.

Il gigante Frantumo si chinò e con dolcezza raccolse da terra il pony addormentato nella sua immensa mano. Gli lisciò la criniera con un dito gigantesco, come un uomo farebbe con un topolino, poi se lo mise in tasca con altrettanta dolcezza e le-e-e-entamente si incamminò dietro Stiletto, Desideria e i due gatti.

«Non preoccuparti!» gridò Desideria a Stiletto quando Occhiobuio ebbe raggiunto Cuordibosco. «Andrà tutto bene.»

«Non devo preoccuparmi?» disse Stiletto, sarcastico. «*Andrà tutto bene?* Finora: siamo usciti di nascosto dal forte, abbiamo un Cucchiaio Incantato come animale domestico, abbiamo rubato a tua madre un'arma molto preziosa che si è rivelata estremamente pericolosa, e lasciato che detta arma cadesse nelle mani di un Mago, mettendo così in pericolo l'intera Guerra contro la Magia… e ORA siamo diretti nel cuore del territorio nemico in groppa a due giganteschi animali proibiti, essendo stati rapiti da un giovane Mago psicopatico che potrebbe, chi lo sa?, diventare un lupo mannaro… Perché mai mi dovrei preoccupare?»

Lo stomaco di Stiletto diede un forte brontolio.

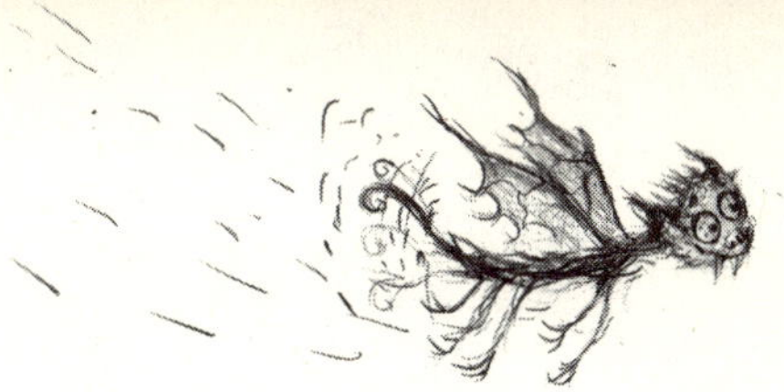

«E POI abbiamo saltato la cena. Hamburger di cervo. Il mio preferito.»

Spremucco sfrecciava davanti a loro come una saetta di luce, stridendo: «Sono la vedetta! Sono la vedetta! AAAAAAAAAAGH! C'è un giagularo! C'è un giagularo! Ooooh… No, *scusate*, errore mio, è solo un tronco. SCUSATE, gente!».

Rimasero in silenzio mentre seguivano Xar dentro l'oscurità selvaggia della foresta, inoltrandosi sempre più nell'ignoto, dove occhi misteriosi parevano scrutarli da dietro gli alberi e terrificanti grida notturne si levavano intorno; potevano essere giaguari o lupi mannari o creature molto più spaventose…

Per fortuna Stiletto non vide ciò che successe non appena ebbero lasciato la radura, altrimenti si sarebbe agitato ancora di più.

Innanzitutto il gigante Frantumo fu catturato dai Guerrieri di Sychorax.

Desideria aveva avuto ragione a preoccuparsi per lui. I giganti sono grandi pensatori ma purtroppo, muovendosi in una dimensione temporale più lenta, sono svantaggiati quando devono confrontarsi con nemici molto più piccoli. Frantumo ebbe a malapena il tempo di pensare: «MA CO-SA DIA-MI-NE STA SU-U-UCC…» prima che i Guerrieri a cavallo entrassero come furie nella radura e gli bloccassero le gambe con catene di ferro. I Guerrieri minacciarono di uccidere il pony, se avesse fatto il benché minimo rumore, e così il gigante rimase zitto mentre lo trascinavano verso il forte. Camminava con passo incerto e strascicato, facendo oscillare gli alberi attorno a sé, al seguito di quei Guerrieri rabbiosi grandi come formiche. (Perché mai erano così ARRABBIATI? I giganti non capivano l'ira; dopotutto non è che un'evidente perdita di tempo.)

E poi calò il silenzio sulla radura. L'aria sembrò raffreddarsi di qualche grado e la neve si mosse e si gonfiò, come un mare bianco che si fa tempestoso. Stava scendendo qualcuno nella radura? Qualcuno era rimasto a osservare? Che questo essere fosse alla ricerca della Spada Incantata?

Ah sì, *tutto questo* avrebbe preoccupato moltissimo Stiletto.

E se quel qualcosa era una Strega, per quanto improbabile potesse sembrare, Stiletto avrebbe avuto davvero bisogno di tutte le abilità di una guardia del corpo…

I piedi delle Streghe non lasciano orme.
I corpi delle Streghe non gettano ombre.
Ma alberi, terra e tutto il paesaggio
Sono più freddi al loro passaggio.

CANTO-MALEDIZIONE DEGLI SPIRITELLI

Noi non ci siamo, sono aria soltanto
le ali che vedi se ci passi accanto.
Quella mucca morente non è colpa nostra,
non ci accusare, non devi osare.
Maledici-gli-spiritelli-e-il-loro-dispetto-e-alza-il-pugno-per-chieder-rispetto.
Non puoi colpirci, non esistiamo,
è solo il vento se sibiliamo.
Non lo sappiamo, non c'eravamo
e a rompere la sedia stati non siamo.
E-mettila-a-posto-e-lasciala-lì-e-aspetta-che-arrivi-un-vecchio-grassone-e-guardalo-metter-lì-il-suo-deretano-e-PUM-PATAPUM-AH-AH-AH-AH!!!-La-sedia-si-è-rotta-e-lui-cade-a-terra-si-è-rotto-i-denti-e-urla-furioso-e-impreca-poi-piange-e-piange-poi-impreca…
Noi non ridiamo vedendolo a terra,
se han detto il contrario è per farci la guerra.
Quel bimbo morente non è colpa nostra,
non ci accusare, non devi osare.
Maledici-gli-spiritelli-e-il-loro-dispetto-e-alza-il-pugno-per-chieder-rispetto.
Non puoi colpirci,
non esistiamo,
è solo il vento
se sibiliamo.

Il Forte
dei
Maghi

7. L'accampamento dei Maghi

Gli animali sfrecciarono nel bosco labirintico per quelle che sembrarono ore. Desideria, Xar e Stiletto attraversarono il fiume gelato e le rovine del Muro Fantasma che segnava la fine del territorio dei Guerrieri e l'inizio di quello dei Maghi, fino a raggiungere un angolo di bosco così fitto di rovi, alberi caduti e rampicanti da rendere impossibile proseguire.

La luna emerse da dietro le nuvole e Xar mandò Ariel a occuparsi dell'intricata montagna di vegetazione che avevano di fronte. Davanti agli occhi sbalorditi di Desideria e Stiletto, i rovi e i rami iniziarono a separarsi e a scorrere gli uni sugli altri, come se dita invisibili stessero districando un nodo complicato in una rete da pesca. Con uno scricchiolio come di vecchissime ginocchia che si piegano, gli alberi si spostarono curvandosi a destra e sinistra e la vegetazione si aprì fino a rivelare una radura.

A Desideria e Stiletto si rizzarono i peli sulla nuca, come a un riccio gli aculei, quando videro cosa c'era al centro alla radura. Un gigantesco cerchio di alberi antichi, alcuni colossali. Tassi, betulle, sorbi, ontani, salici, frassini, biancospini, sambuchi, meli, pioppi – ogni specie immaginabile – e una quercia, che era ovviamente la più importante. Non c'era alcun segno di abitazione umana, ma si udiva una musica e si sentiva odore di fumo.

Ora che si trovavano così lontani da casa ed erano in pieno territorio nemico, Desideria iniziava ad avere molta, molta paura. E se Xar li avesse tenuti in ostaggio in attesa di un riscatto? Aveva detto che li avrebbe lasciati liberi il mattino dopo, ma non sembrava una persona di cui fidarsi troppo.

«Dov'è il tuo forte?» chiese Desideria con voce tremante.

«Sottoterra» rispose Xar.

Immaginate un accampamento che sia stato inghiottito dalle viscere della terra. Ognuno di quegli alberi giganti era cavo e incanalava la luce nelle stanze nascoste sottoterra. Xar li portò all'albero-torre che ospitava la sua, un enorme tasso alquanto ritorto; sembrava che un gigante lo avesse preso con dolcezza per la punta, quand'era ancora un germoglio, e si fosse rigirato il tronco tra le mani come un pezzo di argilla. Salirono una serie di scale e piattaforme ed entrarono dalla finestra nella stanza di Xar.

Desideria si sentì ancora più disperata. Non c'era via di fuga. Erano bloccati lì, circondati da nemici. E se Xar avesse rivelato agli altri Maghi la sua presenza? E se c'erano Maghi molto più pericolosi di Xar che sapevano davvero portarti a morte lenta con la Magia?

Le venne la nausea.

Non c'era soffitto nella stanza di Xar, quindi sopra di loro si vedeva il cielo notturno che brillava di stelle. Il pavimento aveva crepe tanto enormi che si poteva scorgere il salone d'onore, metri e metri sotto i loro piedi. «Non preoccupatevi» disse Caliburn a Stiletto e Desideria che, sbalorditi, fissavano Xar camminare su un pavimento che pareva fatto almeno in parte d'aria. «È tenuto insieme dalla Magia.»

Xar aprì lo zaino e ne estrasse il *Libro degli Incantesimi* per cercare quello che tramutava le persone in vermi. Era subito dopo l'incantesimo per tramutare le persone in gatti (facile) e i gatti di nuovo in persone (più difficile).

Innanzitutto, pensava Xar, avrebbe punito Looter trasformandolo in un verme con la Magia della Strega. Poi, in un crescendo drammatico, avrebbe sguainato la spada e fatto vedere a tutti quanti che era in grado di fare Magie che funzionavano *attraverso il ferro*. E a quel punto, ovviamente, tutti si sarebbero messi ad applaudire e ad acclamarlo, ripetendo a gran voce il suo nome, e suo padre in persona si sarebbe inchinato davanti a lui dicendo: "Xar, mi dispiace così tanto di aver dubitato di te… Ho sempre saputo che eri speciale. So che abbiamo avuto degli screzi in passato, ma tu sei l'eroe che tutti stavamo aspettando".

Sarebbe stata un'ENORME soddisfazione!

Xar memorizzò l'incantesimo e chiuse il libro con un tonfo.

«Coraggio, spiritelli!» disse in tono spiccio. «Il torneo inizia tra un paio di minuti, dobbiamo scendere in modo che io possa UMILIARE Looter. Seguitemi tutti... tranne Cuordibosco, Occhiobuio, Regatto, l'orso e Spremucco.»

«Oh, perché io deve rimanere qui?» chiese Spremucco.

«Be', dato che sembra che i Guerrieri Ti Piacciano così tanto» rispose Xar acido, perché era un pochino geloso, «puoi rimanere qui e fare la guardia.»

«Non temere, Capo... Li proteggerò io!»

«Non ho detto di Proteggerli, Spremucco, ho detto di fare la Guardia. Sono prigionieri nemici.»

«Ma io volevo TROPPO venire con te e vedere che ti trasformavi in un lupo mannaro!» disse lo spiritello, molto deluso.

«Sssssono sssssicuro che ha già qualche pelo in più ssssulle braccccccia» sibilò Tempestizza, con gli occhi che brillavano di malizia e piacere.

«Finitela, voi due!» li zittì Xar. «Non mi sto per trasformare in un lupo mannaro! È sangue di Strega e ho intenzione di usarlo per fare Magie!»

«Ma non sai ancora se funzionerà» obiettò Caliburn. «Non sarebbe meglio scoprire cos'era quella macchia prima di mostrarti a tutti i Maghi del regno e magari trasformarti in un lupo mannaro davanti a loro?»

Xar lo guardò come se fosse pazzo.

«Ma così dovrei ASPETTARE» replicò. «E il Torneo di Incantesimi è ADESSO! Comunque, anche se il sangue di Strega non funzionasse, ho sempre la spada.»

«Non puoi usare una spada in un Torneo di Incantesimi, Xar, men che meno una spada di FERRO» gli fece notare Caliburn.

«E quella spada è nostra!» protestò Desideria.

«Vorrei che la smettessi con questa storia. È una spada Magica» disse Xar, «dunque appartiene a me, e tutta la tua triste manfrina sul fatto che ciò che uno dà all'universo l'universo glielo restituisce, Caliburn, be', dico solo che, portandomi la spada, è evidente che l'universo mi consideri piuttosto speciale...»

«E l'universo ha RAGIONE!» squittì Spremucco.

Non c'era modo di far ragionare Xar in momenti come quelli.

«L'universo si sta mettendo a diluviare» disse Caliburn, tetro, quando grosse gocce di pioggia iniziarono a cadere loro addosso.

Dal piano di sotto, nel salone d'onore, arrivava il suono gioioso di giganti che ballavano e voci felici. Di sopra, invece, nella piccola stanza coperta di rampicanti, col vento che soffiava e la faceva rollare come una barca sul mare, scendeva una pioggia scrosciante.

«Perché mai uno dovrebbe farsi fare una camera senza soffitto?» si chiese Stiletto. «Non è molto pratico.»

«Tempestizza!» chiamò Xar. «Facci un meteoincanto o finisce che anneghiamo. Dovrai rimanere qui a reggerlo perché i prigionieri non si bagnino.»

Tempestizza sbuffò stizzita «PerchédevoesseresempreIOafaretutto? Volevo vedere il Torneo!» Poi rovistò nella borsa, pescò la bacchetta numero 4 e scagliò in aria un incanto. Un piccolo, adorabile, invisibile ombrello d'aria si aprì dall'estremità dell'incanto tre o quattro metri sopra di loro, facendo scivolare la pioggia ai bordi in piccole cascatelle.

«Oh mio dio!» esclamò Desideria. «È incredibile!»

«Non farti impressionare!» la mise in guardia Stiletto. «Ricordati, la Magia può sembrare fantastica dall'esterno, ma è pericolosa, è il caos…»

«Devi ammettere però che è utile se non ti vuoi bagnare» disse Xar.

«Un soffitto funziona altrettanto bene» replicò Stiletto.

Xar uscì sbattendo la porta e la chiuse a chiave.

«Si è portato via la spada» disse Desideria, delusa.

«Dobbiamo aspettare che ritorni e a quel punto possiamo rubargliela mentre dorme.»

«Okay, ipotizziamo di riuscire a prendergli la spada» rispose Stiletto. «Come facciamo a tornare al forte? Non possiamo andarci A PIEDI: è lontanissimo!»

«Oh, cielo, Xar aveva ragione. Siamo prigionieri!» esclamò Desideria, guardando l'oscurità della notte fuori dalla finestra. Erano molto lontani dalla base della torre e non c'era il minimo segno del gigante o del pony. «E ho paura che il povero Frantumo sia stato catturato dai Guerrieri di mia madre...»

«Povero Frantumo? È un GIGANTE, Desideria!» esclamò Stiletto scioccato. «Da che parte stai?»

Con un sospiro, Desideria si allontanò dalla finestra e raccolse il *Libro degli Incantesimi* che Xar aveva dimenticato sul tavolo.

«Stiletto, DEVI assolutamente vedere questo libro. È incredibile!» disse la ragazza, dimenticandosi la paura e l'ansia e facendolo quasi cadere dall'emozione.

Il Libro degli Incantesimi

Una guida completa al mondo Magico

Questo libbro è propietà di

Xar il Maggnifico

Incarnazzione del Destino

Il Libro degli Incantesimi

Benvenuti nel Libro degli Incantesimi.

Per iniziare, digita una domanda
utilizzando le lettere qui sotto.
La tua domanda è:

Come faccio a scappare da un albero Magico
in un accampamento di Maghi e ad attraversare
il Bosco Malefico se non ho mezzi di trasporto
né mappe e non ho modo di sapere dove mi trovo?

Nota bene: qualora il *Libro degli Incantesimi* non funzionasse, dovrai purtroppo voltare 6.304.560 pagine A MANO. Spiacenti.

GIGAGIGANTE SOGNATORE ORECCHIECRESPE

Ci sono molte specie diverse di Giganti: Giganti dei ghiacci, Colossammassi, Sognatori, Monumentatori... Nonostante il loro nome i Giganti in realtà sono di varie dimensioni.

Questo è un Mammut Gargantello mortificato per aver calpestato una casa senza volerlo.

Gigagigante Sognatore Orecchiecrespe intento a pensare...

I giganti dalle gambe corte come questo hanno braccia lunghissime e sono degli eccellenti scalatori.

La maggior parte dei Giganti sono erbivori e più o meno alti come gli alberi che li circondano, così da potersi nascondere dagli stor di Raptogrifoni che volteggiano sopra il bosco (vedi pagina 2.000.041).

Gigante Sognatore Orecchiecrespe dalle Gambe Corte, mentre attraversa una palude saltando e usa le braccia per darsi la spinta.

GIGANTE ALTOPASSO GRANCAMMINANTE

I giganti Altopasso Grancamminanti creano enormi vuotostrade (spiritese per "sentieri") vagando per il bosco mentre meditano sulla vita e sui misteri dell'universo.

Il Libro degli Incantesimi

RORCO SCHIENAPELOSA

Il Libro degli Incantesimi

RESPIRORCO ORCOGRUGNO

RESPIRORCHI CHE HO CONOSCIUTO:

Il Respirorco Orcogrugno dalle Ascelle Puzzose

(specie dalla schiena pelosa)

L'Orcogrugno
si spalma della popò
di mucca sotto le ascelle
come richiamo profumato
per attirare
le femmine.
RIVOLTANTE ma vero.

ATTENZIONE: <u>**NON**</u> tentate di ragionare con loro.
Non sono molto ragionevoli.

Pagina 1.230.494

INCANTESIMI

La tua facile guida su come funzionano

La maggior parte degli spiritelli è troppo piccola perché la sua Magia abbia il minimo effetto su creature più grandi. La loro Magia deve quindi concentrarsi in piccoli "incanti", piccole sfere o "bombe" che gli spiritelli tengono in una borsa legata in vita.

Ogni spiritello è anche dotato di una faretra in cui tenere le proprie bacchette. Quando deve lanciare un incanto, lo spiritello sceglie la bacchetta più adatta e con essa lo SCAGLIA contro la vittima.

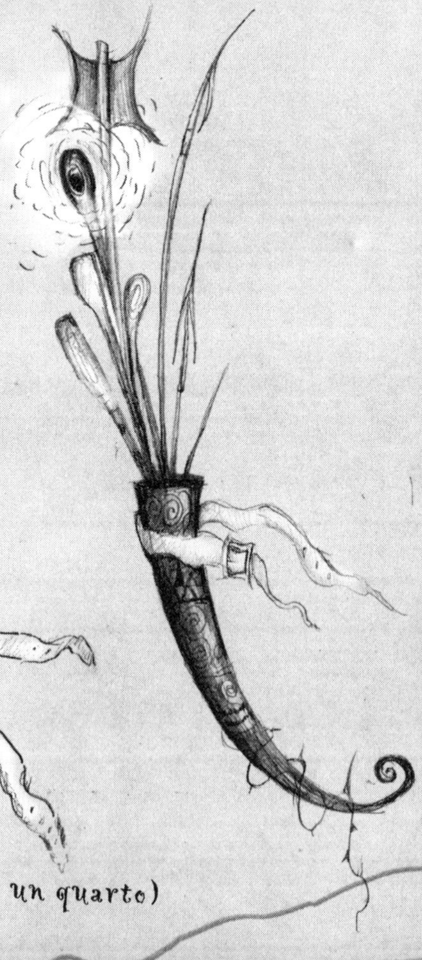

Borsa porta-incanti con gli incanti dentro

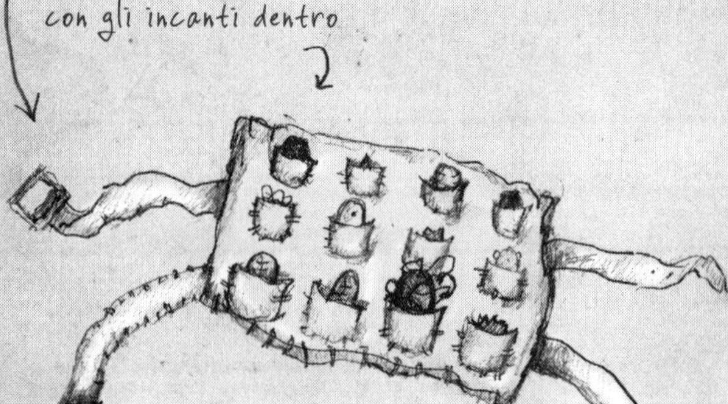

Pagina 1.233.445 (e un quarto)

I DIVERSI TIPI DI INCANTESIMI

Volincanto

Acquincanto

Fuochincanto

Amorincanto

Crescincanto

Dimentincanto

Tuonincanto

Invisibilincanto

Nozioni impossibili

Incantesimo n. 347210

Hai mai ntoato
che non ipmotra darvveo
l'odrnie dlele ltetree
se la pimra e l'utlmia
snoo al psoto guitso?

Il Libro degli Incantesimi

PAROLE PERDUTE

Quando i giganti Altopasso Grancamminanti percorrono in lungo e in largo le foreste d'Albione, le loro teste fumano: stanno raccogliendo parole PERDUTE e IN PERICOLO. Secondo i giganti, se perdi le parole per DESCRIVERE le cose, come fai a PENSARLE?

Ecco alcune parole spiritesi per indicare cose che corrono il pericolo di sparire:

FRUSCICOLARE: rumore frusciante nell'erba
DRAGOFREDDO: freddo talmente pungente da far condensare l'alito e dare alle persone l'aspetto di draghi fumanti
FUNGELO: ghiaccio che cresce come un fungo sul legno morto
SCINTILLANZA: tracce luminose che gli spiritelli lasciano quando sfrecciano nel bosco di notte
VUOTOSTRADA: sentieri aperti nel bosco dai giganti vaganti
PANCIA DI MUCCA: fango sul letto di un fiume

Pagina 2.143.204

LUCCHETTI DEGLI ELFI: i nodi nei capelli di chi dorme
FANTASCÌE: tracce luminose lasciate dagli spiritelli di notte (vedi anche SCINTILLANZA)
LUMAFOGNA: la rivoltante scia di caccole che lasciano i Respirorchi
SVOLAZZO: cambiare casa, vagare

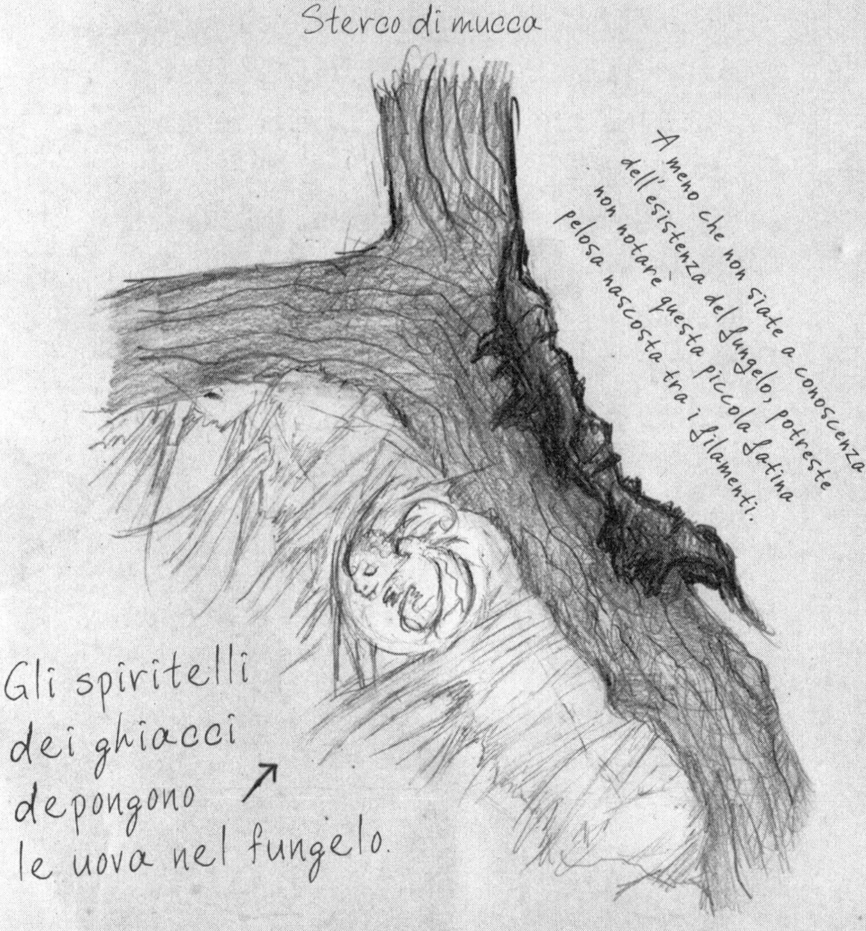

Il Libro degli Incantesimi

IMPRECAZIONI SPIRITESI

Nel mondo della Magia le parole hanno un loro POTERE quindi IMPRECARE è un'arma molto potente. I Droodi (Druidi) ne hanno fatto un'arte.

«Qe ti possa venire un raffreddore che ti fa qolare il nazo come un fiume di qaqqole fangose per CINQUE INTERE SETTIMANE e prudere le ascelle qome se fossero morse dai ratti mannari!»

«Qe ti possa mangiare una muqqa che possa venir mangiata da una balena qe sta viaggiando verso le più prophonde prophondità dei deserti sabbiosi dell'inphinito oceano sentsa phondo…»

(Nota bene: gli spiritelli hanno talvolta un approccio piuttosto creativo all'ortografia: sono convinti che non importi l'ORDINE delle lettere se si riesce a capire quello che scrivono.)

Il Libro degli Incantesimi

STREGHE

Le Streghe sono estinte quindi qui nel *Libro degli Incantesimi* non possiamo mostrarne un'immagine perché nessuno ne ha mai vista una.

Cosa fare se le Streghe, per qualche sciagurato caso, non fossero estinte:

1. Non abbiamo idea.
2. Non cercare di fuggire. Ti prenderanno comunque.
3. Potresti usare del ferro, ma gli esseri Magici e i Maghi sono allergici al ferro.
4. Vedi punto 1 più sopra. Oh, e non guardarle! Ti basta guardarle per spaventarti a morte.

Pagina 1.348.604

Il *Libro degli Incantesimi* ti ringrazia
per la lettura ed è felice
di ricordarti che le cose in genere
si sistemano sempre

ALLA FINE.

«In realtà non dovremmo aver niente a che fare con queste cose, Desideria» disse Stiletto a disagio. «Sono Magiche… Non dovremmo guardare… Non dovremmo ascoltare… Non dovremmo tenerle in mano…»

«Ma questo libro dice di avere sei milioni di pagine!»

«Non è possibile» obiettò Stiletto, sporgendosi suo malgrado sopra la spalla della ragazza, perché amava i libri e un libro di sei milioni di pagine era una cosa che doveva proprio vedere.

«Guarda!» esclamò Desideria. «Dice di essere una guida completa a tutto ciò che serve sapere sul mondo della Magia. Mappe, ricette, specie Magiche, Maghi, Streghe, nani, goblin, linci, spiritelli… e poi c'è una classificazione delle diverse tipologie… e una sezione sulle parole perdute… Sembra interessante… E le lingue: nanico, elfico, gigantico, portico… cos'è il *portico*? Non sapevo che le porte parlassero…»

Il libro era complicato da leggere perché molte pagine si staccavano e quando tornavano al proprio posto erano in un ordine diverso, e chiunque fosse l'autore doveva essere un tipo molto confusionario e continuava a fare digressioni che portavano da tutt'altra parte o si rivelavano vicoli ciechi.

«E in certe parti l'ortografia è pessima quanto la mia!» disse Desideria trionfante.

«Questa non è una bella cosa, Desideria» osservò Stiletto. «Sai che tua madre direbbe che c'è una SOLA E UNICA maniera di scrivere, ed è quella CORRETTA. Tutto il resto è caos... disordine... anarchia...»

Ma Desideria non lo stava ascoltando.

«Oddio guarda! CI SONO ANCHE IO in questo libro!» disse sbalordita voltando una pagina nella sezione sui giganti. «E PURE Frantumo! Com'è possibile?»

Stiletto si sporse avanti. «Be', è solo l'immagine di una ragazza, no? Non sei per forza tu.»

«Ma ha un cucchiaio sulla testa!» gli fece notare Desideria.

«In effetti» sospirò Stiletto. «Potresti essere tu, visto che è un libro Magico...» Rabbrividì perché era inquietante pensare che un libro potesse avere abbastanza Magia in sé da inserirti al suo interno senza che tu lo sapessi. «E questo è il motivo per cui non dovremmo leggerlo PROPRIO PER NIENTE...»

«Sto solo cercando di capire se può aiutarci a fuggire.»

Spremucco e Tempestizza e i gatti dei ghiacci non facevano la guardia ai prigionieri con grande zelo. Era stata una giornata lunga e stancante e si erano tutti addormentati, quindi i ragazzi avrebbero DAVVERO potuto fuggire, pensò Stiletto col cuore più leggero.

Il Libro degli Incantesimi

UMORI DEI CUCCHIAI

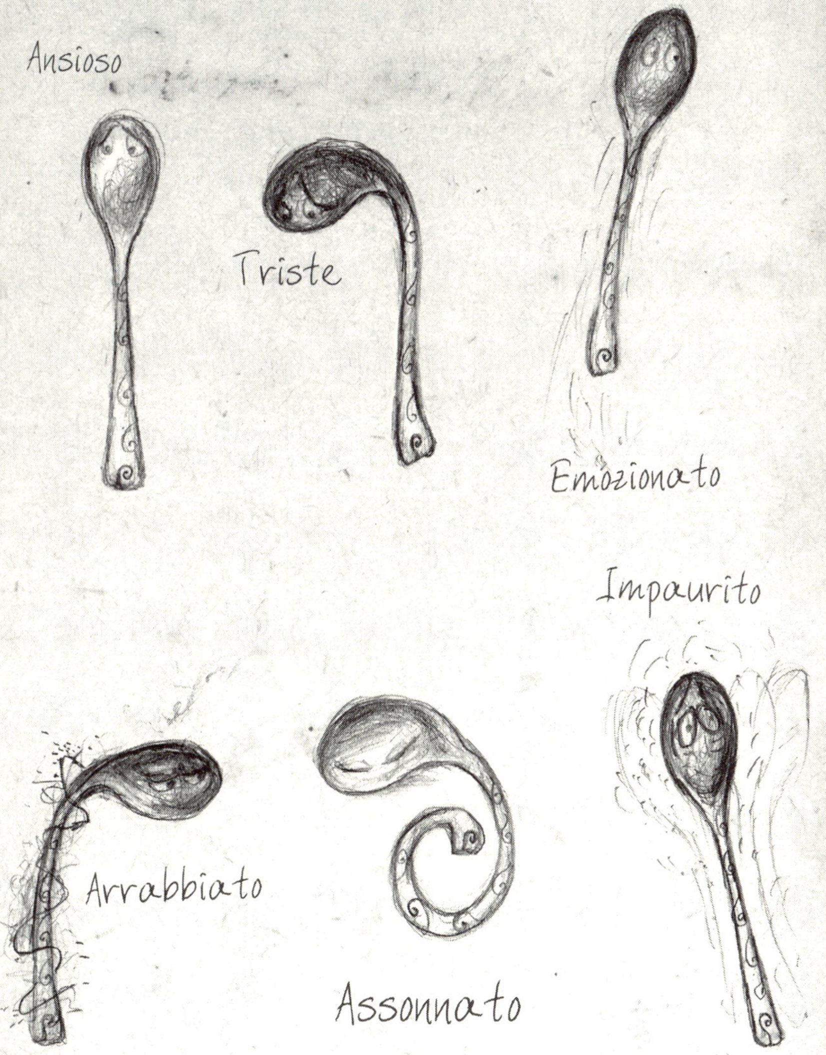

Pagina 2.531.294

Desideria aggrottò la fronte. «Insomma, come ha fatto Xar? Ha battuto sulle lettere e le pagine hanno iniziato a girarsi da sole… Uffa, ma io sono una frana con le lettere. Stiletto, mi daresti una mano?»

Stiletto si chinò sul libro e compose la scritta "Come faccio a scappare da un albero Magico in un accampamento di Maghi e ad attraversare il Bosco Malefico se non ho mezzi di trasporto né mappe e non ho modo di sapere dove mi trovo?" all'interno del *Libro degli Incantesimi*.

Tuttavia le risposte sembravano sempre presupporre un equipaggiamento speciale, come tappeti volanti o sandali alati, e moltissime mettevano in guardia, con dettagli orribilmente realistici e mostruosi, contro i *pericoli* del Bosco Malefico, come gatti giganti e lupi mannari e funghi con i denti, ai quali Stiletto non aveva una gran voglia di pensare.

Entrambi sobbalzarono quando da dietro la porta chiusa a chiave si udì un rumore fragoroso, come una ventina di tuoni che esplodevano: erano i Maghi che si sfidavano a duello nel salone d'onore.

«Oh mamma mia, cos'era?» esclamò Stiletto.

Desideria si chinò a sbirciare attraverso le crepe del pavimento e quello che vide fu proprio il salone.

Il Torneo di Incantesimi era iniziato.

Sacca
di bacchette
Magiche

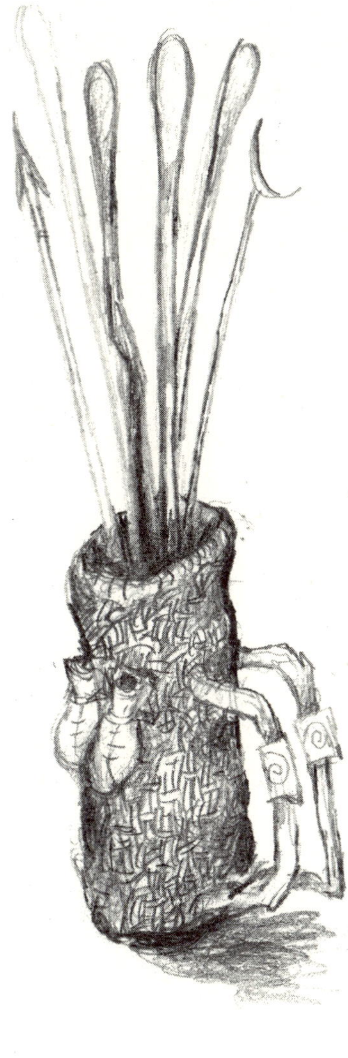

BACCHETTE MAGICHE

Un Mago alle prime armi come Xar può usare soltanto bacchette di betulla. La quercia va bene per qualsiasi tipo di incantesimo, mentre il salice si usa per curare.
Il frassino per le formule di trasfigurazione incantamento, ma può essere difficile da controllare. Il prugnolo è un legno pericoloso, usato per i duelli e la Magia Malvagia.
E soltanto i più grandi Maghi riescono a usare bacchette di legno di tasso.

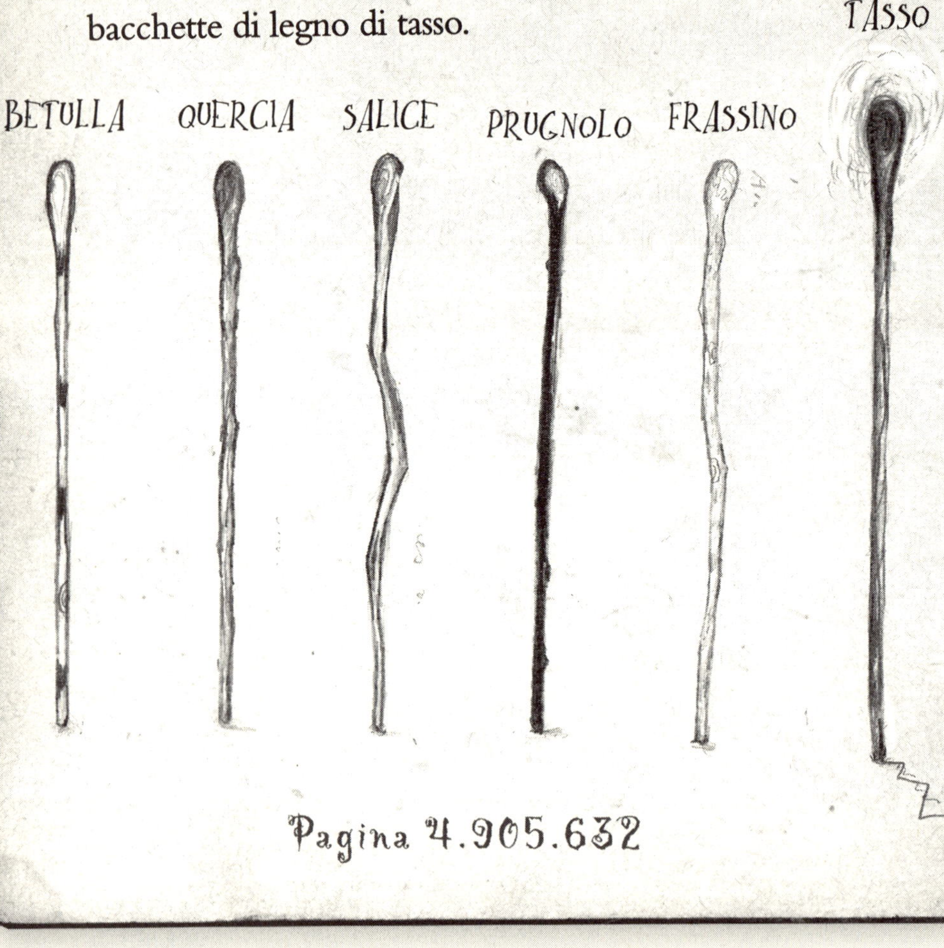

8. Il Torneo di Incantesimi

Era in corso la Festa del FUOCO, quindi a ogni angolo del salone d'onore ardevano i falò e un cerchio di fiamme guizzanti delimitava l'area degli scontri, proprio in mezzo al chiassoso banchetto.

La sala era stipata di Maghi di ogni età e taglia; allegri giganti assonnati ballavano o russavano poderosamente ai bordi della stanza; lupi ululanti, goffi orsi e gatti dei ghiacci osservavano la scena dsi rami soprastanti, immersi nell'ombra con le code penzoloni. Violini e corni volavano suonandosi da soli in modo piuttosto anarchico, senza che si vedesse alcun musicista.

In un angolo del salone, Incanzo l'Incantatore era assorto in una discussione politica con gli altri Maghi anziani. Girelli, Mago di una tribù rivale, stava sostenendo che i Maghi dovevano unirsi per affrontare i Guerrieri come avevano fatto i loro antenati. «È giunto il tempo di COMBATTERE» diceva, «e di trovare una nuova guida – IO – che diventi re al tuo posto, Incanzo…»

Il Torneo di Incantesimi dei Giovani Maghi si svolgeva in un altro angolo del salone e Looter aveva già sconfitto tutti quando Xar scese in campo con aria da spaccone, seguito dall'orso e dai lupi e con gli spiritelli che gli saettavano attorno rubando cappelli e pizzicando nasi, in una parola: mettendosi in mostra. E in neanche due secondi…

Ariel era sfrecciato sotto i tavoli del banchetto, legando le stringhe degli ospiti, che al momento di alzarsi e muoversi sarebbero caduti di faccia sul tavolo, meglio se su qualcosa di liquido e sporchevole come uno STUFATO!

Temperso trasformava in ghiaccio le mattonelle del pavimento.

E tutti gli altri spiritelli si facevano notare in maniera altrettanto fastidiosa.

«Cosa ci fai qui, Xar?» sbuffò Looter. «La tua Magia non si è ancora manifestata!»

«Sono qui per sfidarti» rispose Xar.

«Con cosa?» ghignò Looter. «Non dirmi che hai catturato la tua STREGA, fratellino!» disse sghignazzando. Si girò verso i suoi amici che ridevano e con il pollice indicò Xar. «Questo perdente pensava che avrebbe catturato una Strega e rubato un po' della sua Magia…»

«AHAHAHAHAHAHAHAHAHAH» risero i giovani Maghi.

Xar scuoté le spalle con noncuranza. «Magari l'ho catturata *davvero*, Looter» disse. «Perché non provi uno dei tuoi incantesimi su di me e vediamo cosa succede? O hai PAURA?»

«Attento, Looter!» lo mise in guardia Fosco. «Ha davvero catturato *qualcosa*. Non so cosa, però.»

«Di sicuro non una Strega» ridacchiò Looter. «E comunque non sai fare Magie, bambinetto che non sei altro. Ti avviso, se osi partecipare al torneo ti ANNIENTO, lo faccio *sul serio*...»

Xar entrò nel cerchio e, nel momento in cui vi mise piede, ci fu una breve e acuta vibrazione, e un campo di forza Magico avvolse lui e Looter come una sottile cupola trasparente che sibilava di potere.

Tutti si zittirono e scese quel silenzio particolare di quando sai che sta per succedere qualcosa. Temperso sguainò la bacchetta, e lo stesso fece Bomborombo. Ma non potevano aiutare Xar, ora che era entrato nel cerchio Magico.

Xar era solo.

Aprì le braccia rivolto a Looter.

«Vuoi fare Magie senza bacchetta, vero, Xar?» lo prese in giro Looter mentre i suoi amici ridevano a crepapelle. Fare Magie senza bacchette era molto difficile e solo i Grandi Incantatori come il padre di Xar ne erano capaci.

«Fossi in te comincerei ad avere paura, Looter, molta paura» disse Xar. «Perché non ho soltanto la Magia della Strega, ma una Magia che ha potere sul *ferro*...»

«AHAHAHAHAHAHAHAH!» si contorcevano tutti i giovani Maghi.

«Ma davvero?» sorrise Looter.

Se la sarebbe goduta un mondo.

«Davvero» rispose Xar. «*Io* sono stato scelto dal destino.»

Sicuro di sé, il ragazzo aprì la mano macchiata di sangue di Strega.

"Senti il potere" pensò. "Senti il potere… Visualizzalo nella tua mente… Senti il potere tra le dita…" Era questo che dicevano sempre i suoi insegnanti.

Ma Xar si fece solo più rosso in faccia e sempre più furioso: era esattamente come tutte le altre volte in cui aveva provato a fare Magie e non ci era riuscito. Non succedeva niente, *niente*.

Looter si era tenuto guardingo, vicino ai bordi del cerchio Magico, in caso che quel pazzo di suo fratello avesse *davvero* catturato qualche forma di vita estinta. Per quanto fosse impossibile, con Xar non si era mai troppo sicuri. Aveva un modo tutto suo di rendere possibili le cose impossibili.

Ma ora gli occhi di Looter si riaccesero.

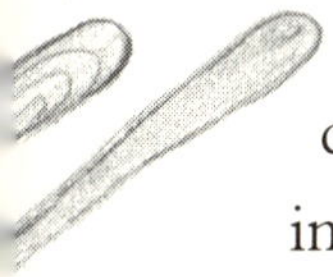

«Oh povero piccolo» lo canzonò, tenendo con cura la propria bacchetta, «oh piccolo caro… insomma, incarnazione del destino, prescelto… dov'è finita la tua spaventosa Magia di Strega, eh?»

«Incarnazione del destino!» risero i giovani Maghi fuori dal cerchio.

«Non capisco» disse Xar, allibito e furioso. «Io SONO l'incarnazione del destino! Io POSSO farlo. So che posso fare Magie.»

"Dannazione!" pensò. Era così sicuro. Che ne era del motto ammazzastreghe inciso sulla spada e di tutte quelle cose che erano di certo un segno del fato? Forse si sbagliava… ma se la macchia non era sangue di Strega, che cos'era?

"Per favore, per favore, non voglio trasformarmi in un lupo mannaro sotto gli occhi di tutti" pensò. "Sarebbe troppo umiliante."

Non era la prima volta nella sua vita che Xar rimpiangeva di non aver seguito i consigli di Caliburn. Si sentiva la pelle prudere dappertutto come se dovessero spuntargli peli su peli da un momento all'altro.

«Non sai fare Magie!» disse Looter. «Ma io sì. Lascia che ti mostri come si fa. Mi chiedo solo con cosa dovrei iniziare. Forse con… questo!» Puntò la bacchetta verso Xar: ci fu un lampo di luce accecante da cui scaturì un bianco fulmine di calda luce Magica, che colpì Xar al petto con tale forza da scagliarlo contro la parete dell'invisibile cerchio di forza Magica.

"Oh diamine" pensò Xar dolorante, cercando di rialzarsi in piedi. "Le cose non stanno andando come previsto…"

«Ora ti farò diventare verde» ghignò Looter, lanciando esplosioni di Magia contro il fratello. Xar era verde brillante quando fu scaraventato dalla parte opposta del campo, ma per quanto fosse stato colpito allo stomaco cercò di non urlare. «E rosso… e giallo… e rosa…»

Scagliato di qua e di là per il campo di combattimento, cambiando di volta in volta colore, Xar iniziò ad avvertire una nausea crescente, ma si sforzò di non vomitare davanti a tutti.

«AH! AH! AH! AH!» esplosero in una risata gli

accoliti di Looter e i Maghi bambini cui Xar aveva in passato giocato brutti scherzi o che aveva trattato con superiorità.

«Era ora che qualcuno ti desse una lezione» sorrise Looter. «E io te ne insegnerò una che non dimenticherai *mai*.»

Si avvicinò a Xar, che era ormai piegato su se stesso e boccheggiava dal dolore.

«Sei già piccolo ora» disse Looter, «ma io ti renderò ancora più piccolo...» Puntò la bacchetta contro il fratello e sussurrò un incantesimo a denti stretti. «C-O-M-P-R-I-M-I...» recitò. «Comprimi...»

"Oddio, no, non un incantesimo comprimente" pensò Xar. "Fa malissimo. E sono già abbastanza piccolo di mio. Mi conviene estrarre la spada."

Ma non ebbe tempo di farlo perché la Magia esplose dalla bacchetta di Looter, lo colpì e lo sollevò in aria fino ai limiti della cupola di Magia, facendolo brillare come fosse fatto di stelle.

Xar represse un grido di dolore quando le stelle lo strinsero come in una morsa e un pizzicore partito dalla fronte si espanse in tutto il corpo: era la Magia che lo stringeva e spingeva e comprimeva e schiacciava come se stesse indossando un'armatura che andava chiudendosi lentamente, strizzandolo.

«Di' che ho vinto!» urlò Looter, fermandosi un

attimo per dare a Xar la possibilità di abbandonare il campo. «Arrenditi!»

La bocca del ragazzo era ormai deformata dal processo di compressione, ma riuscì comunque a urlare: «No! Mai!».

Le parole gli uscirono strane, come schiacciate dalla O delle labbra che si stringevano e rimpicciolivano.

«Va bene, allora» disse Looter. «Diventerai ancora più piccolo...»

Questa volta Xar non riuscì a trattenere un urlo quando l'incantesimo lo colpì con un rombo esplosivo di pungoli e pressione e gli rattrappì le ossa riducendolo a una taglia in meno delle sue vere dimensioni. Diamine, non aveva modo di sguainare quella spada tremenda.

«Ti arrendi?» chiese Looter.

«Ovviamente no!!!» rispose Xar. «Ora mi hai *davvero* stancato, Looter.»

Per fortuna questa esclamazione fece sì che Looter interrompesse l'incantesimo per un attimo, perché lo fece ridere così tanto che quasi lasciò cadere la bacchetta. «Oh, ti ho *davvero* stancato, dunque? Che paura, che paura...»

Mentre Looter rideva, Xar riuscì a sguainare la spada appena in tempo. Se le sue mani fossero diventate ancora più piccole, non sarebbe più riuscito a impugnarla.

Riuscì invece ad appoggiare i palmi sull'elsa e a tirare in modo da sfilarla dalla cintura.

E fu un momento di puro trionfo.

Xar sguainò la Spada Incantata, con quel meraviglioso suono sibilante che fanno le spade mentre vengono sguainate, e quando lo udirono gli astanti passarono dal disprezzo alla sorpresa, e poi all'orrore non appena si resero conto che era una spada fatta di *ferro*.

Looter fece un passo indietro.

«Non puoi portare qui una SPADA DI FERRO!» farfugliò. «Dove l'hai trovata, pazzo che non sei altro?»

«Sono entrato nel Forte dei Guerrieri» mentì Xar vantandosi, «e l'ho rubata da sotto il loro piccolo naso altezzoso. E *posso* portarla qui, perché è una spada Magica ammazzastreghe. Come puoi vedere la *mia* Magia, che si è manifestata, può controllarla.»

Looter, preoccupato, gli scagliò contro un lampo di Magia per impedirgli di avvicinarsi ma, con un movimento della spada, Xar lo tagliò a metà prima che lo raggiungesse.

«Era un altro incantesimo comprimente, Looter?» lo punzecchiò Xar. «Dovresti riprovarci, perché mi sto avvicinando...»

Allora il duello iniziò davvero, con Looter che scagliava rapidi e roventi fulmini di Magia dalla bacchetta e Xar che li intercettava e li fendeva facendoli cadere inutili al suolo uno dopo l'altro.

La spada sembrava diventata viva tra le mani di Xar, guizzava come un salmone appena pescato e anticipava ogni mossa di Looter.

Xar, però, non era leggero come Desideria, quindi non si vedeva che era la spada a combattere per lui. Sembrava piuttosto che il ragazzo si fosse miracolosamente trasformato nel Miglior Spadaccino del Mondo.

La folla ora lo indicava con ammirazione, senza più deriderlo, mentre correva per il cerchio Magico parando ogni incantesimo di Looter e affettandogli la bacchetta, al grido: «Cosa hai da dire ADESSO sulla mia Magia, Looter?». In una parola, si vantava.

"Sta funzionando!" pensò Xar con gioia.

Ed era davvero esaltante come aveva immaginato.

Riuscì a sentire Eliotropa dire a un altro Mago: «Wow, combattere con una spada è più forte che con una bacchetta, non trovi?».

E l'altro replicare: «Pensi che Xar sia *davvero* l'incarnazione del destino?».

"Sono una star!" pensava questi, esultante. "Ho sempre saputo di esserlo! E ora se ne renderanno conto anche tutti gli altri!"

Fu allora che iniziò ad andare tutto storto.

All'improvviso, misteriosamente, la Spada Incantata si mise a strattonare Xar con violenza da una parte all'altra.

"Cosa succede?" pensò lui.

Un momento prima sembrava che lui e la spada fossero una cosa sola e ne aveva il pieno controllo, ma ora aveva la spaventosa sensazione che la spada stesse cercando di sfuggirgli.

Xar dovette tenerla stretta con entrambe le mani finché, con un balzo in alto che lo portò a quasi due metri da terra, la spada non si liberò dalla sua presa e partì a razzo contro la cupola di Magia che li circondava, facendola esplodere.

BOOOOOOOOOOOOMMMM!

La forza dell'esplosione creò onde d'urto di Magia che rimbalzarono per il salone in enormi, violentissimi scoppi, che aprirono crepe e buchi nei muri mentre palle di fuoco della dimensione di una zucca sfrecciavano per la stanza.

La Spada Incantata, dopo essere schizzata fuori

dal cerchio Magico, s'infilò in una crepa del soffitto e sparì in direzione della camera di Xar.

Quando il fumo si dissipò, si vide che Xar e Looter erano stati scagliati lontano e giacevano a terra tossendo e sputacchiando.

Un'enorme crepa si era aperta ai piedi di Xar e si allungava per tutto il pavimento della sala.

«COSA STA SUCCEDENDO QUI?!»

Il tono di voce di Re Incanzo era glaciale.

9. Incanzo, il Re Incantatore

Il Re Incantatore era un uomo alto che la Magia rendeva ancora più alto. Era difficile fissarlo, perché sembrava sempre che stesse mutando leggermente forma o che fosse sfuocato ai bordi. Ma sotto ai tratti mutevoli del volto, su cui la Magia andava e veniva come onde su una spiaggia, c'era un uomo duro e inflessibile quanto una roccia.

Era un Mago talmente potente che metteva sempre una certa paura, anche quando si limitava a starsene in silenzio in una stanza. Una delle unghie della sua mano destra era nera e si sapeva che le era successo qualcosa, ma nessuno osava chiedere a Incanzo che cosa.

Due vecchi e giganteschi gatti dei ghiacci si fermarono ai lati dell'Incantatore come statue a guardia di una porta.

Xar e Looter si rimisero malamente in piedi: sembravano una coppia di spaventapasseri carbonizzati.

«Xar!» esclamò l'Incantatore. «Cos'è successo qui? E cosa ci fai tu a un Torneo di Incantesimi?»

La fredda ira dell'Incantatore si smorzò un istante quando chiese al figlio: «La tua Magia si è finalmente manifestata?».

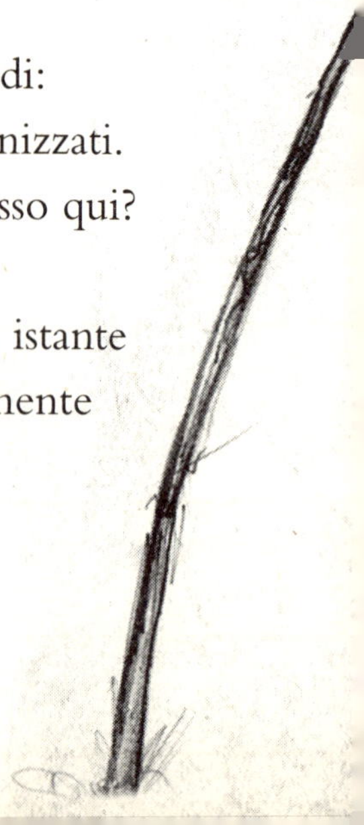

Il padre di Xar,
l'Incantatore

La voce del Mago era carica d'impazienza. *Troppo* carica d'impazienza perché Xar non capisse quanto ci teneva.

«Si è manifestata» rispose Xar.

«Non si è manifestata!» disse Looter.

«Be', Xar» chiese l'Incantatore severo, e questa volta la sua delusione era palese, «si è manifestata o non si è manifestata?»

«Forse no» ammise Xar, abbattuto.

«E allora come mai stai partecipando a questo Tor...»

attaccò l'Incantatore, ma Looter era talmente furibondo che lo interruppe, sgarbato.

«Ha imbrogliato! È fuori controllo!» gridò. «È andato nel Bosco Malefico stasera con un piano senza senso: voleva catturare una *Strega* e usare la sua Magia su di sé. E poi ha cercato di attaccarmi con una spada fatta di f...»

Looter stava per rivelare all'Incantatore l'esistenza della spada ma per fortuna il padre lo punì per la sua maleducazione cucendogli le labbra con la Magia prima che potesse finire la frase. A un cenno del mignolo dell'Incantatore, la bocca di Looter si sigillò come se avesse il trisma.

Rampogna, il tutore di Magia e Incantesimi Avanzati di Xar, si avvicinò in tutta fretta. Rampogna era un uomo grosso e borioso, con un naso rosso come una maestosa aragosta e un doppio, triplo, quadruplo mento che vibrava di stizza. La sua aria di dignità e calma era intaccata dal fatto che ovunque andasse lo seguivano non solo i suoi spiriti antichi e nobili, ma anche sei maialini che lo fissavano grugnendo adoranti.

«Ho provato a parlarvene tante, TANTISSIME volte, Incantatore!» strillò Rampogna. «E avete preferito non ascoltare. Questa è l'ultima di una lunga serie di disubbidienze! Soltanto nelle scorse settimane vostro figlio è salito in groppa al suo gatto dei ghiacci ed è andato fino al pennone della bandiera del campo, l'ha rimossa e sostituita con un paio di mutande di Vostra Eccellenza. Ha dato fuoco all'ala ovest dell'accampamento...»

«È stato un incidente!» lo interruppe Xar. «Stavo solo facendo uno scherzo agli spiritelli dei camini ma loro non sanno stare al gioco. E comunque» si corresse in fretta, «non c'ero nemmeno.»

Dando voce all'ultima lamentela, il tono di Rampogna si abbassò fino a diventare un vibrato furioso che gli faceva scuotere e tremolare i menti. «E, peggio ancora, ha versato un filtro di Amore-Non-Mente nel pastone dei maiali, che ora si stanno comportando in modo alquanto OLTRAGGIOSO.»

Benché fosse molto seccato con il figlio, l'Incantatore non riuscì a reprimere un sorrisetto. Guardò i maiali che fissavano adoranti Rampogna.

«Ah, sì, mi stavo chiedendo come mai avessi scelto dei maiali come seguito... Non certo degni di un Mago anziano del tuo calibro, direi.»

«I maiali» sbottò Rampogna «non sono una mia idea! Vostro figlio me li ha inflitti. E non dovreste trovarlo divertente, Incantatore. La sua disubbidienza nonché mancanza di Magia disonorano tutta la tribù.»

«Cos'hai da dire a tua discolpa, Xar?» chiese il padre.

«Non ci sono prove!» strillò Xar, tirando pugni all'aria. «Io sono Xar il Magnifico ed esigo un processo equo!»

Filtro di Amore-Non-Mente

Chi beve un filtro di Amore-Non-Mente si innamora della prima persona che vede. È anche un filtro della verità. Da rosso il liquido diventa blu quando la persona che lo tiene in mano sta dicendo una bugia.

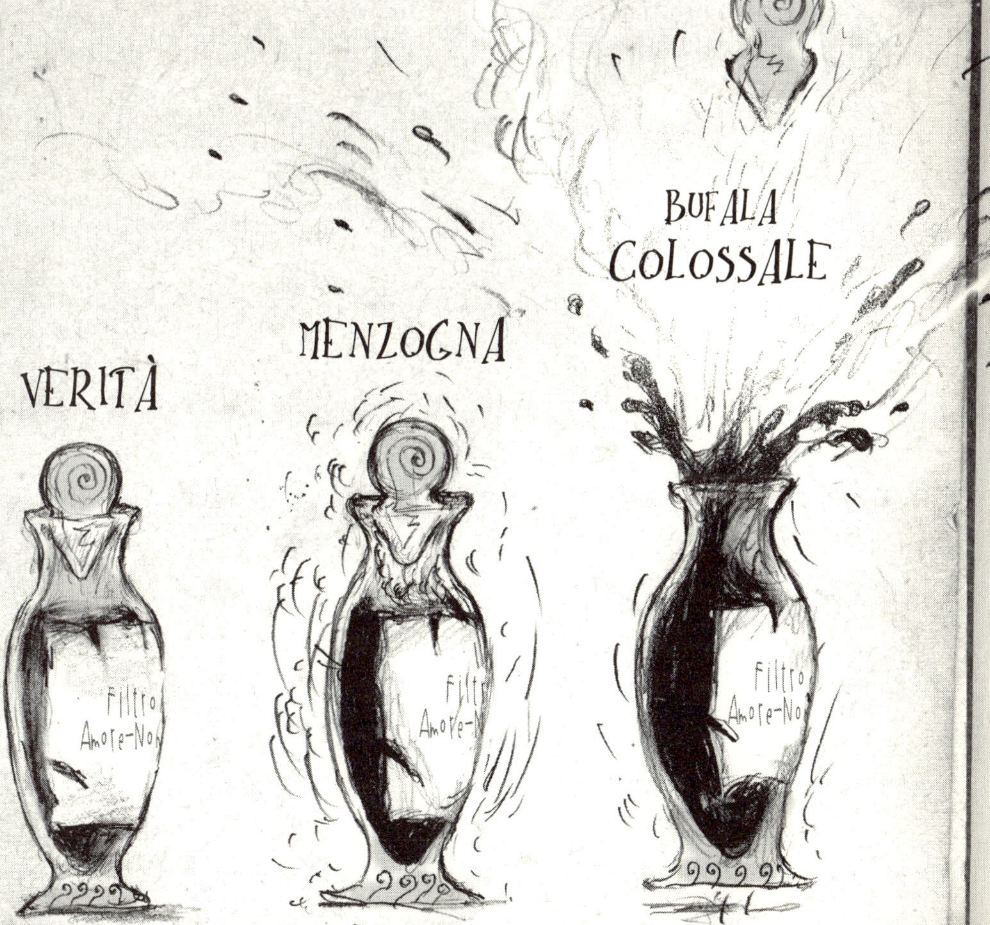

«Ma certo» disse Incanzo l'Incantatore. «Mi faresti vedere cos'hai lì, Xar?»

Indicò un involto che spuntava da una delle tasche della cintura del ragazzo.

Con mooolta riluttanza, Xar lo prese e Incanzo gli chiese di aprirlo.

L'involto si rivelò essere una bandiera della tribù dei Maghi semibruciata e avvoltolata intorno a una boccetta mezza piena di filtro di Amore-Non-Mente.

Incanzo scrollò la bandiera. «Sì, sì, sì… Io questa la chiamerei una prova, tu no? E ti dichiaro… COLPEVOLE.»

«Non ho mai visto quella bandiera in vita mia!» gridò Xar.

Ma purtroppo stava tenendo in mano la boccetta col filtro di Amore-Non-Mente.

E un filtro di Amore-Non-Mente ha due proprietà fondamentali. La prima è che chi lo beve o inala si innamora della prima persona o animale che vede. La seconda, che da rosso diventa blu quando chi lo tiene in mano sta dicendo una bugia.

Incanzo guardò la boccetta cambiare lentamente da cremisi a indaco scuro.

«È chiaro che qualcuno mi ha infilato in tasca la bandiera e la pozione, perché di sicuro non appartengono a ME!» continuò a mentire Xar, speranzoso.

Di fronte all'enormità della menzogna, la pozione da indaco scuro si fece nera. La boccetta si riempì di fumo e iniziò a tremare nelle mani del ragazzo, il tappo saltò via e Xar si affrettò a richiuderla. Ma non prima che una lieve nebbiolina di filtro di Amore-Non-Mente avvolgesse i maialini che sedevano adoranti in cerchio ai piedi di Rampogna e li facesse saltare di nuovo in piedi a grugnire come pazzi e far rumori sempre più imbarazzanti per attirare l'attenzione dell'uomo.

«AAAAAAAAAH!» urlò Rampogna contro i maialini. «LASCIATEMI STARE! SCIÒ! MALEDETTE CREATURE, SCIÒ!»

Solo Xar osò mettersi a ridere davanti a uno spettacolo del genere, perché l'Incantatore aveva smesso di trovare la cosa divertente. Fissava dall'alto in basso il figlio più giovane con un cipiglio che incombeva sui suoi fieri occhi da falco.

«Non solo sei colpevole di tutto ciò di cui Looter e Rampogna ti hanno accusato, Xar, sei anche un bugiardo e un ladro» disse il Mago, triste.

Maledetto il suo terribile padre! Perché doveva sempre farlo vergognare così?

«Ed è ora che tu lasci perdere questi tuoi stupidi trucchetti e inizi a CRESCERE» disse l'Incantatore. «Mentre le altre non sono che sciocchezze infantili, cercare di conquistare una fonte di Magia Malvagia è un crimine che in passato i Maghi hanno pagato con l'esilio.»

«E infatti dovrebbe essere ESILIATO!» esclamò Rampogna, intromettendosi. «L'ultimo figlio di Incanzo il Magnifico, Re dei Maghi, ed è senza Magia! È una vergogna! È terribile! E SE LA MAGIA NON SI MANIFESTASSE AFFATTO? Saremmo gli zimbelli del bosco!»

Lo stomaco di Xar fece una capriola.

«Ti salva dall'esilio solo l'estrema stupidità della tua idea, Xar» disse l'Incantatore con voce glaciale. «Perfino un tredicenne dovrebbe sapere che le Streghe sono estinte. E se le Streghe ci fossero davvero, là fuori, solo un pazzo rimarrebbe in zona!»

Incanzo puntò il dito contro Xar. Non aveva bisogno di una bacchetta per convogliare la Magia, che esplose con un'intensità così pura da non essere neppure visibile.

Gli abiti anneriti di Xar gli si stringevano addosso, tanto che riusciva a malapena a respirare.

Sul pavimento di terra polverosa accanto a Xar c'era un disegno di serpenti che si contorcevano. I serpenti iniziarono a muoversi l'uno attorno all'altro e a prendere consistenza, si alzarono da terra e si avvolsero attorno alle gambe del ragazzo; poi i suoi abiti, che avevano preso vita, lo sollevarono in aria come se si dondolasse appeso al ramo di un albero e i serpenti sibilanti si tramutarono in mercurio liquido che gli si strinse addosso, solidificandosi e trasformandosi in catene, e Xar rimase sospeso a mezz'aria, incatenato.

«LASCIAMI ANDARE!» urlò, furioso.

«Sei andato nel Bosco Malefico, disubbidendo alle mie precise indicazioni» disse l'Incantatore. «Hai cercato di ottenere la Magia da una fonte oscura, di farla penetrare nell'accampamento per partecipare con l'inganno a un Torneo di Incantesimi e vincerlo. Ti terrò lassù finché non avrò deciso come punirti.»

«Non vedo perché mai dovrei essere punito!» fumava d'ira Xar, scalciando con forza nell'aria per cercare di liberarsi dalle catene. «Non è giusto! Perché te la prendi sempre con me?!»

«Me la prendo sempre con te perché sei sempre *tu* il responsabile!» replicò l'Incantatore, esasperato.

Caliburn aprì le ali e sussurrò all'orecchio del Mago. «Io suggerirei pazienza» disse. «È molto importante dimostrare pazienza verso i ragazzi e cercare di vedere le cose dal loro punto di vista.»

«Sono stato *molto* paziente col ragazzo» replicò l'Incantatore a denti stretti, «ma la mia pazienza si sta esaurendo. Deve imparare a ubbidirmi e se non lo fa è giusto che sia punito.»

«Più lo punirete più si ribellerà» lo mise in guardia Caliburn.

Demendor, Ambasciatore dell'Alto Commando Droodo presso la Corte, si accarezzò la barba e alzò un dito al cielo. «Un ragazzo senza Magia è un segno che gli dèi sono molto scontenti di noi!»

«È vero» concordò Girelli, che cercava sempre il modo di spodestare Incanzo (ma questa è un'altra storia che vi racconterò più tardi). «E magari questa tua incapacità di dare una raddrizzata a tuo figlio è davvero un segno che non sei più adatto a guidare i Maghi.»

Ah, essere re e padre è più dura di quanto sembri. Tutti pensano di essere in grado di far meglio del genitore o monarca di turno.

«ZITTI, TUTTI QUANTI!» esplose Incanzo, il Re Incantatore. «Quando avrò bisogno del vostro consiglio ve lo chiederò. Xar sta facendo il bambino disubbidiente e lo sbruffone davanti ai suoi amici solo perché la sua Magia non si è ancora manifestata.»

Xar perse la testa.

«Be', almeno io sto cercando di FARE qualcosa!» urlò. «Almeno io cerco di AGIRE! Mentre tu, Padre, *tu* non stai facendo proprio un bel niente!»

L'intera stanza trattenne il respiro. Il profilo dell'Incantatore vibrava di furia. Mandava grosse scintille e sopra di lui le nuvole che scivolavano sull'alto soffitto della sala si fecero sempre più nere, mentre cupi rombi di tuono echeggiavano dappertutto.

Caliburn si coprì gli occhi con le ali. Xar stava davvero *cercando* di farsi esiliare?

«Perché non andiamo a combattere contro l'esercito dei Guerrieri?»

«È esattamente quello che stavo cercando di dimostrare» fece le fusa Girelli con gli occhi illuminati di piacere. «Perfino *il suo stesso figlio* pensa che Incanzo non stia facendo un gran lavoro come re.»

Poi s'interruppe di colpo perché, a un impercettibile gesto dell'Incantatore, la collana di metallo che aveva al collo cominciò a stringersi, e passò un po' di tempo prima che Girelli potesse tornare a respirare di nuovo.

«Affrontare i Guerrieri avrebbe senso solo se fossimo sicuri di *vincere*» spiegò Incanzo, cercando di mantenere la calma.

«Perché pensi che non potremmo vincere?» gridò Xar. «I Guerrieri ci spazzeranno via in ogni caso se rimaniamo nascosti in questa foresta sempre più piccola, a girarci i pollici o pizzicare i violini e a fare le nostre stupide piccole Magie e incantesimi e pozioni d'amore mentre quelli radono al suolo il bosco e uccidono i nostri giganti e distruggono tutto il nostro mondo!»

Gli occhi di Incanzo il Re Incantatore sprizzarono scintille.

«Ci nascondiamo dai Guerrieri come codardi» continuò Xar. «Perché ci insegni a essere dei codardi, Padre? Forse perché il codardo sei *tu*...»

«SILENZIO!» tuonò l'Incantatore. «O ti *farò* stare zitto io! Ti cucio le labbra con la Magia.»

«Fallo, avanti» disse Xar. «Non mi interessa.»

«Basta!» gridò l'Incantatore. «Ho deciso quale sarà la punizione. Tu, i tuoi spiritelli e i tuoi animali rimarrete chiusi a chiave nella tua stanza per tre giorni.»

«Ma non basta» borbottò Rampogna, furioso.

Xar era scosso. «No! Padre!»

«Be', non dovresti disubbidirmi, allora» rispose l'Incantatore suo padre con la sua voce più dura. «Ora, sta' zitto.»

«Ma sono stato *io* a disubbidire! Non punire LORO! Punisci ME!» disse Xar con rabbia.

«Tre giorni» replicò l'Incantatore sempre più gelido e livido d'ira. «E ogni volta che riaprirai bocca aggiungerò un giorno.»

Xar aprì la bocca per replicare... e la richiuse subito.

«Quattro giorni!» disse l'Incantatore. «Non lascerai la stanza per quattro giorni. E se non mi darai retta e mi disubbidirai ancora, ti porterò via spiritelli e animali PER SEMPRE!»

Di questo gli importava. Eccome se gli importava!

Quindi rimase zitto.

«Sono *io* il re qui» disse l'Incantatore. «Vedete di ricordarvelo TUTTI. E Xar deve ricordarsi *chi siamo…*»

Poi proseguì: «Hai un'opinione molto alta di te stesso, Xar, ma la verità è che sei presuntuoso, profondamente disubbidiente e davvero egoista, e il fatto che tu abbia cercato di ottenere la Magia Malvagia da una Strega dimostra che non hai la minima idea di cosa significhi essere un Mago, perché i Maghi cercano solo la Magia Buona, Xar…

«Hai un'ultima occasione per comportarti bene ed essere buono» lo mise in guardia l'Incantatore. «Sii buono, perché solo un altro sgarro e sarò obbligato a esiliarti e a privarti di spiritelli e animali.»

«NON TI INTERESSA NIENTE DI *ME*!» urlò Xar con quanto fiato aveva in gola. «VUOI SOLO UN FIGLIO *MAGICO*!»

«SILENZIO!!!» tuonò l'Incantatore.

Mosse il braccio ancora una volta e nella sala, dove colonne e pilastri e scalinate erano stati ridotti in migliaia di schegge dall'esplosione del cerchio Magico, i piccoli frammenti cominciarono a sollevarsi da terra e si misero a danzare nell'aria come nugoli di api ronzanti.

L'Incantatore mosse il braccio come se conducesse

un'orchestra invisibile e la polvere di frammenti ubbidì al suo gesto.

«È facile distruggere» disse. «Ma io non sono come i Guerrieri, che sono ammaliati dalla distruzione. È molto più difficile creare e creare è la ragione per cui esistono i Maghi. Suonate, violini, suonate!»

I violini schizzarono in aria e iniziarono a suonarsi da soli, e i milioni di piccoli frammenti si levarono come volute di fumo da una foresta in fiamme, danzando a tempo di musica con tale energica rapidità che gli astanti, meravigliati, ne sentivano il calore sul viso.

Fu una dimostrazione molto efficace dei poteri dell'Incantatore, perché creare era davvero molto più complesso che distruggere, e solo LUI era capace di una Magia così spettacolare. Lo fece come dimostrazione per il figlio e per ricordare a Girelli e agli altri Maghi riuniti ciò che i Maghi rappresentavano.

E funzionò. Perfino Girelli sussultò di meraviglia, benché riluttante (e imprecando sotto i baffi, ovviamente).

«Crea, Xar, crea e sarai in grado di stupirmi» concluse l'Incantatore, le braccia che mulinavano, vorticose e splendide, a tempo con la musica che lui stesso aveva evocato. «Nel frattempo rimarrai in camera tua finché non ti concedo di uscire.»

BAM!

Con un ultimo rombo di tonante Magia che accese il salone come un lampo, i milioni di frammenti si ricomposero a formare di nuovo pareti e colonne. Le crepe nel pavimento si chiusero e i vestiti e i serpenti-catene volanti portarono Xar in alto, fino alla sua stanza, dove la porta si spalancò e i serpenti-catene lo fecero ondeggiare qua e là per poi lasciarlo all'improvviso, facendolo cadere a terra.

L'Incantatore fece cenno agli animali e agli spiritelli di Xar, e i primi sfrecciarono fuori dalla sala e salirono le scale con gli spiritelli alle calcagna, seguiti da Caliburn che batteva le ali lento e riluttante.

La porta della camera di Xar si chiuse dietro di loro con un tonfo.

«Non basterà» balbettò Looter, le cui labbra si erano finalmente riaperte. «Rampogna ha ragione. Avresti dovuto esiliarlo.»

L'Incantatore gli ruggì contro, il che era insolito

visto che Looter era in genere il preferito tra i figli. E quando dico ruggire, intendo che aprì la bocca e una folata di Magia ne uscì con tale forza che scagliò letteralmente Looter per aria.

Quindi Incanzo si allontanò a grandi passi e si abbandonò sul trono prendendosi la testa tra le mani. "Cosa c'è che non va in Xar?" pensava. "Perché la sua Magia non si è ancora manifestata? Gli ho dato il miglior gigante delle mie terre, l'albero più bello, Caliburn, il miglior consigliere... Ma perché non riesco a controllarlo?"

Ah, essere re
e padre è più dura
di quanto sembri...

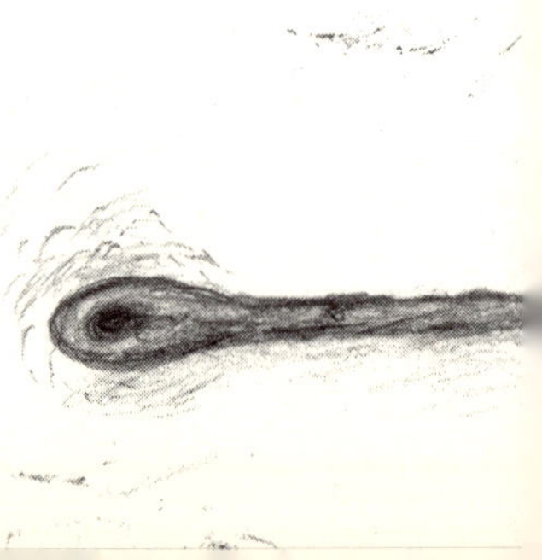

10. Un quarto d'ora prima, in camera di Xar

Ora, la stanza in cui tornò Xar era in una condizione molto diversa da come l'aveva lasciata solo un quarto d'ora prima. Perché vi erano accadute delle cose brutte.

Queste cose brutte erano accadute a Desideria e Stiletto, agli spiritelli e agli animali che erano stati tutti chiusi nella stanza dallo stesso Xar, come ricorderete.

Cose molto, molto brutte.

Per poterle spiegare, dovrò tornare indietro nel tempo di esattamente quindici minuti.

Ovviamente, nella vita reale, tornare indietro nel tempo non è possibile. Penso di averlo già detto.

Io invece posso farlo, perché sono il dio di questa storia e quindi ho forse più Magia di quanto sia bene per me.

Immaginate la camera di Xar quindici minuti prima.

Al piano di sotto è in corso il Torneo di Incantesimi, e Desideria e Stiletto vi assistono attraverso le crepe del pavimento.

Durante quei quindici minuti, proprio ora, sotto la pioggia battente, nella foresta, *qualcosa* sale strisciando lungo le mura del campo con passi invisibili, impercettibili.

Qualcosa di antico e oscuro e molto, molto cattivo.

Potrebbe essere un Respirorco, che cerca di riprendersi il proprio sangue.

Potrebbe essere un lupo mannaro, che vuole che Xar si unisca al suo branco.

Oppure potrebbe essere…

Qualcos'altro.

Di solito l'accampamento dei Maghi era protetto da una barriera invisibile di Magia sospesa sul ciglio del bosco.

Ma quando Xar aveva portato all'interno la spada, il ferro aveva creato un buco nella barriera. La traccia lasciata dalla spada di ferro risaliva l'albero fino alla stanza di Xar. Ed è tale il potere del ferro che nessun Mago avrebbe potuto individuare la persona o l'essere che seguiva la traccia lasciata dalla spada.

Peccato, perché le due penne nascoste nella giacca che Xar aveva lasciato dentro la stanza stavano iniziando a brillare appena appena ai bordi di luce verdognola.

I gatti dei ghiacci, Spremucco,

Tempestizza e l'orso erano caduti nel sonno profondo di chi ha trascorso la tradizionale bella giornata all'aria aperta a costruire trappole per Streghe e a correre per il Bosco Malefico.

Ma un mutamento nell'aria fece sì che Stiletto e Desideria alzassero lo sguardo dal pavimento della stanza su cui erano inginocchiati e si guardassero attorno con un brivido di ansia. Il Cucchiaio Incantato stava tremando di agitazione sulla testa di Desideria.

Sotto di loro si udivano i rumori del Torneo.

Ma fuori nella foresta la pioggia, i fulmini e il vento che faceva oscillare la stanza come una culla mossa da un pazzo si fermarono di colpo.

Ai tuoni subentrò un inquietante silenzio, come se il mondo silvestre che li circondava si stesse sporgendo a osservare qualcosa di strano e spaventoso nascosto all'interno del suo chiuso pugno verde.

L'unico suono era quello dell'acqua che gocciolava ai bordi dell'invisibile incanto sopra di loro. *Plic… plic… plic…*

Attraverso l'incanto Desideria guardò il cielo pieno di stelle sopra di sé, i rami degli alberi stranamente immobili, come dipinti contro la buia notte; poi sentì un gelo nell'aria proprio come quando lei e Stiletto erano stati inseguiti nel bosco, poco prima, un gelo che le penetrava dentro.

E con suo grande orrore, vide che le penne nere attaccate alla giacca di Xar si erano accese di un bagliore giallo-verde che pulsava, come al ritmo del respiro di qualcuno.

Le si strinse la gola tanto che temette di soffocare. Si sentiva come se un esercito di formiche le si stesse arrampicando su per il collo e tra i capelli, facendoli rizzare a uno a uno con un brivido di terrore. Sopra di lei l'incanto era come un pezzo di vetro, con la pioggia che ancora vi colava sopra.

Ma non c'era anche qualcos'altro, un'ombra che si muoveva come in sogno dietro il vetro, con un nauseante movimento ondulatorio e viscoso che copriva le stelle? O era solo l'ombra biliosa dell'immaginazione di Desideria, la stanca impressione dei suoi occhi arrossati dopo una giornata estenuante e spaventosa?

Desideria era sicura ci fosse una forma scura che si muoveva, densa come colla, dietro il vetro…

O almeno *credeva* di esserne sicura…

"Cos'è che si diceva delle Streghe? Che erano invisibili come fantasmi ma dovevano tornare visibili prima di attaccare? O forse che i loro artigli potevano trapassarti senza farti nulla, come aria?"

E allora, con assoluto terrore, capì che non si trattava di un miraggio.

Le sue orecchie, tese all'inverosimile, colsero un *sussurro* nell'invisibilità che la sovrastava.

Plic... plic... plic...

Sssss... Sssss... Sssss...

«Iuq... iuq... iuq...»*

«Svegliatevi!» gridò Desideria con voce rotta ai gatti, a Spremucco e a Tempestizza. «Svegliatevi *SUBITO*. Dobbiamo scappare.»

Il vento riprese a soffiare, un paio di folate portarono nella stanza il caldo fetore di STREGA, un odore acre di ratto avvelenato e lingua di vipera, che trasudava morte come la fiala di uno speziale.

I gatti, che giacevano semiricoperti dalle foglie, si svegliarono sentendo quell'odore. All'unisono aprirono gli occhi assonnati e capirono che dovevano stare zitti, come cervi che percepiscono una volpe.

Tempestizza aprì gli occhi, prima uno, poi l'altro, vide il brillare pulsante delle penne e impietrì.

Stiletto cercò di aprire la porta. Ma Xar l'aveva chiusa a chiave, naturalmente.

«Siamo chiusi dentro! Non possiamo uscire!» disse inorridito prima di piombare a terra svenuto con le dita ancora sulla maniglia della porta.

«Stiletto!» strillò Desideria. «Svegliati SUBITO!»

---

* Le Streghe parlano la nostra stessa lingua, ma ogni parola è capovolta. In questo caso sta dicendo: «Qui... qui... qui...».

Stiletto si risvegliò con un mugugno. «Dove? Cosa? Come?»

«La camera di Xar…» ansimò la principessa. «L'accampamento dei Maghi… Ci sta attaccando qualcosa di veramente terrificante.»

«Cosssssssssssss'è?» sibilò Tempestizza, guardando in alto con la bacchetta ritorta stretta in mano.

«La spada! O dèi delle acque morte… Ci serve la Spada Incantata!!!» urlò Desideria.

Ora, vedete, nulla accade per caso.

C'era un motivo per cui la Spada Incantata era schizzata via dalle mani di Xar in quel preciso momento, per lui inopportuno, al piano di sotto, durante il Torneo di Incantesimi.

Dobbiamo ammetterlo, Desideria aveva bisogno della spada in quel momento, per un motivo molto più importante.

SSSSSSSSSSSSSSSSSSSSSSSHHHHHHHHH!!!

Con un sibilo acuto che fece quasi morir di paura Desideria e risvegliò Stiletto – di nuovo svenuto sempre tenendo stretta la maniglia della porta – la Spada Incantata aprì uno squarcio nel soffitto del salone d'onore e passò attraverso il pavimento della camera di Xar.

La spada si alzò, vibrante, e si fermò a mezz'aria, puntando alla superficie di vetro dell'incanto soprastante, a un braccio esatto di distanza da dove si trovava Desideria.

Tutto ciò che doveva fare era allungare la mano e afferrarla.

"Oh, siano ringraziati il vischio e l'edera e tutti i tipi d'acqua stagnante..."

«*Un tempo c'erano le Streghe...*» sussurrò Desideria, leggendo l'incisione sulla lama, «*...ma io le ho uccise.*»

Allungò la mano.

Afferrò la spada.

Si udì un lacerante urlo ultraterreno venire dall'oscurità sopra di loro mentre *chissà-cosa* si precipitava verso la stanza.

La forma tremolante si fece scura e molto, molto solida.

Ci fu un trambusto confuso...

Qualcosa SI SCHIANTÒ con violenza inaudita contro l'incanto invisibile sopra di loro...

Seguì un altro strillo, come un'imprecazione...

... e attraverso il vetro sopra di loro tre artigli lacerarono l'incanto. Tre artigli grandi e spaventosi, terribilmente reali, lunghi, giallo-verdi, affilati come rasoi e ricurvi come sciabole.

Desideria si mise a urlare.

Se non fosse stato per l'incanto sarebbe morta di sicuro, perché *chissà-cosa* ci si era schiantata contro.

Sull'incanto si aprirono crepe zigzaganti, come sul ghiaccio prima che si infranga.

Desideria alzò la spada e quell'oggetto straordinario si lanciò in aria trascinandola con sé, e udì un altro urlo quando il ferro affondò in qualcosa di morbido e…

Chissà-cosa, l'enorme ombra scura sopra di lei, urlò ancora e ancora e poi si immobilizzò.

Desideria ritrasse la spada, che scivolò via con un nauseante rumore di poltiglia calpestata.

"Per favore" pregò Desideria. "Per favore, fa' che sia morta."

Ci fu silenzio per un istante.

Forse quella cosa, *chissà-cosa*, era morta davvero? Le aveva conficcato la spada piuttosto a fondo…

Attorno a lei i gatti ruggivano e Stiletto continuava a ripetere, terrorizzato: «Oh cielo… oh cielo… oh cielo…».

Desideria vedeva la scura forma indefinita riversa sull'incanto sopra di loro. Non si muoveva.

"L'ho uccisa" pensò la ragazza, con grande tristezza. "L'ho davvero uccisa…"

Tempestizza fissava la spada, la bocca aperta in

un’espressione di orrore. «Non toccare la ssspada…» sussurrò.

La punta della lama era coperta di una strana sostanza verdastra e lattiginosa, che emetteva fumo. Una goccia tremolò sul bordo e cadde come al rallentatore…

… proprio verso la mano di Desideria.

Ma Spremucco si lanciò in avanti, squittendo: «Attenta Principessa, attenta!!!».

Determinato a proteggere la principessa, si gettò tra la sostanza verde e Desideria e quando la goccia gli sfrigolò sulla mano lanciò un grido.

Il povero spiritello scrollò forte la mano per liberarsi dal verde sangue fumante.

Si lanciò in aria, urlando e agitando la mano terrorizzato. Desideria cercò di afferrarlo per calmarlo, mentre Tempestizza strillava, impazzita: «Non toccare! Non toccare!» con un tono che ricordava lo stridio del gesso sulla lavagna.

Altre crepe apparvero sulla superficie dell'incanto sopra di loro, come un lago ghiacciato un istante prima di rompersi.

«VIA DAL LETTO!» urlò Desideria, e i gatti e gli spiritelli si precipitarono dall'altra parte della stanza appena in tempo, perché un secondo dopo l'incanto, crepato e spezzato, collassò, facendo piovere schegge dappertutto, e la pioggia

che tratteneva si riversò sul letto come una secchiata d'acqua gelida, seguita dalla forma scura che continuò a cadere insieme al letto, giù, sempre più giù, lasciandosi alle spalle una verde voragine fumante e continuando a cadere, a cadere, così che la camera di Xar si ritrovò con un enorme cratere al centro, come una dolina.

Una dolina profonda due metri, col cadavere di una Strega sul fondo.

«Credo che sia morta» sussurrò Desideria, sporgendosi tremante dal bordo della voragine. «O almeno non si muove. Tutto okay, Spremucco?»

«NO, per niente...» balbettò Spremucco scuotendo la mano. «NO, per niente... È Magia Malvagia... Magia molto Malvagia...»

Mentre parlava la macchia verde risalì lungo il braccio, e raggiunse il cuore e la testa, rendendolo rigido come un rametto.

Spremucco cadde a terra come un sasso, e rimase pietrificato sul pavimento.

Desideria lo raccolse con delicatezza.

Proprio come ho detto.

Erano successe delle cose davvero brutte nella camera di Xar.

Cose molto, molto brutte.

Può succedere di tutto in un quarto d'ora.

11. Xar ottiene molto più di quanto avesse desiderato

Xar non notò subito che c'era qualcosa di diverso nella sua camera quando la Magia dell'Incantatore aprì la porta chiusa a chiave e le catene volanti lo gettarono dentro, seguito da Caliburn che planò dentro appena in tempo prima che la porta si richiudesse magicamente alle loro spalle.

Ma perché mai avrebbe dovuto pensare che c'era qualcosa di diverso? Aveva lasciato la stanza solo un quarto d'ora prima.

Comunque era troppo impegnato a sbizzarrirsi in lunghi e inventivi improperi contro la porta chiusa e a prenderla a calci, per notare il silenzio teso e scioccato che regnava nella stanza devastata alle sue spalle.

«Ehm… Xar…» disse Caliburn. «Mi sa che abbiamo un problema…»

«Lo so che abbiamo un problema!» urlò Xar. «Mio padre e mio fratello non si rendono conto di quanto io sia importante! Nessuno se ne rende conto!»

«No, voglio dire, un *vero* problema, Xar.»

Xar si voltò.

E rimase a bocca aperta.

Desideria era in piedi, sconvolta, con la Spada Incantata stretta tra le mani.

«TU hai preso la mia spada!» esplose Xar come impazzito. «È tutta colpa TUA, tu, maledetta ladra! Stavo per sconfiggere Looter e TU mi hai interrotto! Come hai fatto, infida figlia della Regina Sychorax?»

Xar fece per afferrare la spada e gli spiritelli urlarono tutti insieme:

«*Non toccare la sssssssssssspada!!!*»

E fu allora che Xar si rese conto che la situazione era molto più grave di quanto avesse pensato.

La sua stanza era sempre in disordine, ovviamente.

Ma ora, proprio al centro, dove una volta stava il letto, si apriva un'enorme voragine profonda due metri.

Desideria e Stiletto erano in piedi ai lati del cratere.

«COSA AVETE FATTO ALLA MIA STANZA???» urlò Xar. «Oh santi dèi, me ne vado per un quarto d'ora... Cosa avete fatto alla mia stanza?!»

Stiletto indicò il buco

nel pavimento. «Una Strega ci ha attaccati. L'abbiamo uccisa.»

«Oh per l'edera e il vischio e le cose verdi dai lunghi baffi pelosi!» strabuzzò gli occhi Xar. «Siete sicuri che fosse una Strega? Non era per caso un Respirorco tornato a riprendersi il sangue?»

«Guarda un po' tu...» disse Stiletto.

Xar si sporse dall'orlo della voragine e lì in fondo scorse qualcosa di grosso e scuro e morto, con lunghe ali piumate al posto delle braccia e un naso come un becco; anche se non si muoveva, quell'ammasso accartocciato di piume emanava un fetore di Magia Malvagia così forte che a Xar iniziò a girare la testa.

Già.

Non aveva mai visto una Strega, ma quella senza dubbio era una Strega.

"Oh per i peli del naso del Brutto Basso Borbottorco..."

Cosa gli aveva appena detto suo padre sul prendere la Magia da una fonte oscura?

La realtà è spesso un po' diversa da come la si immagina, e quanto era appena successo con suo padre aveva fatto capire a Xar che forse Incanzo non era proprio di larghe vedute come aveva creduto per quel che riguardava le Streghe e la Magia Malvagia.

E la minaccia di togliergli spiritelli e animali?

«"Sii buono..."» disse Xar a labbra strette. «Mio padre mi ha appena detto: "Sii buono...". Non penso che tutto questo rientri nell'esser buono, o no?»

Guardò nel buco come in trance.

«Cioè... un buco enorme delle dimensioni di un gigantesco monumento proprio nel mezzo della mia STANZA con una STREGA dentro, intendo.»

Xar agitò le braccia preoccupato.

«Come ce ne LIBERIAMO??? Dobbiamo farla uscire di qui. Mio padre ha detto che basta uno sgarro e mi esilia! Penso che questo equivalga più o meno a CINQUANTA sgarri, no?»

«Non puoi toccarla!» urlarono Tempestizza e Ariel. «Non ti avvicinare!»

«Come possiamo liberarci di una cosa che non possiamo toccare?!» chiese Xar. «Dovremo coprirla, ma con cosa?» Iniziò in modo piuttosto inconsulto a calciare le foglie nel buco, ma era come cercare di tappare un vulcano con dei fiocchi di neve.

«E il peggio non è nemmeno questo» disse Desideria angosciata.

Appoggiò la spada che teneva in una mano e aprì un ritaglio di stoffa che aveva nell'altra. Lì giaceva Spremucco in preda ai brividi, come se avesse la peste.

Be', proprio quando Xar pensava che le cose non

potessero andare peggio, le cose iniziarono ad andare peggio.

«Cosa diamine gli è successo?» esclamò.

«È stato colpito dal sangue della Strega» spiegò Desideria mortificata. «Mi dispiace tanto, Xar.»

«È grave? Cosa significa? Cos'ha?»

Spremucco era ora diventato verde giada e le ali gli si erano accartocciate come strette da un pugno invisibile. Ogni tanto smetteva di tremare, si irrigidiva per un attimo, quasi fosse stato congelato, per poi riprendere a scuotersi con violenza.

«Ho protetto la principessa...» disse. «Sto bene. Sto benisssssssimo.» Ma i suoi occhi spaventati dicevano che era terrorizzato da ciò che stava succedendo.

«Gli spiritelli sono creature più piccole di te, Xar» spiegò Caliburn, triste. «Il sangue di Strega ha effetti molto più gravi su di loro. Lo hai cacciato in un grosso guaio.»

«Lo porterò da mio padre» rispose Xar, le labbra sbiancate. «Lui può tutto.»

«Penso che nemmeno tuo padre sia in grado di guarire Spremucco, Xar» disse Caliburn con gentilezza.

Era arrivato il momento di accettare una triste verità.

«Perché molto presto morirà o entrerà in coma» proseguì Caliburn. «E quando si sveglierà sarà passato al lato oscuro. Diventerà una creatura delle tenebre e cercherà una Strega come padrone.»

Un silenzio orribile.

«E questo significa che la macchia sulla tua mano è DAVVERO sangue di Strega» osservò Caliburn. «Mi dispiace tanto, Xar. Ho cercato di metterti in guardia. Volevi la Magia e ora ce l'hai, ma del tipo sbagliato.»

Xar si guardò la mano.

Lì, al centro del palmo, c'era una macchia verde brillante. Non si poteva nasconderla, come non si poteva nascondere la voragine al centro della stanza con la Strega sul fondo.

Xar provò a pulirsela sul mantello, ma invano.

«Non riesco a fare Magie neanche con il sangue di Strega» disse, triste.

«Se tuo padre scopre che hai sulla mano del sangue di Strega» disse Caliburn, «ti spedisce in riformatorio. Forse, se la Magia Malvagia non avrà ancora raggiunto il cervello, potrai essere salvato e non ti trasformerai nella versione oscura di te stesso. Ma tuo padre sarà costretto a esiliarti per sempre.»

«No!» urlò Xar. «No!»

«Cos'altro potrebbe fare, Xar?» disse Caliburn. «Gli altri Maghi volevano che ti esiliasse per aver solo TENTATO di ottenere Magia Malvagia. Ma tu ce l'hai fatta, Xar… Sei stato nel Bosco Malefico, ed è proibito.

Hai portato del ferro nell'accampamento, ed è proibito. Stai usando la Magia Malvagia, ed è proibito. Hai condotto qui da noi una Strega, ed è proibito.»

«NO!» gridò Xar.

«Nemmeno tuo padre può far tornare indietro il tempo, Xar» disse Caliburn. «Nessuno può. È impossibile.»

«Che senso ha la Magia, allora?» disse Xar «se non quello di fare ciò che è impossibile?»

Ci fu un lungo silenzio.

«Ci sono cose che non possono essere cambiate» disse Caliburn.

Ah, Non Fare Agli Altri Ciò Che Non Vuoi Sia Fatto A Te, O Farai Una Brutta Fine è proprio una dura lezione da imparare.

«Stupidi Guerrieri!» s'infuriò Xar. «È tutta colpa vostra! È la vostra stupida spada e la vostra stupida Strega e non avrei mai dovuto lasciare Spremucco con voi se non potevate prendervene cura!»

Desideria e Stiletto distolsero lo sguardo perché Xar, colui-che-non-piangeva-mai, stava piangendo.

In cuor suo, Xar sapeva che non poteva incolpare Desideria e Stiletto per quel che era successo. Provava un gran senso di colpa, schifoso e disperante. Era tutta colpa sua. Spremucco si era fidato di lui. Se non fosse riuscito a salvarlo non se lo sarebbe mai perdonato.

«Mi dispiace tanto, Spremucco» disse, distrutto. «Non volevo che accadesse tutto questo. Ci dev'essere un modo per rimediare ai miei errori e far tornare tutto com'era prima.»

«Io ho fiducia in te, Padrone» disse Spremucco con le verdi labbra che tremavano, con uno sguardo di adorazione per Xar. «Tu è il mio capo, quindi tu mi ssssalverai perché è cosssssì che si comporta un capo.»

Xar infilò con delicatezza Spremucco nel taschino della giacca, poi si coprì il viso con un braccio.

«VORREI non aver mai desiderato la Magia» disse con passione. «Rinuncerei a tutto se significasse far guarire Spremucco. VORREI innanzitutto non aver mai preparato quella stupida trappola per Streghe. VORREI, VORREI, VORREI…»

Ma per quanto potesse volerlo, Xar non poteva far tornare indietro il tempo.

Tutti avevano preteso che gli venisse data una bella lezione, ma questa era una lezione molto più dura di quanto avessero anche solo immaginato, ed era terribile vederlo piangere, seduto lì, piccolo e zitto e triste e così poco Xar. Gli si era afflosciato perfino il ciuffo.

Xar piangeva e Desideria provava a consolarlo dandogli dei colpetti sulla schiena mentre gli spiritelli e gli animali fingevano di non vedere.

Ogni tanto Xar esplodeva con ferocia: «NON sto piangendo, UCCIDERÒ chiunque dica che sto piangendo!».

E gli spiritelli fingevano di avere una paura folle di lui per farlo sentire meglio.

Giù nel salone sotto di loro la musica si fermò di colpo, e si levarono voci concitate.

Xar allontanò il braccio dal viso, allerta.

«Assssscoltate…» sussurrò Tempestizza. «Devono aver notato la breccia nella barriera Magica che protegge l'accampamento… lo diranno al Re Incantatore…»

I tre ragazzi si guardarono l'un l'altro, poi diedero un'occhiata allo spiritello verde agonizzante e al buco in mezzo alla stanza col cadavere di una Strega al suo interno.

«Capiranno che c'entri tu, Xar… Verranno qui… In questa stanza…»

Questa non era una bella notizia.

Non c'erano dubbi a riguardo.

Era una brutta, bruttissima notizia.

Desideria guardò il viso di Xar, passato dalla sua consueta impertinenza a un misto di dolore e senso di colpa grazie al commento del suo spiritello.

Si dimenticò che era un nemico che le aveva rubato la spada e li aveva rapiti.

Allungò una mano e toccò una spalla di Xar.

«Non disperarti, Xar» disse. «Non è troppo tardi... Non è mai troppo tardi. Ho un piano che potrebbe salvare Spremucco.»

Stiletto iniziò ad agitarsi un po'.

«Sì?» rispose Xar, sollevando la testa che ciondolava.

«Ti ricordi che ti ho raccontato che mia madre ha una Pietra-Che-Elimina-La-Magia nelle sue segrete?» disse Desideria. «Potremmo portarti con noi al Forte dei Guerrieri e intrufolarci nelle segrete di mia madre e far toccare la pietra a Spremucco, così la Magia Malvagia della Strega lo abbandonerà e sarà salvo!»

«Può funzionare?» chiese Xar, girandosi impaziente verso Caliburn.

«Sì... no... non lo so!» rispose il corvo. «Suppongo che in teoria, se è questo che fa la pietra... rimuovere la Magia... Ma qualcosa mi dice che è una pessima idea...»

«Be', in generale *sarebbe* una pessima idea toccare una Pietra-Che-Elimina-La-Magia» disse Xar, con entusiasmo crescente, «ma in questo caso abbiamo proprio un sacco di Magia che vogliamo eliminare, giusto? Perché potrei toccarla anch'io e liberarmi del sangue di Strega, che mio padre non approverebbe e poi nemmeno funziona…»

«Mi domando anche dove sia finito Frantumo» disse Desideria pensierosa. «Non è ancora tornato, vero? Sono un po' preoccupata che i Guerrieri di mia madre possano averlo catturato.»

«Lo credi davvero?» chiese Xar, di colpo impensierito, perché come suo solito si era dimenticato del gigante. «Vorresti dire… che ho messo in pericolo ANCHE Frantumo? Fantastico… è stata una pessima giornata persino per i miei standard.»

Xar era di nuovo affranto, perciò Desideria gli fece subito notare che se nelle segrete di Sychorax avessero trovato anche Frantumo, avrebbero potuto liberarlo.

«È un piano geniale e risolve tutti i nostri problemi in una volta!» disse Xar sollevato. «Per essere un nemico e un nemico piuttosto strano, hai avuto una grande idea! Cosa stiamo aspettando? Andiamo!»

«Fermo un attimo!» si agitò Stiletto. «Non è un piano geniale per niente, Principessa. E qui punto i piedi! Non possiamo portare questo pazzo al Forte dei Guerrieri!»

«Devo dire che sono d'accordo con Stiletto» disse Caliburn. «E se la Regina Sychorax catturasse Xar lo rinchiuderebbe nelle segrete per sempre, oltre a privare tutti gli altri spiritelli della loro Magia...»

«Mia madre non è così cattiva» obiettò Desideria. «Anzi, è adorabile!»

«Be', io non direi proprio *adorabile*» osservò Stiletto, cupo. «SPAVENTOSA. Ecco com'è. SPAVENTOSA. È una madre che fa paura.»

«È una regina e una mamma ed è compito delle mamme far paura» replicò Desideria.

«Be', ci riesce benissimo» disse Stiletto con un brivido.

«Ma dobbiamo comunque tornare nelle segrete per restituire a mia madre la spada, e non possiamo permettere che Spremucco muoia, no?» disse Desideria. «È anche colpa nostra, dopotutto, e si è sacrificato per salvarci... Guardalo!»

Xar sentì che l'opposizione di Stiletto stava per

cedere davanti al corpicino tragicamente rigido della fatina pelosa che spuntava dalla giacca del ragazzo, tremante di dolore e paura.

«Povero Spremucco» sospirò Xar. «Sarà così infelice in coma. Amava ballare, sai? E svolazzare tra gli alberi mossi dal vento in autunno... E ora gli si irrigidiranno i piedi, e la sua voce da usignolo chiusa nella gola pietrificata...»

«SMETTILA!» gridò Stiletto tappandosi le orecchie con le mani.

«E anche Xar...» disse Desideria. «È presuntuoso e pieno di sé e piuttosto fastidioso...»

«Lo sono, vero?» disse Xar con orgoglio.

«Ma non possiamo lasciare che venga espulso dalla sua stessa tribù! Anche se ha commesso degli errori, non si merita forse una seconda possibilità? *Tutti* ci meritiamo una seconda possibilità» lo supplicò Desideria.

Stiletto fece un gran sospiro. «E va bene» disse. «È un'idea folle, ma va bene, li aiuteremo. Però devi promettermi, Desideria, che quando tutta questa storia sarà finita comincerai a essere una Principessa Guerriera normale.»

«Lo prometto» disse Desideria.

I tre ragazzi si strinsero la mano a suggellare il patto.

«Chi l'avrebbe detto?» esclamò Xar. «Maghi e Guerrieri che collaborano...»

Il rumore di voci e passi affrettati si faceva sempre più vicino.

«Okay» tagliò corto Xar, raccogliendo il *Libro degli Incantesimi* e mettendoselo in tasca, «lupi, orso, voi rimanete qui. Caliburn, gatti, spiritelli, venite con noi. Ma dobbiamo sbrigarci, quindi useremo la porta... Tempestizza! Vai!»

«PerchédevoesseresempreIOafaretutto?» brontolò Tempestizza, estraendo una numero 6 dalla borsa e scagliando un incanto contro la porta della stanza.

«Cosa intendi dire con *useremo la porta*?» chiese Stiletto a disagio.

Per tutta risposta, con un possente scricchiolio, la porta della stanza di Xar si restrinse e saltò via dai cardini, ondeggiò verso il centro della stanza prima di schiantarsi di piatto – BAM! – sul pavimento, per librarsi poi a mezzo metro da terra in una nuvola di polvere.

Xar prese la spada e vi saltò sopra, gridando: «Avanti, ragazzi! Veloci, forza!».

«Oooooh no...» disse Stiletto, scuotendo la testa con forza. «I gatti dei ghiacci mi sono bastati, non vi aspetterete che io cavalchi una PORTA come fosse un tappeto volante in una fiaba?»

«È del tutto sicura» disse Xar, aiutando Desideria a salire accanto a lui. «Più o meno... E i gatti corrono molto più veloci se non ci hanno sulla schiena... MUOVITI!»

«Forza, Stiletto!» disse Desideria, eccitata.

I gatti erano già saltati fuori dalle finestre e stavano scendendo il sistema di scale e piattaforme, quindi era troppo tardi per cavalcarne uno.

Perfino il Cucchiaio Incantato era saltato con entusiasmo accanto a Xar e Desideria e sembrava guardare Stiletto speranzoso, come se confidasse nel fatto che la Viceguardia del Corpo fosse il tipo di persona che considera volare su una porta un'opportunità emozionante e non un gesto suicida.

"Oh cielo, devo farlo... non posso essere da meno di un CUCCHIAIO... Però...

"Cosa sto facendo???" pensò Stiletto issandosi sulla porta accanto a Desideria e Xar. Non era nemmeno intera, visto che essendo la porta della camera di Xar aveva avuto una vita difficile: c'erano enormi crepe e schegge dappertutto. «È la Magia a tenerla insieme... la Magia a tenerla insieme... la Magia...» si stava ripetendo Stiletto per tranquillizzarsi quando Xar infilò la chiave nella toppa girandola in fretta verso destra, ed ebbe giusto il tempo di aggrapparsi al bordo anteriore della porta che questa, con uno scatto da torcere le budella, partì a razzo verso il soffitto inesistente, inoltrandosi nel buio della notte.

Per i primi cinque minuti Stiletto fu così terrorizzato che non aprì neanche gli occhi; si limitò a sforzarsi di non cadere e non svenire e non vomitare a causa delle folli picchiate della porta volante. E quando alla fine li aprì se ne pentì subito: stavano facendo lo slalom tra gli alberi del bosco e, attraverso il folle mosaico di fessure sulla porta, vide i gatti che correvano e le piccole scie luminose degli spiritelli sotto di sé.

Si lasciò scappare un gemito di paura.

Gli occhi di Desideria brillavano come stelle, si stava divertendo un mondo. Lei e Xar lanciavano grida di gioia a ogni sterzata o discesa.

Bisognava ammetterlo: Xar era un ottimo, benché spericolato, pilota di porte volanti. La porta si gettava in picchiata per poi rialzarsi di colpo come un falco pellegrino: Xar ruotava la chiave nella toppa con tale destrezza e fluidità che zigzagavano senza problemi nella foresta.

«Ora ci schiantiamo ora ci schiantiamo ora ci schiantiamo...» gemeva Stiletto.

«NON ci schiantiamo» replicò Desideria esultante mentre schizzavano tra le cime degli alberi. «Stiamo volando come UCCELLI! Saremo di ritorno prima dell'alba e cureremo Spremucco e libereremo Frantumo ed elimineremo la Magia Malvagia di Xar.»

«Invece ci schianteremo e se la tua spaventosa

madre ci becca nelle spaventose segrete finiremo in guai talmente grossi che è del tutto inutile provare a immaginarli» balbettò Stiletto, battendo i denti tra le labbra pallide.

«E non immaginarli, allora» gli rispose Desideria. «Magari *non* ci beccherà, Stiletto… e non ci siamo ANCORA schiantati, giusto? Rilassati e goditela, non capita certo tutti i giorni di volare su una porta. Lasciati andare.»

E mentre si libravano gloriosamente e spericolatamente sopra le cime degli alberi, seduti sulla scardinata porta volante e col vento notturno nei capelli, Stiletto scoprì sbalordito che se si rilassava e assecondava i movimenti della porta poteva gridare di gioia insieme agli altri.

Suo padre si sarebbe meravigliato (e non sarebbe stato molto felice) se lo avesse visto in quel momento. È questo il problema delle avventure. Portano a galla quelle parti di noi che non sapevamo di avere.

Le penne
continuano a volare
e noi dobbiamo seguirle.
Ve l'avevo detto
che questo bosco
è pericoloso...

Seconda parte

Rimediare agli errori

12. Il Forte dei Guerrieri di Ferro

Xar e Caliburn, gli spiritelli, i gatti dei ghiacci, Desideria e Stiletto erano acquattati nel sottobosco di fronte al Forte dei Guerrieri di Ferro, ma avevano un problema.

Uscire da un Forte dei Guerrieri difeso da sette fossati e tredici torri di guardia è abbastanza difficile. Ma *entrarci* è teoricamente impossibile.

Ed è ancora più difficile se ti accompagnano un Mago marchiato con sangue di Strega e un manipolo di gatti dei ghiacci e spiritelli.

Riuscivano a scorgere le sentinelle sugli spalti che camminavano nervose avanti e indietro, avanti e indietro, scrutando il bosco in cerca di ciò che nascondeva.

Avevano lasciato la porta nella foresta perché una porta volante si fa notare un po' troppo.

Desideria li guidò verso le stalle da cui era sgusciata fuori lei. Le porte in quel punto si aprivano e chiudevano in continuazione, per far passare i gruppi impegnati nelle battute di caccia che uscivano e rientravano.

Xar chiese agli spiritelli di coprirli con meteoincanti e invisibilincanti così che potessero infilarsi all'interno senza essere visti.

«Funzzzzzzzioneranno sssssolo finché sssssaremo

fuori dal forte. La magia di Tempesssssstizza non funzionerà lì dentro» li mise in guardia Tempestizza. «C'è troppo ferro...»

«Smettetela di preoccuparvi, ragazzi» disse Xar fiducioso. «Sono riuscito a entrare in fortezze del genere più spesso di quanto voi abbiate mangiato un piatto caldo.»

Ci volle un po' prima che il gruppetto di gatti e spiritelli, e Xar, Stiletto e Desideria riuscissero a sistemarsi sotto al ponte levatoio.

E il piano filò liscio come l'olio… all'inizio.

Xar, Desideria, Stiletto e i gatti penetrarono, invisibili, all'interno del forte, protetti dagli incanti di Ariel e Tempestizza.

Erano ormai nel cortile delle stalle quando si accorsero che gli incanti si stavano indebolendo per via dell'enorme quantità di ferro che li circondava. Con orrore, Xar notò che i propri piedi stavano le-e-entamente tornando visibili.

Lo stesso stava accadendo, in maniera ancora più evidente, a Desideria e Stiletto, il quale però si stava materializzando al contrario e quindi per un attimo fu un mezzobusto fluttuante.

"Ma se riusciamo a raggiungere una costruzione" pensò Xar, nel panico, "forse possiamo nasconderci nell'ombra, lì..."

«Correte!» sussurrò. «Correte!»

Troppo tardi.

Una sentinella si era girata e si era trovata davanti la metà posteriore di un gatto dei ghiacci che stava tornando visibile, mentre correva per il cortile tra le stalle della Regina Sychorax.

«MAGIA!» gridò.

Erano stati scoperti.

Tuttavia Desideria aveva escogitato sul momento un nuovo piano.

«AIUTO!» urlò, ormai del tutto visibile. «AIUTO! AIUTO! AIUTO!!! QUAGGIÙ! I MAGHI ATTACCANO!»

Le guardie Guerriere si voltarono.

Ed ecco la stramba figlia di Sychorax che indicava un Mago, tre furiosi gatti dei ghiacci e un nugolo di spiritelli ronzanti.

«I MAGHI ATTACCANO!» gridarono le guardie. «Date l'allarme!»

I Maghi non attaccano spesso i Guerrieri, per ovvie ragioni.

Eppure i Guerrieri sono sempre pronti a difendersi da un loro attacco. In modo un po' eccessivo, si potrebbe dire.

Quando i soldati della Regina Sychorax si lanciarono nel combattimento, si levò nell'aria un fragore di armature che cozzavano e spade che sferragliavano e passi di metallo che risuonavano.

«ATTACCANO AL TERZO SETTORE! SERVONO RINFORZI!» ruggivano le guardie che li avevano già circondati, lance e spade sguainate. «CHIAMATE I PRENDISPIRITI! PRONTI CON I CATTURAGATTI! ALLERTATE LA POLIZIA MAGICA!»

Le urla si fecero più intense e i Guerrieri Difensori della Casata si riversarono intorno a loro da tutte le parti.

"Oh per gli occhi tondi di un goblin Barbaverde Dentiverdi" pensò Xar. "Sono tantissimi… Non pensavo ci fossero così tanti Guerrieri AL MONDO."

«Regatto! Occhiobuio! Non osate muovervi!» esclamò. Sapeva che i gatti non vedevano l'ora di attaccare il nemico, ma a giudicare dallo sguardo dei Guerrieri, se i gatti avessero fatto un solo passo verso di loro li avrebbero uccisi all'istante.

Xar mise mano alla cintura per sguainare la Spada Incantata...

… ma la spada non c'era.

Alzò lo sguardo. Desideria era ormai a una decina di metri, stretta tra le braccia di un Guerriero gigantesco.

«La principessa è stata messa in salvo!» ruggì il

Guerriero, e una sola occhiata all'espressione colpevole di Desideria disse a Xar tutto ciò che voleva sapere.

Era furioso.

Tradimento! Slealtà!

Desideria gli aveva *sottratto* la spada!

Era finito dritto nella sua trappola: si era fidato di un nemico, e proprio quando si era rilassato e aveva abbassato la guardia pensando che lui e Desideria fossero ormai dalla stessa parte, lei aveva avuto la faccia tosta di rubargli la spada.

(Xar – guarda caso – si era dimenticato di aver fatto la stessa identica cosa a lei un paio d'ore prima.)

I Maghi sono molto bravi a imprecare. Era un'usanza che avevano preso dai Droodi, che la usavano come metodo di attacco.

Così Xar si mise a imprecare, e imprecò e imprecò a voce alta e a lungo.

«Traditrice, nanerottola, LADRA di una Guerriera!» urlò. «Mio padre aveva ragione su di voi! Siete dei TRADITORI e dei BUGIARDI e tu, Desideria, sei MALVAGIA come quella repellente, assassina, anti-Magia della tua demoniaca madre!»

«Ha insultato la regina e sta cercando di riprendersi l'arma!» gridò il Capo delle Guardie. «Arcieri! Eliminatelo!»

Gli arcieri nelle retrovie alzarono gli archi

all'unisono, con squisita precisione. Erano così ben addestrati che era un vero piacere ammirare la loro coordinazione... se non stavano per ucciderti.

«NO!» urlò Desideria, ancora in braccio al Guerriero. «NON È ARMATO! NON VI AZZARDATE A UCCIDERE *UNO* DI LORO O LO DIRÒ A MIA MADRE!»

Ora, i Guerrieri non si facevano molti problemi a uccidere un Mago disarmato. In realtà succedeva piuttosto spesso, se Sychorax era distratta. Ma tutti, uomini e donne, erano assolutamente terrorizzati dalla loro regina; perciò con riluttanza le braccia degli arcieri allentarono la presa sulle frecce, con un brivido di delusione, e gli archi si abbassarono.

«LEGATE I PRIGIONERI!» strillò il Capo delle Guardie. «FRENATE LA RIBELLIONE! LANCIATE I PRENDISPIRITI! E QUANDO AVRETE FINITO...»

Il Capo delle Guardie fece un sospiro profondo, poi deglutì a fatica.«Bisogna che qualcuno vada ad avvisare Sua Maestà.»

Il suo vice fece un passo avanti. «Ehm... dobbiamo proprio?»

«Certo» ringhiò il capo. «E visto che hai avuto la faccia tosta di mettere in discussione un mio ordine, sarai tu il fortunato che glielo andrà a dire!»

Fiiiiiiiiiiiiiuuuuuuuuu!!!

I Guerrieri preposti ai prendispiriti scagliarono in aria dardi che si aprirono attorno agli spiritelli, formando reti dotate di piccoli pesi di ferro alle estremità.

All'aria aperta, nel bosco, gli spiriti potevano volare rapidi come saette, schivando i colpi con tale agilità da sembrare solo macchie confuse di energia e luce.

Ma qui, il ferro che li circondava agiva come una droga sui loro poteri. Si muovevano intorpiditi e goffi, lenti e confusi, strillando come pazzi, povere creature; cercavano di sgusciare via, lontano dal temibile ferro, e invece piombavano a terra presi nelle reti, boccheggiando come pesci arenati.

Furono catturati tutti tranne la fatina pelosa Bomborombo, che si era infilata nella tasca di Desideria non appena erano stati attaccati.

Le guardie si avventarono su Xar, avvolgendolo nelle catene con tanto zelo che gli spuntava solo la testa. Furono incatenati anche i gatti.

«RAPE IN LATTINA!» ringhiò Xar, rosso di rabbia. E fu così che lo vide Sychorax quando scese nelle stalle un attimo dopo: un grumo di catene con la testa di un giovane Mago che spuntava e urlava insulti alle sue truppe.

Regina
Sycorax

13. L'interrogatorio della regina

All'arrivo della Regina Sychorax i Guerrieri si inchinarono così tanto che quasi toccarono il suolo con la fronte.

Sychorax faceva paura.

Ma era una grande regina e, come diceva Desideria, forse le grandi regine DOVEVANO fare paura.

C'era chi diceva che una donna era troppo debole per governare una tribù di Guerrieri invasori, ma lo dicevano a voce bassa, molto bassa, per non farsi sentire.

Era carina, certo – se per "carina" intendete bella.

Una cascata d'oro per capelli, magra e dritta come una candela, un metro e ottanta in gran parte di muscoli: tutti elementi che possono tornare utili a una Regina Guerriera che vuol fare un'entrata a effetto.

Se invece fosse *carina* come persona, be', è una questione diversa, e ci torneremo.

Era vestita di bianco, con una singola perla nera che le pendeva da un orecchio.

La Regina Sychorax parlava a voce molto, molto bassa, in un tono che ricordava uno zucchierino, dolce come il morso di una vipera. Alla regina non serviva parlar forte, perché nessuno fiatava davanti a lei e nel silenzio atterrito che la seguiva come uno strascico si sarebbe potuto udire un ago cadere a terra.

Perfino Xar smise per un istante di imprecare.

«Dunque...» disse la Regina Sychorax con quel suo tono puro e carezzevole come un pezzo di ghiaccio che ti pugnala. «Cos'è questo attacco Magico che mi ha così sgarbatamente svegliata prima dell'alba?»

Pietrificato dal terrore, il Capo delle Guardie fece un passo avanti e indicò Xar, gli spiritelli e i gatti dei ghiacci con un ampio gesto del braccio chiuso nell'armatura.

«Li abbiamo bloccati, Vostra Maestà» disse.

«Sssssssì» disse la Regina Sychorax, lanciando uno sguardo ai presunti assalitori Magici. «Vi sembra un attacco così *massiccio* da svegliare una regina all'alba? Pensavo di avere le migliori sentinelle Guerriere del mondo Guerriero, eppure un Mago ragazzino riesce a penetrare indisturbato nel mio forte.»

«FACCIANO UN PASSO AVANTI LE SENTINELLE CHE HANNO PERMESSO CHE L'ATTACCO AVESSE LUOGO!» gridò il Capo delle Guardie.

Le sentinelle in questione fecero saggiamente un passo avanti.

«Dovranno essere rinchiuse nella cella 308 e come ufficiale in carica al momento, capitano, la ritengo responsabile, perciò può rinchiudere lì anche se stesso e consegnare la chiave attraverso le sbarre» disse la Regina Sychorax. «Non mi servono incompetenti nel mio forte.»

«Sì, Vostra Maestà» s'inchinò il Capo delle Guardie, prima di allontanarsi con le sentinelle per rinchiudersi nella cella 308.

«Chi è stato a catturare il Mago e i suoi compari?»

«Vostra figlia» rispose un'altra guardia, indicando Desideria.

La Regina Sychorax alzò un sopracciglio.

«Sul serio?» chiese sorpresa. «Un'impresa insolitamente… guerriera da parte sua.» Poi proseguì: «Slegate il prigioniero».

«Ma, Vostra Maestà, è saggio?» disse il Vicecapo delle Guardie. «È un Mago, dopotutto…»

La Regina Sychorax lo fulminò con lo sguardo.

E lui liberò Xar dalle catene.

I Guerrieri e gli abitanti del forte accorsi sul luogo fecero un passo indietro perché i Maghi erano noti per essere molto pericolosi.

La Regina Sychorax girò attorno a Xar, squadrandolo come se fosse uno strano tipo di insetto che vedeva per la prima volta.

«Chi sei e cosa ci fai nel mio forte?»

«Sono Xar, figlio di Incanzo, il Grande Re Incantatore» rispose Xar con orgoglio. «E il Bosco

Selvaggio appartiene a NOI MAGHI, non a voi stupidi invasori senza Magia e senza cuore!»

La Regina Sychorax fece un sospiro profondo. «L'ignoranza di questi poveri Maghi...» disse. «Noi siamo la civiltà. Noi siamo il progresso. Guardaci. Guarda le nostre armi, i nostri vestiti, i nostri arazzi, i nostri mobili. Voi Maghi, a confronto, siete poco più che bestie...»

Il forte era, in effetti, tenuto in modo stupefacente e la Regina Sychorax aveva il pallino dell'ordine e della pulizia, perciò ogni singola armatura e ogni spada erano lucidate fino a farle brillare come argento. Perfino alle teste dei giganti appese nel salone d'onore, per quanto fossero morte stecchite, si pettinava la barba ogni giorno. Quindi l'effetto complessivo era davvero spettacolare e Xar era in realtà piuttosto impressionato dalla sofisticatezza degli armamenti dei Guerrieri e dallo splendore delle loro vesti e del loro forte.

E questo lo distrasse per un istante.

«Le cose dei Guerrieri sono pericolose... ti seducono...» lo mise in guardia Caliburn.

«E poi che ce ne facciamo dei loro gingilli?» sibilò Ariel. «Quando abbiamo la luna sotto cui ballare e un violino che ci accompagna? Valgono la libertà, valgono il nostro animo errante?»

«Giusto!» gridò Xar. «Voi Guerrieri siete venuti qui e ci avete rubato il nostro bosco e un giorno, quando sarò a capo del mio popolo, vi prometto che tornerò A UCCIDERVI TUTTI!»

La Regina Sychorax lo fissò con intensità. «Ma pensa un po'» disse. «Be'... molto interessante. Io potrei fare in modo che questo non accada, in effetti. O magari Incanzo sarebbe disposto a pagare un riscatto per riavere suo figlio... o ancora potremmo tenerti in ostaggio in cambio della sua buona condotta...»

Xar guardò la regina dritto negli occhi.

Il fatto era che non si spaventava facilmente.

«Tu, Regina Sychorax, sei la Regina Guerriera più RAMMOLLITA e pietosa che abbia mai visto!» disse.

Sychorax trasalì.

Tutto il cortile trattenne il fiato.

Gli occhi della Regina si assottigliarono come schegge.

«Cosa hai detto?»

«Maledetta distruttrice del bosco!» gridò Xar. «Che tu possa essere ridotta dalle zanne di un Respirorco in pezzetti più piccoli di una pulce di un Pruritello!»

«Ma che modi, Xar! Un po' di educazione!» disse Caliburn angosciato.

«Sei l'incarnazione del Male! Hai le orecchie a punta! I capelli come il sedere di un orso! Un naso come una patata appuntita!»

Una volta che Xar iniziava a imprecare, ci si

dedicava anima e corpo. Era stata una giornata difficile, tra l'umiliazione che gli aveva inflitto Looter e la punizione di suo padre, e scaricò tutta la paura e la rabbia su Sychorax, Regina dei Guerrieri, maledicendola a lungo e in modi molto elaborati.

«Oh, Xar» gemette Caliburn coprendosi gli occhi con le ali. «Questa è la volta che ti fai ammazzare... davvero...»

«Puoi imprecare finché vuoi, Xar, figlio di Incanzo» sussurrò la Regina Sychorax, lo sguardo affilato come una freccia. «Ma non ti servirà a ottenere ciò che vuoi. Cos'è che vuoi, a proposito?»

Xar si ricordò di colpo cosa voleva.

Voleva salvare Spremucco.

Si bloccò a metà di un'imprecazione, ansimante.

«Esigo che tu ponga subito il mio spiritello e la mia mano sulla Pietra-Che-Elimina-La-Magia!» disse.

Sychorax lo guardò sbalordita.

Era abituata a prigionieri che pregavano e supplicavano e scongiuravano di non essere portati davanti a quella pietra temibile. «Per favore, Regina Sychorax» imploravano, «faremo tutto quello che volete, ma non ci portate alla Pietra-Che-Elimina-La-Magia!»

Non le era *mai* capitato di avere un prigioniero che esigeva di esservi condotto subito, insultandola nel mentre.

Immaginò che il giovane Mago volesse ingannarla.

Ma Sychorax era abituata agli inganni.

Lei stessa ne era maestra.

«Portami subito alla pietra!» disse Xar. «Sempre che i tuoi ottusi Guerrieri nelle loro stupide tute di ferro riescano a muoversi. È un'emergenza!»

A quel punto infilò una mano in tasca e tremando ne estrasse Spremucco.

Oh, era terribile. Col cuore stretto, Xar vide che Spremucco stava sempre peggio. Era verde smeraldo, tremava come se avesse la febbre, scivolando e riemergendo da uno stato d'incoscienza, rigido un momento, scosso dai brividi quello dopo. Per un attimo gli occhi lucidi e confusi della fatina pelosa misero a fuoco, come se avesse capito dove si trovava, e sollevò le piccole braccia febbricitanti per implorare Xar e le altre Grandi Persone. «Aiutatemi...» sussurrò. «Aiutatemi...»

Xar si voltò verso la Regina Sychorax.

«Voglio salvare il mio spiritello...» disse disperato.

Vedendo Spremucco la Regina sussultò.

«Cosa gli è successo?» chiese tristemente.

«È stato infettato dal sangue di una Strega» rispose Xar.

I soldati e civili Guerrieri trasalirono dall'orrore e si allontanarono da Xar ancora di più.

La Regina Sychorax era una grande Guerriera, quindi non avrebbe mai mostrato paura, ma il suo viso divenne duro come il diamante.

«Una *Strega*, hai detto?» chiese.

«Ma le Streghe sono estinte...» osservò il Vicecapo delle Guardie.

«Bugiardo!» urlò qualcuno tra la folla. «Tutti i Maghi sono bugiardi!»

«Ho visto il cadavere della Strega coi miei occhi!» disse Xar. «Era di sicuro una Strega. Ed ecco cosa mi ha fatto...»

Xar sollevò il palmo della mano per mostrare la macchia verde che aveva al centro.

«Una macchia di Strega!» gridò la gente, aumentando la distanza da lui.

«Codardi!» scattò Sychorax. «Secondo le leggende il sangue di Strega è pericoloso solo se si mischia con il VOSTRO! Mostrami la tua mano, ragazzo.»

Xar obbedì.

La Regina Sychorax osservò la macchia verde. Poi esaminò anche Spremucco, prendendo dalle mani di Xar il fagotto in cui era avvolto e guardandolo da ogni lato.

Dopodiché si rivolse alla folla.

«È come sospettavo» disse, tenendo alto sopra di sé il povero spiritello avvelenato così che tutti quanti potessero vederlo. Poi alzò la sua dolce voce fino a farla vibrare severa: «LE STREGHE NON SONO ESTINTE E SONO TORNATE NEL BOSCO!».

La folla indietreggiò terrorizzata.

«HO FATTO BENE AD ARMARE TANTO IL FORTE!» disse Sychorax. «Ad aumentare le sentinelle e le torri di guardia.»

Poi si rivolse a Xar: «Ora capisco come mai hai fretta di arrivare alla Pietra-Che-Elimina-La-Magia, Xar, figlio di Incanzo. Come dici tu stesso è un'emergenza, perché se il tuo spiritello non la tocca entro ventiquattr'ore temo che morirà».

Sychorax era una persona attenta e notò di sicuro le lacrime che riempirono gli occhi di Xar all'udire quelle parole.

«No» sussurrò Xar scuotendo il capo, «no, non può morire! Non può! Non morirà! Non lo permetterò! Non preoccuparti, Spremucco, fidati di me, non lascerò che accada», perché Spremucco, minuscolo e tremante nelle mani di Sychorax, con gli occhi fissi sul suo volto duro e spietato, all'udire le parole della regina si era lasciato sfuggire un gemito.

Sychorax sospirò, comprensiva. «Una Regina Guerriera dev'essere magnanima quanto forte» disse. «Perciò condurrò te e il tuo spiritello alla pietra e per il bene di entrambi spero tanto che non sia troppo tardi.»

Sychorax porse l'involto di Spremucco al Vicecapo delle Guardie, che lo tenne lontano da sé perché non voleva avere vicino uno spiritello infettato dal sangue di Strega.

«Ma prima che ti porti lì» disse Sychorax dolcemente, «ho un paio di domande da farti.»

«Oh-oh...» sussurrò Caliburn. «Attento, sta' molto attento, Xar, se la regina ti interroga...»

«Hai detto di aver visto il *cadavere* di una Strega» disse Sychorax. «Questo mi interessa molto, perché, secondo le leggende, le Streghe sono difficili da uccidere. Quindi... chi ha ucciso questa Strega? E con cosa?»

Scese il silenzio.

Da qualche parte dietro la Regina Sychorax, Desideria si sbracciava per attirare l'attenzione di Xar e lo fissava angosciatissima.

Xar vedeva l'elsa della Spada Incantata spuntare da sotto il suo mantello.

E Desideria stava mimando con le labbra una frase che assomigliava a "Sono dalla tua parte!".

Era davvero dalla sua parte? O no? Xar non lo sapeva. Ma in quel momento gli venne in mente che forse Desideria gli aveva sottratto la spada non perché fosse una Guerriera sleale e un'infida traditrice, ma perché non voleva che la spada venisse catturata insieme a lui.

«Sono stato io a uccidere la Strega» rispose Xar infine. «Con arco e frecce.»

«Sul serio?» disse la Regina Sychorax, alzando un sopracciglio. «Perché, per pura coincidenza, proprio ieri ho perso un'antichissima spada ammazzastreghe. È scomparsa dalle mie segrete, *puf!*, così, nel nulla, e sono due giorni che i miei Difensori della Casata stanno mettendo a soqquadro il forte per ritrovarla. Sai niente di questa spada, Xar, figlio di Incanzo?»

«No» rispose Xar.

«Una spada grande, antica, con incise sulla lama le parole *Un tempo c'erano le Streghe… ma io le ho uccise*?»

«Non ho mai visto una spada del genere in vita mia» rispose Xar.

«E sai dove si trova adesso?» chiese Sychorax senza credergli.

«No» ripeté Xar. «Come potrei saperlo se non l'ho mai vista?»

«Tu menti!» esclamò Sychorax, melliflua come un aspide.

«Non sto mentendo!» replicò Xar.

«Temo di sì» insistette Sychorax.

Come vi ho detto, la regina era una persona molto attenta.

Il suo sguardo gelido e acuto aveva scorto qualcosa che spuntava dalla tasca di Xar: la boccetta mezza piena di filtro di Amore-Non-Mente.

«So che stai mentendo» disse, «perché quella è una delle vostre strane medicine Magiche e cambia colore quando una persona mente.»

Indicò la boccetta il cui liquido era ormai un vortice viola scuro, segno che chi l'aveva su di sé mentiva.

"Accidenti!" pensò Xar. "È uguale a mio padre... È la seconda volta oggi che mi faccio beccare per via di questa maledetta pozione d'amore. Devo proprio ricordarmi di non portare più un filtro della verità, mi fa sfigurare."

Ma come poteva una Regina Guerriera conoscere il filtro di Amore-Non-Mente e sapere a cosa serviva?

«Studia il tuo nemico» rispose Sychorax come se

Xar avesse parlato ad alta voce. «È importante studiare il proprio nemico attentamente. So moltissime cose su voi Maghi e sulle vostre maledizioni e la vostra conoscenza delle proprietà Magiche delle piante e le pozioni e i problemi che creano, e questo mi torna utile molto spesso.»

La Regina Sychorax allungò la mano, prese la boccetta del filtro di Amore-Non-Mente dalla tasca di Xar e la agitò, osservando pensierosa il liquido tornare rosa pallido. «E il fatto che tu stessi MENTENDO significa che *hai* visto la mia spada, *sai* dove si trova e, se lo volessi, potresti dirmelo ora. Perquisitelo!»

Le guardie perquisirono Xar di malavoglia, poiché non volevano in nessun modo avvicinarsi a un Mago con una macchia di sangue di Strega sulla mano, ma temevano di più la Regina Sychorax.

Trovarono molte cose interessanti nelle tasche di Xar. Malefici e incanti e pozioni ed erbe di ogni tipo.

Ma nessuna spada.

«Mmm...» disse la Regina Sychorax. «Mi domando cosa ne hai fatto. Dov'è la mia spada, Xar, figlio di Incanzo?»

«Mi rifiuto di rispondere!» disse Xar, incrociando le braccia.

«Benissimo allora» proseguì la Regina Sychorax, gelida. «Ti propongo un accordo. Avevo pensato di imprigionarti e tenerti in ostaggio. Potrei mandare un messaggio a tuo padre dicendogli che se vuole rivedere vivo quel ladruncolo maleducato di suo figlio si deve consegnare a me. Privare della Magia il grande Mago Incanzo sarebbe un colpo da cui i Maghi si riprenderebbero con estrema difficoltà.»

Xar trasalì dall'orrore.

«Ma...» proseguì la Regina Sychorax «se le Streghe sono tornate ancora una volta nella foresta penso proprio che mi servirà quella spada ammazzastreghe. Quindi sarò ragionevole. Se tu mi restituisci la spada, io porterò te e il tuo spiritello alla Pietra-Che-Elimina-La-Magia e non ti imprigionerò né ti terrò in ostaggio per catturare tuo padre. Lascerò liberi te e i tuoi spiritelli e i tuoi animali. Che te ne pare?»

«Lo prometti?» chiese Xar.

«Ovvio che lo prometto!» scattò la Regina Sychorax. «Metti in dubbio la parola di una regina?»

Era un'offerta allettante.

Xar ci pensò su.

Era comunque in trappola. Non poteva sconfiggere tutti quei Guerrieri che lo tenevano fermo e la proposta di Sychorax gli avrebbe quantomeno permesso di salvare Spremucco e...

... e poi vide il viso di Desideria.

Muoveva gli occhi in maniera esagerata per

indicare il filtro di Amore-Non-Mente che la Regina teneva tra le mani.

Il liquido era diventato così scuro da essere quasi nero.

«Stai mentendo!» gridò Xar, indicando la boccetta. «Menti, e io rifiuto la tua offerta!»

La Regina Sychorax trasalì e guardò la boccetta. «Oh, cielo, *cielo*» disse ridacchiando, «*poco* intelligente da parte mia! E molto intelligente da parte *tua*, Xar, figlio di Incanzo. Mi piace un nemico intelligente, mi fa sentire viva.» Poi ammise: «Hai ragione, *sto* mentendo. In effetti ho intenzione di tenerti in ostaggio dopo averti condotto alla Pietra-Che-Elimina-La-Magia, a prescindere dalle tue obiezioni.»

Desideria era così sconvolta che non riuscì a non intromettersi: «Ma… Regola Numero 13! Un Guerriero non mente mai!».

La Regina Sychorax guardò la figlia come se fosse un insetto.

«Emendamento alla Regola 13: una regina può infrangere le regole» disse «per un bene superiore.»

"Allora" pensò Desideria, "a cosa servono le regole?"

Ma tenne questa riflessione per sé.

La Regina Sychorax rimise il filtro di Amore-Non-Mente nella tasca di Xar.

«Sei un ragazzo molto disubbidiente, ed è chiaro che non sei stato cresciuto con la dovuta severità» disse. «Ma scoprirai che *io* sono molto severa. Ti meriti una lezione, Xar, figlio di Incanzo, e per questo c'è la prigione...»

Xar tirò un sospiro profondo.

Perché volevano tutti dargli una lezione? Rampogna, suo padre, Caliburn e ora questa orribile regina.

Era estenuante.

«Ti rinchiuderò nella mia prigione» disse la Regina Sychorax. «E non porterò né te né il tuo spiritello alla pietra» continuò con voce dura, «se non quando mi avrai detto dov'è la spada. Restituite lo spiritello al ragazzo!»

Con sollievo, il Vicecapo delle Guardie restituì Spremucco a Xar.

«Se non mi dici dove si trova la spada, te ne starai a guardare il tuo spiritello morire. Ma se invece me lo dici vi porterò alla pietra. Poi ti terrò prigioniero come ostaggio e tuo padre, se è tanto debole da amare un figlio maleducato e disubbidiente come te, verrà a salvarti e allora io lo priverò della Magia.»

Sorrise a Xar. Era un sorriso bellissimo. Quando sorrideva a Desideria, cosa che non succedeva spesso, la ragazza si sentiva come se la luce del sole illuminasse il suo mondo. Ma Xar non lo apprezzò.

«Tu e tuo padre e i tuoi spiritelli siete comunque condannati a perdere la Magia» disse la Regina Sychorax con quella sua voce dolce come una freccia avvelenata. «Ma se mi dici dove si trova la spada potrai quantomeno salvare la vita al tuo spiritello. E tu gli vuoi bene, giusto? L'amore è sempre una debolezza. Per questo so che prenderai la decisione giusta.»

Xar era in trappola. Che cosa poteva fare? La situazione gli era ormai sfuggita di mano. Spremucco rischiava di morire, per colpa sua. Suo padre rischiava di perdere la Magia, per colpa sua.

«REGINA DEL MALE! CUORE DI GHIACCIO! AMMASSO DI FERRAGLIA CHE CAPEGGIA UN ESERCITO DI CONIGLI!» gridò, fuori di sé dalla rabbia e dalla paura.

La Regina Sychorax avvampò, stizzita. Non c'erano molte cose che la infastidivano; affrontava senza problemi inganni, minacce, persino la violenza. Eppure nessuno aveva mai osato parlarle con quella faccia tosta.

I Guerrieri ammirarono in segreto il coraggio di questo piccolo Mago, che sebbene alla mercé della più spietata sovrana del bosco la copriva di insulti senza ritegno.

«Chiudete questo Maghetto villano e i suoi spiritelli e animali nella cella 445!» tagliò corto la Regina Sychorax.

Xar cercò di mostrare coraggio e rabbia, ma dentro di sé si sentiva disperato e inerme.

Lottò e morse e si dibatté, ma era da solo contro tutti quei nemici; le guardie lo trascinarono via, insieme ai gatti e agli spiritelli, che ancora urlava maledizioni alla Regina Sychorax:

«SEI PIÙ DEBOLE DI UN CONIGLIETTO! PIÙ MOLLE DEL

FANGO! PIÙ TENERA DEL PIÙ TENERO CUCCIOLO DI GHIRO E PERFINO MIA NONNA POTREBBE SCONFIGGERTI ANCHE CON UNA MANO LEGATA DIETRO LA SCHIENA!»

14. Desideria delude la Regina Sychorax… di nuovo

La Regina Sychorax guardò Xar che veniva trascinato via e rinchiuso nell'oscurità delle segrete.

«Che ragazzo villano» sbuffò risentita. «È troppo aspettarsi che Incanzo il Grande Incantatore insegni a suo figlio un po' di buone maniere?»

Si voltò verso Desideria.

«Se mai verrai catturata da un nemico, Desideria, mi auguro che tu mantenga la disciplina e sia sempre educata e civile. In particolar modo se minacciano di ucciderti. Li scoraggerà un po'.»

Desideria era così confusa che non sapeva cosa pensare o provare. Da un lato era spaventata a morte per Spremucco; dall'altro era convinta che la sua brillante, splendida, intelligentissima madre non avrebbe mai fatto qualcosa di sbagliato.

Giusto?

Di certo sua madre non avrebbe lasciato Spremucco morire.

«Non permetterete che accada qualcosa di brutto allo spiritello di Xar, vero?» chiese. «Li porterete alla pietra in tempo per curarli, vero?»

«Questi non sono affari tuoi» rispose brusca la Regina Sychorax.

«Ma non è colpa dello spiritello se è stato infettato dal sangue della Strega. Avete visto quanto era spaventato, povero piccolo» obiettò Desideria.

«Gli spiritelli e i Maghi sono creature Magiche, e la Magia è male, perciò non ha nessuna importanza se era spaventato e a te non dovrebbe comunque importare di ciò che può succedergli» rispose la Regina Sychorax con astio. «Come mai provi simpatia per il nemico? E come osi mettere in dubbio le mie decisioni? Farò ciò che ritengo sia giusto.»

Desideria saltellava da un piede all'altro, in preda all'ansia e al senso di colpa. Gli occhi della regina si strinsero sospettosi. Perché quella stupida Desideria sembrava così angosciata? Forse nascondeva qualcosa? Era possibile che quell'inetta di sua figlia sapesse più di quanto lasciava trasparire?

«Le guardie hanno detto che sei stata tu a catturare quel Maghetto villano, Desideria. Tu?!»

La Regina Sychorax si sforzava sempre di parlare in modo più o meno gentile alla sua inutile figlia, ma c'era qualcosa nel modo in cui pronunciava il nome "Desideria" che suggeriva sempre una gran delusione, come se la parola stessa ricordasse alla regina che le sarebbe piaciuto avere una figlia completamente diversa.

Ed era proprio così.

Perché Desideria era un'enorme delusione per

la Regina Sychorax. La regina aveva sperato di avere una figlia alta e dai capelli d'oro come lei, non bassa e trasandata e strana, con i capelli che non stavano mai giù, una benda sull'occhio e l'andatura zoppicante, per di più.

«Quindi, Desideria, hai affrontato questo Mago e i suoi animali e spiritelli schiacciandoli con le tue superiori abilità di Guerriero?» chiese scettica la Regina Sychorax.

Desideria, fissando adorante il viso della madre, *moriva dalla voglia* di poter dire che era successo proprio quello. Quanto sarebbe stato bello vedere l'espressione di Sychorax lasciare il posto a uno sguardo ammirato, pieno di rispetto, di *amore*!

Ma la sua furbissima madre non le avrebbe mai creduto e anzi si sarebbe potuta insospettire tanto da indagare più a fondo e scoprire la verità sulla spada e a quel punto per Xar sarebbe stata la fine…

Perché Desideria
era un'enorme delusione
per la Regina Sychorax.

«Be', no, Madre» ammise Desideria. «Ho sentito un rumore, ho visto che era un Mago e stavo per affrontarlo, ma sono caduta e ho chiamato aiuto.»

L'aria di sospetto svanì dagli occhi della Regina Sychorax, trasformandosi in pura disapprovazione. Ecco qualcosa di credibile.

«Non direi allora che hai "catturato" il Mago, no?» ribatté. «Sei caduta e hai chiamato aiuto! *Cadere* non è considerato una delle abilità tradizionali di un Guerriero, Desideria.»

La Regina Sychorax fissò la benda della figlia e la sua gamba zoppa, come se avesse perso l'uso di quelle parti del corpo per una sua mancanza di organizzazione.

«Perché non puoi essere come le tue sorelle?»

Desideria si morse il labbro per impedirsi di piangere. Piangere era un altro di quegli atteggiamenti che la Regina Sychorax considerava una debolezza in cui i Guerrieri non dovevano indulgere.

«*Potresti* scegliere di seguire l'esempio di tua sorella Dramma, diciamo» continuò Sychorax. «Ha fatto una coperta con le barbe dei nani che ha abbattuto lei stessa da una distanza considerevole. Io deploro la violenza, naturalmente, ma essere così su di giri, dopotutto, è un atteggiamento Guerriero. Quando avevo la tua età avevo già cacciato e ucciso il mio primo gigante, e tutto da sola...

«Ma tu hai deliberatamente e inspiegabilmente deciso di percorrere una strada del tutto diversa. Non mi è tanto chiaro perché hai scelto di essere così STRANA... così... sghemba...»

Il peso della delusione di Sychorax era così opprimente che Desideria si sentì trascinare verso il pavimento come se le sue dita fossero fatte di piombo.

"Sii buona" pensò Sychorax guardando Desideria farsi sempre più piccola e triste davanti a lei. "È evidente che la bambina non riesce a evitare di assomigliare a uno strambo ramoscello che qualcuno ha calpestato per sbaglio. È evidente che non riesce a evitare di saltellare come un coniglio squilibrato. Una regina dovrebbe essere MAGNANIMA tanto quanto severa, incorruttibile e giusta... Una regina deve essere CLEMENTE tanto quanto ferma, inflessibile e incrollabile..."

La Regina Sychorax si controllò facendo uno sforzo enorme.

«*Immagino*» disse a denti stretti «che tu abbia fatto del tuo meglio, per quanto poco possa essere. Come va il mal di testa, a proposito di debolezze fisiche e mentali?»

«Il mal di testa?» chiese Desideria senza capire; poi a un tratto si ricordò di aver detto alla madre che sarebbe andata a letto presto perché aveva mal di testa, in modo da poter sgattaiolare fuori alla ricerca del cucchiaio. «Oh, ehm, va molto meglio, Madre, grazie» disse Desideria.

«E come ti sembrano le lezioni per diventare un vero Guerriero?» le chiese ancora la Regina Sychorax.

«Sono piuttosto difficili, Madre.»

La Regina Sychorax sospirò esasperata.

«La signora Rasta dice che la tua ortografia è pessima… leggere e scrivere sono segni della nostra superiorità culturale di Guerrieri, Desideria.»

«Sì, ma il problema è che le lettere non stanno ferme» spiegò Desideria. «Continuano a muoversi nella testa e io mi dimentico in quale ordine erano all'inizio.» Poi suggerì audacemente: «C'è chi sostiene che l'ordine delle lettere non sia così importante quanto la cosa che si ha in mente di scrivere».

«Be', sono PAZZI» replicò la Regina Sychorax. «Devi solo impegnarti di più, è evidente. A cominciare dal tuo aspetto.»

Desideria era ancora più sporca e disordinata del solito, col mantello a rovescio, i vestiti tutti strappati, rami e foglie dappertutto, i capelli arruffati in nodi impossibili perché Spremucco ci si era scavato un nido poco tempo prima.

«Perfino un Guerriero modesto come te dovrebbe sempre essere a posto, Desideria» riprese la Regina

Sychorax, avviandosi. «I capelli in ordine. Le armi affilate. Le unghie splendenti. Ricordatelo.»

E proprio mentre la Regina Sychorax si stava allontanando in un fruscio di lunghe, splendide gonne bianche, un nodino che teneva legata una piccola chiave di ferro alla sua cintura si sciolse come un serpente che si srotola, e la chiave cadde a terra.

Era una chiave minuscola, perciò quando colpì il pavimento fece un rumore così flebile che la regina non lo udì. Scomparve dietro l'angolo senza sapere di averla persa.

Ting!

Desideria, che seguiva sua madre con lo sguardo, avvilita, udì il rumore.

Raccolse la chiave.

Aprì la bocca per dire: "Madre, avete perso la chiave!".

Ma la richiuse subito.

La chiave era piccola e nera e fredda.

A Desideria si rizzarono i peli sulla nuca quando capì che non era una chiave qualsiasi, bensì quella che apriva le segrete della regina.

Era strano che la Regina Sychorax l'avesse persa proprio in quel momento.

Era caduta o si era buttata?

Se foste persone fantasiose, potreste dire che forse

la chiave stava cercando Desideria e voleva che la ragazza la utilizzasse.

Ma noi non siamo persone fantasiose, e quindi un'idea del genere sarebbe ridicola.

Era la chiave
delle segrete
della Regina.

15. Penetrando nelle segrete della Regina Sychorax

Desideria, Stiletto e Bomborombo cercarono di intrufolarsi nelle segrete di Sychorax durante il giorno, ma era impossibile. C'era troppa gente in giro.

«Dovremo aspettare che tutti se ne vadano a dormire» disse Desideria. «Ma come facciamo a superare la sentinella di guardia alle prigioni?»

«Io ho un fantastico dormincanto… posso farla addormentare!» squittì Bomborombo.

«Temo che i tuoi incanti non funzionino qui, Bomborombo» disse Desideria.

Stiletto sembrava roso dal senso di colpa. «Continuo a pensare che sia una pessima idea» disse. «Ma in caso ne fossi proprio convinta, ho messo un sonnifero nello stufato di cinghiale che ho servito alla sentinella per cena. I Maghi non sono i soli a conoscere le erbe.»

«Oh, Stiletto, GRAZIE!» esclamò Desideria commossa.

«Non ringraziare me» replicò cupo Stiletto. «Mio padre sarebbe delusissimo se lo venisse a sapere. L'ho fatto solo per il povero piccolo Spremucco, ma dovrei essere in grado di superare queste sciocche debolezze e fare la cosa giusta… Non capisco cosa mi sia successo.»

Perciò a tarda notte Desideria e Stiletto varcarono la grande porta che immetteva nelle segrete della Regina Sychorax.

In effetti la sentinella che era di guardia dormiva, quindi poterono superarla in punta di piedi, aprire la porta con la chiave di Sychorax e sgusciare dentro, richiudendosela alle spalle.

Non appena la porta si fu richiusa, Stiletto avvertì una soffocante sensazione di panico.

Le segrete di Sychorax facevano quell'effetto alle persone.

«Tu resta qui, Bomborombo» disse Desideria. «Così puoi venire ad avvertirci se arriva mia madre o qualcun altro.»

«Okay!» squittì la più piccola delle fatine pelose. Bomborombo era sempre compiaciuta quando le veniva affidato un compito. Ed era molto contenta di non dover proseguire oltre.

Infatti nella stanza in cui si trovavano c'era la vera e propria entrata alle segrete: un enorme pozzo con una piattaforma mobile al di sopra.

Stiletto gettò uno sguardo nel pozzo. «Dobbiamo scendere laggiù, vero?» chiese, nella patetica speranza che per qualche strano motivo Desideria rispondesse di no.

«Già» disse lei, invece, salendo sulla piattaforma.

«Addio…» sussurrò Bomborombo. «Buona fortuna… È sssssssstato bello conossssssscccccervi… Per essere delle Grandi Persone eravate meno puzzolenti degli altri…»

«Grazie» disse Stiletto. Si arrampicò tremando sulla piattaforma mentre Desideria srotolava la corda per farli scendere piano piano.

GIÙ…

GIÙ…

GIÙ…

Sempre più giù. La temperatura precipitò come un masso e Stiletto fu colto dallo sconforto mentre la piattaforma scendeva nel profondo delle prigioni sotterranee.

Anche Desideria si sentiva morire, perché scendere lì era non solo un tradimento, ma anche una violazione.

Sychorax aveva i suoi segreti lì…

Perché…

Una regina deve avere i suoi segreti…

E Sychorax ne aveva…

Tutti i segreti di Sychorax erano nascosti sottoterra.

Desideria lo sapeva e sapeva anche che in realtà lei non voleva davvero conoscerli.

Ma non aveva scelta.

GIÙ…

GIÙ…

GIÙ…

Scendevano sempre più in profondità.

Quando infine la piattaforma si fermò con delicatezza, dopo un tempo che sembrò spaventosamente lungo, entrarono nel segreto mondo notturno delle prigioni della Regina Sychorax, sepolto sotto cento metri di pietra e terra, molto più in profondità del Forte dei Guerrieri di Ferro.

Desideria e Stiletto, scesi dalla piattaforma, si

ritrovarono in una lugubre stanzetta illuminata dalla fioca luce delle torce, al suono di un gocciolio d'acqua che veniva dal soffitto.

C'erano non meno di sette corridoi che si dipartivano dalla stanza.

Le segrete di Sychorax occupavano quella che in tempi antichi era stata una miniera, quindi erano infestate non solo dai fantasmi dei prigionieri, ma anche da quelli di giganti, nani e minatori del passato. Le segrete erano ora un gigantesco labirinto che si estendeva come la tela intessuta da un ragno dalle zampe lunghissime, con corridoi che si snodavano e si incrociavano in maniera ingannevole, proprio come i tortuosi meandri della scaltra mente della Regina Sychorax.

Lungo questi corridoi si aprivano innumerevoli stanzette, alcune per i prigionieri, altre per… altre cose… Ma in che modo Desideria e Stiletto potevano capire dove andare?

«Cos'è questo RUMORE?» sussurrò Stiletto.

Le segrete di Sychorax, come ho detto prima, erano sempre rumorose.

Una musica metallica in cui si mescolavano disperazione e dolcezza, perché lo struggimento ha una sua dolcezza e cose splendide possono nascere dal dolore.

Gli esseri-un-tempo-Magici imprigionati in quelle regioni sotterranee non potevano più fare Magie. Nessuno formulava incanti, gli spiritelli non potevano volare e i giganti si stavano mo-o-olto lentamente restringendo. Perché in una di quelle celle segrete, nella stanza più profonda e remota, c'era la Pietra-Che-Elimina-La-Magia e tutti vi erano stati condotti e tutti l'avevano toccata, perdendo così la Magia che li rendeva quello che erano.

Poi erano stati riportati alle loro celle e rinchiusi lì, finché non si fossero adattati a vivere senza Magia.

Nessuno ci si era ancora abituato, però, e così gli esseri-un-tempo-Magici riempivano le segrete di lamenti. Gemiti malinconici, urla rabbiose, versi dolenti. Il pestare degli orchi che camminavano in cerchi tristi e lenti. L'ululare dei lupi mannari, le canzoni degli spiritelli, che ricordavano con voci acute e piene d'angoscia i giorni perduti.

Non potevano fare altro. Avevano perso le ali, gli incanti, la speranza. Avevano perso la vista, la luce, perché quando la Magia lasciava gli spiritelli, i loro colori sbiadivano e la luce interiore che aveva bruciato così intensa vacillava fino a spegnersi.

Ma avevano ancora la voce.

Dovevano mangiare con cucchiai e piatti di ferro. Tenevano i cucchiai con le loro mani o zampe non più Magiche e poi li battevano sui piatti, creando un ritmo malinconico che echeggiava in tutta la prigione come il dolore provocato da un amore perduto.

Quando Desideria e Stiletto entrarono nelle segrete, udirono le canzoni di uno spiritello chiamato il Fu-Spirito, che era seduto sulle spalle di Frantumo il gigante, rinchiuso in una delle celle di Sychorax. Perché il presentimento di Desideria era giusto: Frantumo era stato davvero catturato dai Guerrieri della Regina Sychorax quando Xar lo aveva lasciato nella radura.

E ora Frantumo il gigante era lì, nascosto da qualche parte, a ponderare pesanti pensieri e a sperare contro ogni speranza che Xar venisse a salvarlo.

Nel frattempo, sulla sua spalla, il Fu-Spirito cantava di un giorno d'estate in cui era volato alto, altissimo nell'azzurro perfetto, e aveva dormito ad ali spiegate come un rondone, lasciando che le correnti gli facessero da letto; era così in alto che prima di addormentarsi aveva visto le molte isole di Albione sparse sotto di lui, e il bosco che si estendeva da mare a mare.

Cantava in maniera tanto splendida che tutti gli abitanti di quel labirinto sotterraneo credettero di poter vedere anche loro le stesse cose e si unirono al *Canto della Magia Perduta*, pestando i piedi e scuotendo i loro strumenti di ferro a tempo col possente battito dei cuori dei giganti, come se fossero anche loro lassù nei cieli e non sepolti e dimenticati in quella prigione di terra. Povero Spremucco. Era questa la sorte che lo aspettava?

Una volta ascoltato il *Canto della Magia Perduta* non lo si dimentica più.

Oltre al groviglio di emozioni che evocava – disperazione, speranza, dolore –, dava la possibilità ai prigionieri di ricreare il mondo Magico e i poteri che avevano capito di possedere nel momento in cui li avevano persi; così quel canto che echeggiava lungo i corridoi ripetendosi e riflettendosi creava un dedalo di suoni ed emozioni e scelte morali confuso e sconvolgente tanto quanto il labirinto fisico.

"Abbiamo fatto bene? Abbiamo sbagliato?" diceva la canzone. "Cos'abbiamo perduto? Ma avevamo altra scelta?" E quelle parole si confondevano con altri canti che raccontavano la bellezza del Bosco Selvaggio a mezzanotte, quando solo gli occhi della Magia potevano vedere; la nascita di ghiaccioli sottili come capelli sui rami dei sambuchi, quando il primo gelo dell'inverno calava sulla foresta; i boccioli viola scuro dei ciclamini senza foglie che spuntavano e lo scompiglio delle foglie autunnali che si spargevano a terra cadendo dagli alberi, la cui crescita era troppo lenta perché gli occhi umani potessero vederla ma era chiara come la luce del giorno per quelli Magici.

E non si distinguevano nemmeno bene le canzoni dei vivi da quelle dei fantasmi degli esseri-un-tempo-Magici imprigionate in quel labirinto da secoli, le cui voci erano state assorbite dai muri per essere poi richiamate alla vita dal soffio vibrante di una nuova melodia, come se gli spiriti dei goblin e dei piattelfi e delle nane minatrici fossero ancora lì, a raccogliere i suoni dai muri con le loro asce incantate e a rimandarli fuori, così da poter tornare in vita una volta ancora alle orecchie di Desideria e Stiletto.

Eh sì, era uno strano luogo maledetto quella prigione sotterranea dove ferro e Magia, presente e passato, bene e male convivevano in modi molto più complicati e contraddittori di quanto ci si potrebbe aspettare dal saldo Forte dei Guerrieri che li sovrastava con fierezza.

«Non abbiamo una mappa» disse Stiletto, coprendosi le orecchie perché il rumore era così fragoroso che rendeva difficile perfino *pensare*, figurarsi compiere una scelta. Aveva già percorso un breve tratto di uno dei corridoi e scoperto che si biforcava. «Come facciamo a sapere dove ha rinchiuso Xar? Non lo troveremo mai in un labirinto così grande!»

Un labirinto, infatti, può essere efficace quanto chiavi e lucchetti se si sta cercando di nascondere qualcosa.

Desideria e Stiletto girarono disperati nella stanza per un po', prima che il Cucchiaio Incantato notasse qualcosa in fondo a uno dei corridoi bui. Una scintilla di luce che baluginava come una stella lontana.

Picchiettò con dolcezza sulla testa di Desideria per attirare la sua attenzione e poi saltellò lungo il corridoio per guidarla verso quel puntolino di luce.

Desideria lo seguì, con Stiletto che diceva: «Dove stai andando?» pur seguendola riluttante.

E quando ebbe raggiunto la briciola luminosa, Desideria poté vederne un'altra, lontano, che la chiamava come un gioco di prestigio. «Polvere di spiritello! Xar deve averla sparsa dietro di sé perché potessimo trovarlo! Che astuzia!» esclamò Desideria con ammirazione.

Così proseguirono seguendo le scintille, sempre più in profondità, e si persero nei tortuosi corridoi delle segrete di Sychorax.

«Dev'essere qui da qualche parte» disse Stiletto quando raggiunsero un corridoio sul quale si aprivano almeno venticinque celle. «Dovremo controllarle una per una.»

«Dobbiamo proprio?» chiese Desideria. «Per te non ci sono problemi – non è TUA madre – ma io mi sento davvero male all'idea di scoprire cose su di lei che NON VOGLIO PROPRIO SAPERE!»

Desideria estrasse la chiave con riluttanza e aprì la porta più vicina, che si spalancò con un cigolio sinistro.

«Guarda tu, Stiletto» disse, coprendosi gli occhi con la mano.

Stiletto sbirciò da dietro la porta…

… e svenne.

Desideria richiuse la porta più veloce che poté.

«Cos'hai visto?!» chiese, quando Stiletto fu tornato in sé.

«Non lo vuoi sapere, NON lo vuoi sapere» rispose lui.

Desideria pensò che era peggio non sapere, perché così facendo la sua immaginazione poteva figurarsi chissà cosa, quindi decise che nella cella successiva avrebbe guardato anche lei.

Stiletto aprì la seconda porta ma la richiuse all'istante con un gemito di disgusto.

«Cosa c'era?!» strillò Desideria.

«Teste» rispose Stiletto.

«Oh, dài, ne ho abbastanza» disse Desideria spingendolo via. «Non possono esserci delle teste. Sei solo convinto che mia madre sia una persona crudele…»

Scostò Stiletto ed entrò nella cella.

Erano proprio delle teste.

«Puah!»

Desideria richiuse la porta di colpo.

«Sono sicura che c'è una spiegazione ragionevole per tutto questo» affermò. «Mia madre è molto interessata all'anatomia.»

«Ah sì?» disse Stiletto, scettico.

Le altre stanze contenevano cose meno macabre.

Un'intera collezione di *Libri degli Incantesimi*, per esempio. Una biblioteca con i libri perfettamente allineati e in ordine, perché Sychorax era una persona molto precisa.

Una stanza per le pozioni.

Molte, moltissime raccolte di oggetti Magici proibiti.

Ma pur avendo cercato a lungo non avevano ancora trovato Xar.

Nel frattempo, giù nella cella 445, dopo che erano passate ore e ore senza che Desideria e Stiletto e la spada venissero a salvarlo, Xar aveva il morale a terra ed era molto vicino alla disperazione. Del resto le segrete di Sychorax erano fatte apposta perché il morale precipitasse. Dopotutto è in parte lo SCOPO di una prigione. Non le si progetta perché siano spazi allegri e ariosi, con una splendida vista e comode poltrone.

Ogni tanto durante il giorno Sychorax era passata a trovarlo per chiedergli se avesse cambiato idea e volesse dirle dove si trovava la spada; gli spiritelli e Xar avevano colto l'occasione per urlarle o sibilarle volgari ingiurie riguardo al suo naso, e questo li aveva rallegrati un pochino. Ma poi la regina se n'era andata e l'aria umida e desolante della prigione si faceva sentire nelle ossa e il *Canto della Magia Perduta* li aveva avviliti ancora di più.

«Non verrrrrrrrrrrrà, quella Desssssssssideria…» sibilò Tempestizza, la cui luce si andava spegnendo in fretta. «Ssssssstupida Guerriera, perché ti ssssssssei fidato di lei?»

«Ha preso la spada e mi ha indicato il filtro di Amore-Non-Mente» disse Xar, di malumore, perché si stava chiedendo la stessa cosa.

«Sono troppo stupidi per seguire la polvere di spiritello… E a ogni modo sono troppo codardi per venire quaggiù… Ti odiano… Non saranno in grado di aprire la porta…»

Gli spiritelli continuarono con questi commenti scoraggianti, perché erano profondamente infelici.

«Li hai rapiti, hai rubato loro la ssssspada, li hai ingannati» disse Ariel. «Perché dovrebbero rissssssschiare la loro vita per te, un nemico?»

«Ariel non ha tutti i torti» disse cupo Caliburn.

Era stato sciocco, Xar, a mettere la propria vita nelle mani di due Guerrieri nemici?

«Spremucco gli piaceva» disse. «Ne sono sicuro.»

Abbassò lo sguardo su Spremucco. Era così scuro ormai da essere quasi nero e il suo cuoricino batteva a malapena.

Aveva una crisi dopo l'altra, durante le quali veniva scosso da brividi e deliri così violenti da non essere più se stesso, ma in quel momento, per un secondo, tornò in sé.

«Cosa mi sta succedendo?» sussurrò, e si poteva leggere la paura nei suoi occhi. «Sto passando al lato oscuro?»

«Certo che no» rispose Xar mentre Spremucco ripiombava nel coma, dicendo con una voce così flebile da risultare a malapena udibile: «Xar mi salverà...» e posando fiducioso una microscopica manina appuntita sul petto del ragazzo.

Xar avrebbe dato a Sychorax ciò che chiedeva...

Almeno Spremucco sarebbe sopravvissuto...

Ma la Magia di suo padre sarebbe stata in pericolo…

Xar non era tipo da arrendersi, ma perfino lui cominciava a esaurire le scorte di speranza, quando udì un rumore di passi e dei sussurri nel corridoio.

«Tu guarda in questa qui, Stiletto, io non oso» disse la voce di Desideria.

«Sono qui!» gridò la voce di Stiletto nell'esatto momento in cui la sua testa spuntò oltre la grata.

Ci fu un *clic clic clic* e *CRIIIIIIIIIC*, e la pesante porta della cella numero 445 si spalancò.

Xar non avrebbe mai immaginato che sarebbe stato così grato e felice di vedere due Guerrieri, uno alto e magro, l'altra bassa e zoppa. Anche gli spiritelli si riscossero e trovarono perfino l'energia di ronzare eccitati, benché ormai volassero a fatica e sempre più bassi, come se avessero piombo nelle scarpe.

«Siete venuti!» gridò Xar a Stiletto e Desideria, così contento che corse ad abbracciarli. Chi avrebbe mai immaginato che Xar potesse abbracciare un Guerriero?

«Ma certo che siamo venuti!» rispose Desideria risoluta. «Te lo avevo detto, no? Non lascerei mai un amico in un guaio del genere.»

Xar riconobbe che era una grande amica e che aveva dimostrato uno spirito d'iniziativa inaspettato, per essere un Guerriero.

«Come siete entrati? E come fate ad aprire le porte?» chiese.

«Stiletto ha dato un sonnifero alla sentinella» rispose lei. «E mia madre ha perso la chiave delle segrete. Come sta Spremucco?»

Vedeva lo spiritello tremare nella tasca di Xar.

«Non bene, purtroppo…» disse lui, mentre Desideria liberava i gatti dalle catene con la chiave della Regina Sychorax e questi saltavano in piedi entusiasti. «Dobbiamo portarlo alla pietra più in fretta che possiamo.»

Ma proprio mentre si stavano preparando a uscire, Bomborombo schizzò come un moscerino di luce attraverso la grata. Era allarmatissimo e senza fiato, perché aveva volato senza fermarsi dal suo posto di guardia all'ingresso delle segrete.

«La Regina Sychorax!!!» strillò. «Sta arrivando!!!»

16. L'arrivo davvero inopportuno della Regina Sychorax

«La Regina Sychorax sta venendo qui?» chiese Stiletto, cercando di non svenire ancora una volta.

«Non mi deve trovare!» gridò Desideria, pietrificata dal terrore.

Una cosa era decidere in segreto di essere amica di un Mago. Un'altra era farti sorprendere da tua madre mentre non solo simpatizzi con il nemico, ma apri la sua cella e lo aiuti a scappare.

«Non preoccuparti» disse Xar. «Nasconditi, con lei me la vedo io… Sarò educato questa volta, lo prometto. Dammi la spada e chiuditi la porta alle spalle.»

«Sii gentile con lei, Xar!» gli raccomandò Desideria, lanciandogli la Spada Incantata.

«Fidati di me» ghignò lui.

Stiletto e Desideria uscirono dalla cella e corsero a nascondersi dietro l'angolo, perché a giudicare dal rumore dei passi la Regina Sychorax si stava avvicinando in fretta.

Stava venendo a offrire a Xar un'ultima possibilità di mostrarsi ragionevole, per poter portare il suo spiritello alla Pietra-Che-Elimina-La-Magia in tempo e salvargli la vita. Di sicuro nemmeno un Mago senza un briciolo di coscienza voleva che un suo spiritello morisse. Eppure Xar stava dando prova di sorprendente ostinazione.

La regina si era allarmata nello scoprire di aver perso la chiave (per fortuna ne aveva una di scorta) e infuriata vedendo la sentinella addormentata, e nel momento stesso in cui aveva messo piede nelle segrete aveva percepito che c'era qualcosa che non andava.

Conosceva ogni suono della propria casa sotterranea. Tutto le era familiare: ogni gocciolio d'acqua, ogni gemito dei prigionieri, ogni passo delle guardie, ogni tremolio di candela, ogni verso di ogni canzone, che fossero fantasmi o spiritelli a cantarla.

Qualcosa non andava, lo sapeva. Affrettò il passo, che da sciolto ed elegante finì per trasformarsi in un'inconsueta CORSA, tanto che i suoi piedi fecero un certo fracasso nei corridoi.

Se Bomborombo non li avesse avvisati, Sychorax avrebbe colto sua figlia nell'atto di aiutare un nemico a scappare.

Ma Stiletto e Desideria si erano acquattati dietro l'angolo appena in tempo, ed erano riusciti a chiudersi la porta alle spalle.

Perciò quando la Regina Sychorax aprì il lucchetto della cella numero 445 e vi entrò con un regale fruscio del suo mantello rosso fuoco, Xar si trovava al centro della stanza come se nulla fosse, con la Spada Incantata dietro le spalle.

«Cosa sta succedendo?» ansimò la Regina Sychorax.

«Nulla» rispose Xar.

«Mmmmmh» mormorò la Regina Sychorax ispezionandolo con lo sguardo, visto che non si fidava affatto di lui.

«È la tua ultima occasione, Xar, figlio di Incanzo» tagliò corto. «Non tornerò più, stanotte, e il tuo spiritello domattina sarà morto. Dov'è la mia spada?»

«È per caso questa la spada di cui parli?» chiese Xar pensieroso, prendendola da dietro la schiena.

La Regina Sychorax si irrigidì per la sorpresa.

Un cupo ringhio risuonò alle sue spalle, e tre enormi gatti dei ghiacci che avevano denti come coltelli da cucina emersero dalle ombre della cella con aria minacciosa.

«Come hanno fatto a liberarsi? Erano incatenati al muro!» sussurrò la Regina Sychorax, bianca come il suo vestito. «Chi ti ha portato la chiave? Dove hai preso la spada?»

«Non te ne preoccupare. Ma non muoverti, Regina Sychorax» rispose Xar, «o ti uccido con la tua spada.»

Maledetto ragazzo!

Avrebbe dovuto portare delle guardie con sé... ma visto che il giovane Mago era stato perquisito a fondo, era andata lì convinta di far visita a un ragazzino disarmato e a un paio di spiritelli, tutti rinchiusi nella più sicura delle sue celle. La mano della Regina Sychorax andò alla cintura, dove teneva appesa la propria spada.

«Ti ho detto di non muoverti» l'avvertì Xar, e un brillio nei suoi occhi convinse la Regina Sychorax a fermarsi. In genere i Maghi erano un popolo pacifico, ma Xar non era come la maggior parte di quelli che la regina aveva incontrato.

«Xar, figlio di Incanzo» sbottò, infuriata perché la situazione si era ribaltata e ora si trovava lei in svantaggio. «Cosa hai intenzione di fare ora che mi hai rubato la spada?»

«Ho intenzione di portare il mio spiritello alla Pietra-Che-Elimina-La-Magia» rispose Xar, «e poi di liberare i giganti e gli altri prigionieri Magici che tieni rinchiusi quaggiù per poi scappare tutti insieme da questo forte di stupide teste di rapa e tornarcene all'accampamento dei Maghi.»

«Ti fermeranno non appena lascerai le segrete» disse la Regina Sychorax. «I giganti sono piuttosto visibili e il forte pullula di guardie.»

«Ma tu sei una scaltra regina malvagia» disse Xar,

«perciò sono sicuro che questo labirinto abbia un'uscita segreta, e anche una parola d'ordine segreta.»

«Forse sì» rispose secca la Regina Sychorax, «ma è piuttosto improbabile che io te le riveli, date le circostanze.»

«E se fossi io a fare *a te* un'offerta, proprio come tu ne hai fatta una *a me*?» proseguì Xar. «Se mi dici la strada che porta alla pietra e dove si trova l'uscita segreta e la parola d'ordine io ti lascio la spada.»

La Regina Sychorax ne fu contenta, anche se non lo diede a vedere. Desiderava tanto riavere quella spada, soprattutto ora che le Streghe erano tornate nel bosco. Il ragazzo pensava di essere furbo, ma era chiaro che non intuiva l'importanza della Spada Incantata.

«Accetto l'offerta» rispose con dolcezza. «Per arrivare alla pietra devi...»

«Oh, no, no» la interruppe Xar. «No, no, no, fermati subito per cortesia, Regina Sychorax.»

Prese dalla tasca una boccetta. «A quanto pare le regine possono mentire... per un bene superiore, naturalmente. Perciò temo che dovrai darmi tutte le informazioni mentre tieni in mano il filtro di Amore-Non-Mente, così saprò che stai dicendo la verità.»

La Regina Sychorax gli lanciò uno sguardo di puro disprezzo.

«Per arrivare alla pietra devi girare a destra e

seguire il corridoio fino alla settima porta nella grande caverna. Da lì puoi raggiungere l'uscita segreta girando a SINISTRA ogni due svolte. La parola d'ordine segreta è CONTROLLO» disse la Regina Sychorax.

Xar glielo fece ripetere due volte per essere sicuro che il filtro non cambiasse colore. Ma quello rimase rosso, perciò a quanto pareva stava dicendo la verità.

Riprese la boccetta.

«E ora ti lascerò la spada» disse Xar tenendo in mano il filtro, così che la Regina Sychorax potesse vederlo.

Non appena ebbe pronunciato quelle parole il liquido all'interno della boccetta divenne più nero della fuliggine.

«Ops» esclamò Xar allegro. «Oh, cielo, ma che pasticcio! A quanto pare sono io che sto mentendo! È così difficile starci dietro, vero?»

IMBROGLIATA!

Quell'orribile Maghetto aveva ingannato Sychorax: le aveva fatto rivelare la parola d'ordine segreta e ora voleva tenersi la spada!

È sempre fastidioso per una persona furba come la Regina Sychorax incontrare qualcuno più furbo di lei.

Perciò la regina perse il controllo. Non era da lei, ma aveva avuto una giornata difficile.

«Brutto maleducato, falso, disubbidiente e imbroglione!» gridò.

«Su, su» disapprovò Xar. «Sii gentile, Regina Sychorax. Insultare non ti porterà a niente. Per favore, potresti cortesemente darmi le tue chiavi e il tuo mantello? Penso che sia meglio se mi travesto da te, così le tue guardie ci lasceranno uscire senza fare storie. Grazie mille.»

A denti stretti, la Regina Sychorax gli consegnò le chiavi di tutte le celle e il suo inconfondibile mantello rosso fuoco, foderato di morbida pelliccia bianca e nera.

«Devi ammettere» continuò Xar gettandosi quel magnifico mantello sulle spalle «che un'incarnazione del destino come me ha bisogno di un'arma fantastica come questa, fatta di ferro e Magia mischiati insieme. Non mi sorprende che tu ci tenga tanto: è un oggetto davvero fuori del comune.»

La Regina Sychorax sorrise, glaciale.

«Temo di doverti rinchiudere nella tua stessa cella, ora» continuò Xar in tono di scusa. «So che non si addice a una regina, ma tu sei una regina davvero malvagia che ha sottratto la Magia alla mia gente e ci tieni prigionieri e hai minacciato di uccidere il mio spiritello. Bisogna darti una lezione, e la prigione serve proprio a questo.»

«Posso farle i capelli, Xar?» implorò Bomborombo. «Per favore, posso farle i capelli? È stata così cattiva col povero Spremucco...»

«Oh, va bene» concesse Xar. «Ma sii gentile.»

Bomborombo volò tra i capelli della regina e in due battiti d'ala di coccinella li aveva frullati fino a trasformarli in un'aggrovigliata e creativa rete di nodi.

Sychorax rimase immobile, bianca e gelida di rabbia.

Bomborombo si allontanò ronzando per valutare il suo lavoro e annuì soddisfatta.

Sopra il viso affilato d'ira glaciale di Sychorax – un viso così nobile, regale e ordinato – la sua stupenda cascata di studiatissime trecce dorate puntava ora al cielo in un ammasso verticale di elettricità statica, come una palla di pelo inferocita.

«Oooooh… bellissssssimo, ssssì ssssì» sibilò Tempestizza sorridendo malevola e gli spiritelli quasi caddero a terra dal ridere. «Ci vorranno settimane per sciogliere quei nodi!»

«Provare a scioglierli» rincarò Xar «ti ricorderà che devi lasciare in pace noi gente Magica.»

«E io ti avverto» intimò la regina, ogni parola come una gelida freccia bianca, «non mettere mai più piede nel mio territorio. O, per gli dèi degli alberi e dell'acqua, ti giuro che te ne pentirai.»

«Dovrai prendermi,

prima» ghignò Xar, e poi aggiunse: «Arrivederci, Regina Sychorax» facendo un profondissimo inchino. Quindi Caliburn, i gatti dei ghiacci, gli spiritelli e lo stesso Xar, con un soddisfatto fruscio del mantello di Sychorax, si avviarono verso la porta.

Un attimo prima di uscire dalla cella, Xar ebbe un ripensamento e si voltò. «Ehm… comunque… quando ti ho detto che sei debole, non lo pensavo davvero. Sei tosta proprio come dovrebbe essere una Regina Guerriera.»

Corse fuori e Stiletto, che aspettava nel corridoio, richiuse la porta dietro di lui.

La Regina Sychorax rimase sola nella cella numero 445, ad aggiustarsi pensierosa l'armatura. Aveva un sacco di cose cui pensare.

«Sei stato crudele con lei!» lo rimproverò Desideria, una volta che non furono più a portata d'orecchio.

«Sono stato molto educato!» protestò Xar. «Le ho anche fatto i complimenti, le ho detto che è tosta!»

«Hai detto che è una regina malvagia e crudele! E Bomborombo le ha devastato i CAPELLI!» gridò Desideria con orrore. «Sarà assolutamente furibonda, vero, Stiletto?»

«Assolutamente furibonda» concordò Stiletto, cupo.

«Sono stato indulgente» disse Xar. «Se non fosse tua madre, l'avrei uccisa. Ora, cos'è che ha detto sulla strada da seguire per arrivare alla pietra?»

«A destra, lungo il corridoio e poi la settima porta nella grande caverna» ripeté pronto Stiletto.

Stavano procedendo in groppa ai gatti dei ghiacci, lungo corridoi che li portavano sempre più in profondità sottoterra; l'aria si era fatta così gelida che Desideria, tremante, affondò il busto nella folta pelliccia di Cuordibosco.

Xar riusciva a percepire, nel taschino sopra il suo cuore, Spremucco ormai del tutto rigido. Se non l'avessero portato in fretta alla pietra lo avrebbero perso.

Il corridoio sbucò in una enorme caverna, illuminata dalla luce tremula delle torce.

Tempestizza emise un sibilo orripilato e si nascose dietro Xar.

«Ssssiamo arrivati» sibilò.

C'erano sette porte che si aprivano nella caverna e la settima aveva un cartello sbiadito che diceva: "Camera di rimozione della Magia".

L'ingresso era storto e più stretto di quanto si aspettassero. Se un gigante avesse voluto eliminare la propria Magia avrebbe dovuto sdraiarsi sul pavimento della caverna e allungare un braccio nella porta.

Una strana forza magnetica pareva attirare Xar attraverso la porta, come un vento gelido che lo spintonasse; dopo un po' si rese conto che la spada appesa alla sua cintura si agitava e indicava la porta come un dito metallico.

Nel più profondo di sé l'istinto gli diceva: "Scappa… Non andare oltre… Fermati qui…".

Occhiobuio, Cuordibosco e Regatto si misero a camminare in cerchio, ringhiando, soffiando e ululando.

«NonEntrareLÌ NonEntrareLÌ NonEntrareLÌ NonEntrareLÌ» sibilavano gli spiritelli.

«Ma dobbiamo farlo!» disse Desideria, scendendo dalla schiena di Cuordibosco.

«Per Spremucco!» aggiunse Xar, saltando giù da Regatto.

Desideria infilò la chiave nella serratura e la porta della Camera di rimozione della Magia si spalancò.

17. La Camera di rimozione della Magia della Regina Sychorax

La Camera di rimozione della Magia aveva un soffitto altissimo ed era perfettamente circolare. Non conteneva altro che una pietra.

La pietra era color carbone. Sembrava una pietra qualsiasi, solo che era gigantesca. Con la superficie irregolare, come lava solidificata.

«E QUELLA sarebbe la Pietra-Che-Elimina-La-Magia?» chiese Xar incredulo, perché non aveva niente di spaventoso.

Ma gli spiritelli e gli animali erano più sensibili di lui alla strana atmosfera nella stanza, e sibilavano ansiosi come calabroni, e i gatti dei ghiacci gironzolavano irrequieti con il pelo ritto.

Xar estrasse dal taschino Spremucco, duro come uno smeraldo verde scuro; il suo respiro sembrava fatto di piccoli ghiaccioli che sbatacchiavano nel suo corpo paralizzato. La sua luce si stava spegnendo, era quasi scomparsa, sempre più flebile come anche il suo respiro.

«Ora devi appoggiarlo sulla pietra» disse Desideria.

«Non dovressssssti farlo, Xar» sibilò Ariel, alzando le braccine magre e mettendolo in guardia. «Devi dare retttta alle sssssstorie delle fate, sssssssssstorie del nossssstro antico passato. Le ssssstorie delle fate sssssono piene di ssssssaggezzzza...»

Senapensiero terminò la frase di Ariel: «... e tutte le ssssstorie dicono: NON TOCCATE LA PIETRA!».

«Il padre del padre di mio padre mi ha raccontato una ssssstoria, MAI toccare la pietra, Xar...» proseguì Temperso. E tutti gli altri spiritelli fecero eco: «*Anche mio padre, anche mio padre, anche mio padre...*».

E le pareti della stanza restituirono quelle parole. Chissà se era l'eco di ciò che era appena stato pronunciato oppure parole fantasma di spiritelli che erano stati lì un tempo e si erano trovati davanti alla stessa scelta: «*Anche mio padre, anche mio padre, anche mio padre...*».

«Gli spiritelli hanno ragione» disse Caliburn, nervoso. «Devi dare retta alle storie perché hanno sempre un fondo di verità. Ma CHE COSA significano *in concreto*? È questo che *mi* preoccupa.»

Ora che si trovava davanti alla pietra, costretto a confrontarsi con la prospettiva di toccarla davvero, Xar scoprì che era molto combattuto.

La voce del Fu-Spirito cantava chiara e pura come quella di un usignolo nell'oscurità sopra di loro – del suo dolore per la perdita della Magia, delle sue ali ormai paralizzate, che carezzavano le stelle nelle ventose notti d'inverno – e il lacerante struggimento di quel canto ricordava a tutti loro che erano di fronte a una decisione enorme.

Xar sapeva sempre come comportarsi.

Ma per la prima volta in vita sua… non ne era sicuro.

«Cosa devo fare?» chiese, straziato dall'indecisione. «Forse Spremucco preferirebbe davvero passare al lato oscuro piuttosto che perdere per sempre la Magia. Forse sceglierebbe di morire se sapesse che potrebbe non volare mai più!»

«È la tua sola occasione di salvare la vita di Spremucco» disse Desideria. «E se provassi ad appoggiarlo sulla pietra solo per un attimo, in modo da eliminare il sangue di Strega lasciandogli però abbastanza Magia per volare?»

«Può funzionare?» chiese Xar a Caliburn.

«Be', non garantisco» rispose il corvo. «Non mi sono mai imbattuto nel sangue di una Strega prima d'ora.»

«Ma dobbiamo provarci» insistette Desideria. «Non possiamo lasciarlo morire. Dobbiamo sperare che funzioni, e fare qualcosa di buono in questo posto oscuro.»

«Aiutami» disse Xar a Desideria. «Non ce la faccio da solo.»

I cinque spiritelli e le fatine pelose, spaventati e sospettosi, formarono un alone luminoso sopra le teste di Xar e Desideria; Ariel sussurrava parole Magiche di protezione come «CCVRBXTLT» e «DJERKLTITOCOLX», le cui lettere appuntite e brillanti tremolavano di paura e impazienza librandosi in aria prima di svanire.

Xar e Desideria fecero un respiro profondo, poi si inginocchiarono accanto alla pietra e sollevarono Spremucco con delicatezza, tenendolo in modo che solo la macchia di sangue di Strega sul suo petto toccasse la pietra.

Xar girò la testa per non guardare.

E poi…

Non accadde nulla.

La povera piccola fatina pelosa ebbe uno spasimo e si immobilizzò.

«Pensi che sia troppo tardi?» sussurrò Xar, perché la luce di Spremucco si era spenta del tutto e per un secondo lui sembrò una fogliolina di edera appoggiata alla pietra.

E poi, proprio quando Xar era sicuro di averlo perso, una debole luce tremolò nel petto di Spremucco e crebbe d'intensità… sempre di più…

Il colorito verde svanì lentamente dalle zampette posteriori dello spiritello… da quelle anteriori… e infine dal petto, finché con un improvviso *hhhuuuuuuuh!* Spremucco fece un gran respiro, aprì gli occhi e batté appena le ali.

«È vivo...» trasalì Desideria commossa e sollevata, mentre Spremucco riprendeva a muoversi.

«Presto, togliamolo dalla pietra!» disse Xar.

I due ragazzi lo spostarono, gentili ma decisi, e la fatina pelosa rimase seduta nel palmo della mano di Xar, confusa, come risvegliatasi da un coma.

«È vivo!» gridò Xar, dando pugni all'aria mentre Spremucco sussurrava, respirando piano piano: «Sono vivo! Sono vivo! Sono vivo!».

«È VIVO!» sorrise Xar. «Pensi di poter ancora volare?»

«È un po' presto per dirlo, Xar» osservò Caliburn. «Gli servirà del tempo per riprendersi.»

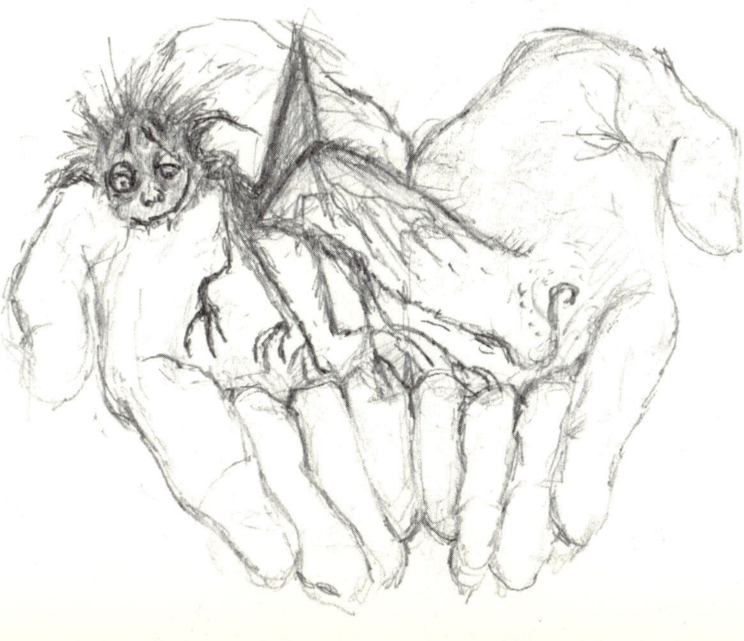

Ma le fate non sono come gli esseri umani; il Bosco Selvaggio è un posto così pericoloso che si sarebbero estinte secoli fa se non fossero in grado di guarire in fretta dalle malattie. Spremucco alzò la testa, spalancò coraggioso le alette tremanti e si lanciò un po' instabile nell'aria.

«Può ancora volare!» urlò Xar. «HO SISTEMATO TUTTO! ANDRÀ TUTTO BENE! Lo vedi Caliburn, con tutti i tuoi cupi "ciò che è fatto non può essere disfatto"? È come avevo detto io: niente è impossibile! E che tempismo perfetto! Oh, QUANTO SONO INTELLIGENTE, oh, la mia genialità! Che splendida idea ho avuto a lasciargli abbastanza Magia perché potesse ancora volare...»

«Coraggio, Xar» disse Stiletto. «Appoggia la tua mano sulla pietra per eliminare il sangue di Strega... così possiamo andarcene da questo posto orribile.»

Xar sospirò.

«Forza, Xar» lo incoraggiò Caliburn. «Lo sai che è la seconda parte della nostra missione. E dovresti aver imparato qualcosa, stanotte. Tutte queste brutte cose sono successe perché hai cercato di ottenere la Magia Malvagia da una Strega...»

«Lo so, lo so» disse Xar con voce triste, «però non hai idea di quanto sia dura crescere in un mondo pieno di Magia e non averne.»

«Certo che *è* difficile, ma hai visto quel che il sangue di Strega ha fatto a Spremucco. È Magia Malvagia quella che hai sulla mano e la Magia Malvagia porta al male.»

«Okay, Okay,» sospirò Xar. «Lo faccio.»

Miracolo dei miracoli, sembrava davvero che Xar avesse imparato qualcosa nel corso degli ultimi due giorni.

Si inginocchiò e appoggiò sulla pietra la mano macchiata dal sangue di Strega.

Fu una sensazione bizzarra, ma non durò a lungo.

Sentì come un tremolio elettrico nel palmo, che aderì alla pietra come se ne fosse attirato magneticamente. Per un minuto sentì che qualcosa gli veniva succhiato via. Poi quella forza si dissolse, e quando staccò la mano la macchia verde era svanita.

Xar non poté non sospirare guardandola. Per un attimo era stato speciale, anche se nel modo sbagliato. Ora era di nuovo il solito Xar, troppo grande per non avere ancora sviluppato la propria Magia.

Caliburn gli si appollaiò sulla spalla e gli disse per consolarlo: «Hai fatto la cosa giusta, Xar. Sono orgoglioso di te. È stato un gesto molto saggio e molto adulto. So che è difficile, ma devi essere paziente e aspettare che la tua Magia si manifesti senza cercare soluzioni affrettate».

«Sì, lo so, ma è difficile. Almeno Spremucco è guarito» rispose, per tirarsi su.

«LO È!» sussurrò lo spiritello, facendo capolino un po' intontito dal taschino di Xar. «Ma perché siamo ancora in queste orrende segrete?»

«Ottima osservazione» rispose Xar.

«Andiamocene!»

Desideria era in ginocchio accanto alla pietra proprio come Xar, e stava cercando di non farsi prendere dal panico.

«Desideria? Ho detto andiamocene!»

Desideria non rispose subito. Deglutì.

«Non riesco a staccare le mani dalla pietra.»

18. Oh cielo... la storia prende una piega inattesa

Calò un orribile silenzio.

«Cosa significa che non riesci a staccare le mani dalla pietra?» chiese Xar.

«Significa che sono incollate... Ho le mani incollate alla pietra...»

«*Com'è possibile?!?*» esclamò Stiletto, terrorizzato.

Era accaduto questo.

Desideria si era accovacciata accanto a Xar per aiutarlo a tenere Spremucco appoggiato alla pietra. Rialzandosi era inciampata con la sua solita goffaggine. Allora aveva allungato le braccia, palmi in avanti, e si era appoggiata alla pietra per non cadere a terra.

E ora non riusciva più a staccare le mani.

Cercò di tirare, preoccupata, ma più tirava più quelle rimanevano incollate.

Poi si mise di nuovo in ginocchio, le mani sulla pietra, la fronte poggiata sulla fredda superficie grigia. Sembravano attaccate con la colla. Tentò di sollevare il mignolo, senza riuscirci. Ora provava una calda sensazione non del tutto spiacevole nelle mani, e iniziava ad avvertire una leggera nausea. Le sembrava che la forza di attrazione all'interno della pietra la stesse rivoltando, svuotandola come una bottiglia di vino.

«Cosa sta succedendo?» strillò Stiletto. «Perché

non riesce a staccare le mani? Cos'è che non va? Cosa significa?»

«È strano… molto strano…» disse Caliburn, decisamente preoccupato.

Xar e Stiletto tentarono di aiutare Desideria a togliere le mani dalla pietra, ma erano bloccate.

Tutto quel che ottennero tirando e grattando le dita di Desideria fu di farle sanguinare e lei li implorò di smetterla. Gli spiritelli, dal canto loro, non potevano usare alcun incanto nelle segrete di ferro di Sychorax, perciò si limitavano a ronzare intorno, gemendo: «Dovete dar retta alle sssssstorie… Assssscoltate le sssssstorie… Non toccate la pietra…».

Il che non era molto d'aiuto, francamente, visto che Desideria aveva toccato la pietra, e quindi era un po' tardi per dirle di non farlo.

«Oh cielo, oh cielo, oh cielo… Cosa sta succedendo?» continuava a ripetere Stiletto sconfortato. «Sta succedendo qualcosa di strano, lo so… Vorrei non fossimo mai scesi quaggiù. Stai bene, Desideria? Non fa male, vero?»

«No» rispose Desideria. «Non fa male. Ho un po' di nausea, ma non fa male.»

Desideria era confusa, spaventata e nauseata.

Se ne stava rinchiusa in un'orribile caverna cento metri sottoterra, con le mani incollate a una gigantesca pietra grigia: una situazione piuttosto claustrofobica. L'immaginazione cominciò a giocarle brutti scherzi.

E se fosse rimasta bloccata lì per sempre? Era questo il problema con gli oggetti Magici e il motivo per cui bisognava sempre stare molto attenti a toccarli. Non si sapeva mai quali fossero le regole.

Magari era proprio *quella* la morale della storia: se chi appoggia le mani sulla pietra non è la persona giusta, per esempio è un Guerriero anziché un Mago, *non può più staccarle.*

Trascorsero *sette* minuti.

Trascorsero *otto* minuti.

«Cosa sta succedendo?» continuava a chiedere Desideria.

«Nove minuti... Dieci minuti... Cosa sta succedendo?» ripeté Caliburn, molto confuso.

Faceva così caldo nella stanza che il sudore scendeva sul viso di Xar in grosse lacrime e la sua camicia era madida.

Ancora più curioso era il fatto che il calore sembrava aver effetto sul Cucchiaio Incantato. Si era afflosciato sulla spalla della principessa mentre cercava di confortarla, quasi piegato a metà, povero cucchiaio, come se la pietra stesse succhiando la vita anche a lui.

Avvertendo il pericolo, i gatti dei ghiacci e gli spiritelli formarono un cerchio difensivo attorno a

Xar; gli spiritelli alzavano le braccia cercando invano di lanciare incanti e scongiuri con tale intensità che l'aria brulicava di Magia frustrata.

Desideria, accasciata a terra, cercava di non farsi prendere dal panico. «Non rimarrò imprigionata qui per sempre, vero, Caliburn?»

«No, no» rispose Caliburn, cercando di assumere un tono rassicurante, «no, no, non *per sempre*… "Per sempre" è una parola grossa. Sono sicuro che è solo un intoppo, un piccolo malinteso, e che da un momento all'altro riuscirai a staccare le mani.»

La fronte di Desideria adesso era molto vicina alla pietra.

Era la sua immaginazione o la roccia davanti a lei sembrava farsi sempre più lucida? Lucida e chiara, e quasi trasparente, come se la sua superficie fosse una membrana e si riuscisse a guardare all'interno.

Oh per il vischio e la quercia e tutte le cose dolci e velenose!

Desideria guardava affascinata, ipnotizzata, e le sembrò di vedere un occhio che si apriva da qualche parte nel cuore della pietra…

… e un'orribile voce gracchiante sussurrò: «Ciaaaaaaaao… Ti stavo aspettando…».

Xar fissò la scena a bocca aperta. «Sembra che la pietra parli, ora.»

«Non è la pietra!» trasalì Desideria. «C'è qualcosa all'interno!»

Ci fu un lampo di un colore sfolgorante, e quando la vista di Desideria si fu adattata alla luce…

Si accorse che stava fissando l'occhio di una enorme Strega raggomitolata dentro la pietra, con le gambe piegate sotto di sé come una gigantesca cavalletta nera.

19. Non si può distruggere la Magia, si può solo nasconderla

Incanzo l'Incantatore usava ripetere un detto che Sychorax avrebbe fatto bene a ricordare: "Non si può distruggere la Magia, si può solo nasconderla".

Quanto era vero!

Perché era questo il segreto della Pietra-Che-Elimina-La-Magia.

Eliminava la Magia per un motivo: la assorbiva.

«Che… cos'è…?» sussurrò Desideria terrorizzata.

«Io» rispose l'orribile, terrificante voce gracchiante «sono il Re Stregone.»

«Oh occhio di salamandra e zampa di rana sperperatrice!» imprecò Caliburn inorridito. «Il Destino ci ha ingannati! Che cattiva stella! Ci troviamo di fronte al peggio dell'universo! Ci è proprio toccato in sorte un incontro ORRIBILE!»

In effetti lo era, quello con il Re Stregone.

E sembrava proprio che il destino avesse tirato loro un bruttissimo tiro.

Vedete, i Maghi un tempo non lasciavano niente di scritto.

Il problema è che quando una verità viene

tramandata oralmente per diversi secoli, può risultare deformata e frammentarsi col passare del tempo.

A quanto pareva gli spiritelli avevano ragione a gridare: «NON TOCCATE LA PIETRA!». Sembrava che in effetti le leggende delle fate avessero un fondo di verità.

Come aveva detto Caliburn, il problema con le storie è che *bisogna sapere cosa significano*.

E ora finalmente il *vero* segreto della pietra era stato scoperto.

La verità è la seguente.

Molti secoli prima il Re Stregone era stato sconfitto nell'ultima Guerra delle Streghe e rinchiuso nella pietra. Per centinaia e centinaia di anni aveva aspettato, assorbendo Magia dall'esterno.

La Regina Sychorax credeva di condurre le creature Magiche alla pietra di sua volontà. Come avrebbe potuto immaginare che stava obbedendo alla volontà dello Stregone-nella-Roccia? Che nel cuore stesso del forte, nascosto dentro la grigia pietra, ci fosse un altro cuore, un'altra volontà, che attirava, tramava, desiderava ed esigeva con una tale tremenda, invisibile forza, come un ragno dalle lunghe zampe al centro di un'enorme rete grigia?

«Èunassstregaèunasstregaèunassstregaèunassstrega!» strillavano gli spiritelli e le fatine pelose, e si innalzavano nell'aria spaventati, emettendo nuvolette di terrorfumo nero.

«*Dammi la tua Magia...*» sussurrò il Re Stregone. «Dammi la tua Magia... DAMMI LA TUA MAGIA...»

«Ci dev'essere un errore» implorò Desideria, obbligandosi a guardare l'orrore dentro la pietra. «Temo di non avere Magia da darti... Io non sono un Mago... Sono solo una comunissima Principessa Guerriera. Ti prego, lasciami andare...»

«Certo che ce l'hai, la Magia» replicò la voce del Re Stregone. «Fidati, riconosco la Magia quando la sento. E la tua Magia non è per niente comune. È un tipo di Magia molto speciale, una Magia che sto aspettando da tanto, tantissimo tempo. *Il tipo di Magia-che-ha-potere-sul-ferro.*»

Oh.

Mio.

Dio.

«LIBERATEMI DA QUESTA PIETRA!» urlò Desideria a pieni polmoni.

Pandemonio nella Camera di rimozione della Magia.

Stiletto e Xar si gettarono sulle dita di Desideria, ma queste non volevano muoversi.

«Non può essere vero, non può!» piangeva lei. «Io sono un Guerriero! I Guerrieri non hanno la Magia! È impossibile!»

Ma non esistono cose im*possibili*. Solo cose im*probabili*.

E nel momento esatto in cui il Re Stregone aveva parlato, tutti quanti nella stanza si erano resi conto che era la verità.

Questo spiegava tutto.

Spiegava come mai di recente Desideria si sentisse leggermente diversa. Perché negli ultimi mesi le erano successe molte cose strane. Aghi che prendevano vita tra le sue mani, tappeti che le si muovevano inspiegabilmente sotto i piedi o si ripiegavano agli angoli se ci passava sopra. Oggetti che le scivolavano tra le dita come acqua o che vibravano di elettricità quando vi appoggiava le mani… cose che era sicura di aver messo in un posto e spuntavano a sorpresa in un altro… i capelli che le si alzavano quando incontrava certe persone o entrava in certe stanze e le si avvolgevano sul capo come nidi di uccello… vestiti che si strappavano… scarpe che si slacciavano… chiavi che si perdevano…

Aveva pensato che fosse colpa della sua distrazione e goffaggine; si era convinta di essere una frana ancor più del solito. E invece…

Desideria aveva tredici anni, proprio l'età nella quale si manifesta per la prima volta la Magia.

«Il cucchiaio…» sussurrò Stiletto tra sé e sé.

Un Guerriero Magico!

Inconcepibile.

Poteva davvero essere che il cucchiaio di ferro avesse preso vita perché la strana Magia di Desideria, che aveva-potere-sul-ferro, lo aveva incantato?

Il carattere del cucchiaio afflosciato sulla spalla di Desideria – ora che Stiletto ci pensava – era molto simile a quello della ragazza.

Gentile e leale.

Un po' impulsivo.

Un po' strano.

Ma come aveva fatto Desideria a incantare qualcosa senza saperlo?

Perché la Magia è difficile da controllare, soprattutto quando non si sa di averla.

Anche questo sembrava così tipico di Desideria. Era ovvio che la sua Magia dovesse essere diversa da quella di tutti gli altri.

«Oh cielo, oh cielo, oh cielo...» svolazzava qua e là Caliburn. «Sapevo che non ci stavamo ponendo la domanda giusta. Ci saremmo dovuti chiedere: perché le Streghe si stanno risvegliando ORA? Perché qui? Perché noi? E la risposta è che si stavano risvegliando perché la Magia di Desideria si è appena manifestata.»

Caliburn aveva ragione. Non era una coincidenza. Per secoli le Streghe erano rimaste dormienti. Ma avevano scelto quel particolare momento per risvegliarsi dall'ibernazione perché avevano percepito che la Magia di Desideria si era manifestata ed era la Magia di cui avevano bisogno.

«Dammi la tua Magia...» cantilenava il Re Stregone dentro la pietra, con la stessa spaventosa voce rauca e gracchiante. «Dammi la Magia-che-ha-potere-sul-ferro.»

«Perché la VUOLE?» piangeva Desideria, sapendo che era una domanda di cui non voleva conoscere la risposta.

Caliburn ne aveva già capito il motivo.

«Cerca di ottenere abbastanza Magia da rompere la pietra» strillò. «Dobbiamo liberare la ragazza!»

«LIBERATEMI SUBITO DA QUESTA PIETRA!!!» urlò ancora Desideria.

«Tempestizza, prova a fare un incanto che la stacchi dalla roccia!» ordinò Xar. «Io riproverò a tirare.»

Tempestizza sibilò furiosa, sputacchiando di rabbia e irritazione. «Sssssssssssssssss!!! Brutta e puzzolente ragazzona umana! Sei impazzito, Padrone? Quello che dobbiamo fare ADESSO è andarcene di qui!!! Le cose si stanno per mettere male.»

«Obbedisci!» tagliò corto Xar.

Gli spiritelli cercarono freneticamente tra gli incanti delle loro borse. Invisibilità, filtri d'amore, malincanti, volincanti... tutta Magia a breve termine, utile per la vita quotidiana, non per affrontare un potente essere maligno come una Strega. Provarono con le bacchette, i tremanti, le guide, le numero 4, le numero 5... ma naturalmente la loro Magia non funzionava in una prigione piena di ferro.

L'orribile voce gracchiante del Re Stregone si faceva sempre più forte, riempiendo la stanza di terrore.

«DAMMI LA TUA MAGIA DAMMI LA TUA MAGIA DAMMI LA TUA MAGIA...» ripeteva, e più forte lo diceva più Desideria sprofondava nel panico.

«Come faccio a usare questa Magia per *liberarmi*?» gridò.

«DAMMI LA TUA MAGIA DAMMI LA TUA MAGIA DAMMI LA TUA MAGIA...»

«Devi VOLERE qualcosa con tutte le tue forze... devi DESIDERARLO! INCANTARLO!» replicò Xar. «E quando sei pronta FALLO PASSARE PER LE MANI!»

«Non posso!» ansimò Desideria. Si sentiva così male che voleva solo vomitare e morire lì dove si trovava. «Ho le mani incollate alla pietra! Perché non riesco a spostarle? È stato così facile staccare Spremucco!»

«È stata il Re Stregone a *permetterti* di staccarlo!» rispose Caliburn, volteggiando spaventato sopra la pietra. «Mentre sembra che non voglia lasciar andare *te*...»

Con le mani incollate alla pietra, Desideria non poteva fare Magie indipendenti dallo Stregone, anche se avesse saputo farle. Ogni pensiero autonomo veniva risucchiato via da lei attraverso le mani. Riusciva a sentire l'effetto narcotizzante dei pensieri dello Stregone intrecciati ai suoi, come se fosse divorata da un grosso animale e riuscisse a percepirne i processi digestivi.

"Dopotutto i Guerrieri hanno giurato di distruggere la Magia, quindi è logico che le Streghe si difendano" dissero i suoi pensieri, e non sapeva se fossero i suoi o quelli dello Stregone.

«DAMMI LA TUA MAGIA DAMMI LA TUA MAGIA DAMMI LA TUA MAGIA...»

Desideria riusciva a vedere dentro il corpo del Re Stregone, nel punto in cui i suoi due cuori neri battevano e ogni arteria si accendeva formando una sottile rete verde simile alle venature di una foglia. Ma c'erano altre vie: strade di Magia che incrociavano le arterie verde brillante del Re Stregone, minuscoli sentieri serpeggianti in una bianca foresta.

I palmi del Re Stregone erano premuti contro la pietra dall'interno, esattamente speculari a quelli di Desideria incollati all'esterno, e la ragazza sentiva la Magia fluire dalle sue dita a quelle dello Stregone con ritmo cadenzato, a tempo col battito del proprio cuore.

"Desidero liberarmi... desidero... desidero... desidero..." desiderò Desideria.

Il chiasso nella Camera di rimozione della Magia crebbe man mano che l'ipnotica cantilena dello Stregone si faceva più assordante, mentre gli spiritelli lanciavano incanti a caso e i gatti dei ghiacci ululavano e ruggivano.

«COMBATTILA!» strillava Caliburn. «PROVA A LIBERARTI CON TUTTO QUELLO CHE HAI! DISUBBIDISCI! Pensa a Xar, che ha disubbidito a suo padre! Arrabbiati, Desideria, combatti! Maledici lo Stregone! Non rinunciare alla tua Magia solo perché pensi che è quello che un Guerriero dovrebbe fare!»

Desideria pensò a Xar che gridava contro suo padre nell'accampamento, e nel farlo sentì rallentare il flusso di Magia che andava da lei allo Stregone.

«È troppo tardi...» disse Stiletto. «La pietra si sta muovendo...»

La pietra aveva iniziato a dondolare, prima piano, poi sempre più violenta e veloce, violenta e veloce.

"Oh stringhe di Strega e vischio viscoso e unghie gialle di paludoso paludorco impaludato!" pensò Stiletto. "Lo Stregone ha succhiato Magia a sufficienza per liberarsi dalla pietra!"

«Via! Via! Via!» strillavano gli spiritelli e le fatine pelose, accesi e brucianti come meteore.

Ma non potevano abbandonare lì Desideria. Non

lo avrebbero fatto né Stiletto, né Xar, né Caliburn, né i gatti, e nemmeno gli spiritelli.

Gli spiritelli hanno una brutta nomea. La gente dice che sono infide creature capricciose che non conoscono il significato dell'amore o della lealtà.

Ma tutto quello che posso dire è che *i nostri* spiritelli, nonostante la paura di quella pietra dondolante, dello Stregone che stava per liberarsi, della morte stessa, rimasero a fianco del loro padrone. Sibilarono e sputacchiarono come falò, ma rimasero.

D'impulso Xar sguainò la Spada Incantata.

La luce fece brillare la lama.

Un tempo c'erano le Streghe…

… ma io le ho uccise.

La tenne alta sopra la testa, emise un grido tremendo e la piantò nella pietra con tutte le sue forze.

Ovviamente questo dovrebbe essere impossibile. Una spada fatta di ferro… che penetra in una pietra?

Ma la spada Magica affondò nella roccia fino all'elsa, come se Xar l'avesse infilata nella terra.

BUUUUUUUUUUUUUUM!!!

Ogni singolo capello di Desideria si rizzò e si accese come fuoco. Un odore di capelli bruciati si aggiunse, quindi, al fumo della stanza. La porta saltò via dai cardini con un boato e si schiantò contro la parete opposta. Un lampo esplose dalla superficie della pietra e

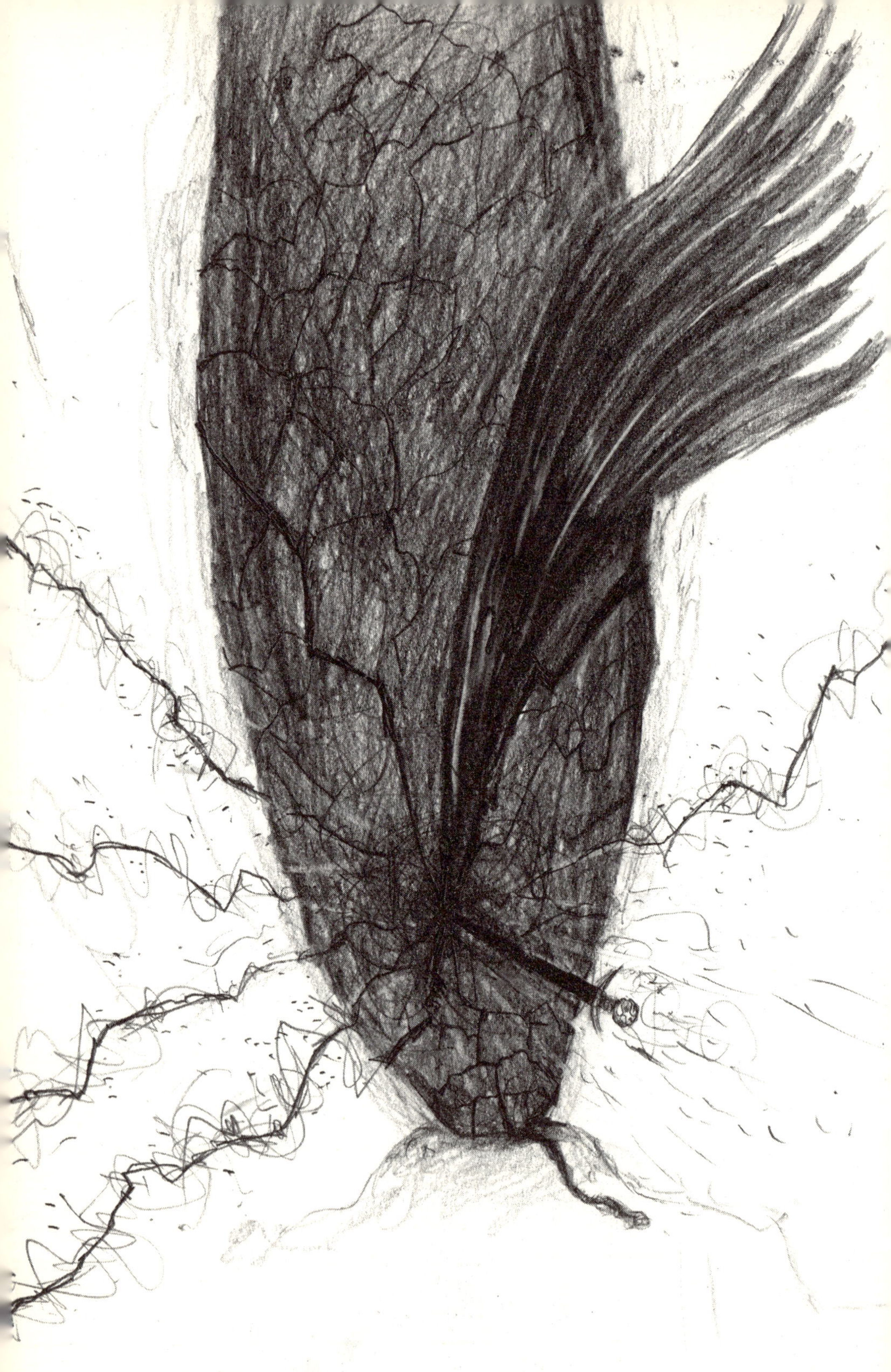

Desideria fu catapultata lontano. Schizzò in aria e atterrò con un tonfo orribile in fondo alla stanza.

Piccole crepe si aprirono su tutta la superficie della pietra, proprio come su un uovo prima che nasca il pulcino.

«La pietra si sta sssspaccando!» gridò Tempestizza. «La pietra si sta sssspaccando!»

La pietra si crepò da lato a lato.

Una grossa fenditura larga qualche centimetro si aprì zigzagando dove la spada era penetrata nella roccia.

E da quella fenditura strisciò fuori *qualcosa*.

20. La storia si fa ancora più contorta

All'inizio il qualcosa sembrò un rivoletto di olio scuro che colava dalla pietra, come il tuorlo cola da un guscio rotto.

Non poteva essere il Re Stregone, giusto?, perché come faceva la cosa che avevano visto là dentro a uscire da una crepa larga un dito?

Di certo lo Stregone doveva essere morto, se una grande e possente spada ammazzastreghe era penetrata nella roccia che lo racchiudeva, no?

Quel rivolo doveva essere il sangue dello Stregone morto che colava dalla pietra spezzata.

Ma sotto i loro occhi la pozza di liquido iniziò ad allargarsi. Poi l'acqua nera si solidificò, trasformandosi davanti a loro in carne e ossa che si muovevano. Era un corpo reale, vivo.

Una sorta di spaventapasseri piumato con le penne fradicie.

C'è gente che cerca di tranquillizzarsi dicendo che le Streghe non potevano essere tremende come narrano le storie. Ma sarebbe bastato dare un'occhiata al Re Stregone per capire che erano proprio così tremende, e forse anche peggio.

Si sa che bastava guardare una Strega per

spaventarsi a morte. Potevano assumere molte forme, alcune delle quali piuttosto piacevoli, ma per la maggior parte del tempo trovavano utile risultare più spaventose possibile.

Quell'essere aveva un naso come un coltello, talmente affilato e appuntito che pareva ci si potesse tagliare una cipolla. Aveva due buchi neri come pozzi profondi al posto degli occhi, con un brillio duro e viscido come mercurio che si agitava sul fondo. La bocca, dalle cui zanne gocciolava quella rivoltante saliva nera, aveva mascelle che potevano scardinarsi e ingoiare un cervo in un sol boccone. Aveva un corpo mezzo umano mezzo di pantera e due grosse ali coperte di penne nere.

Insomma, il Re Stregone non era bello da vedere.

Quell'essere viscido emanava potere, mentre distendeva con estrema lentezza le umide ali nere facendo gocciolare sul pavimento delle segrete quel liquido nero e fumante. Alzò il becco e fissò negli occhi Xar e Stiletto.

Poi svanì.

«Dov'è? Dov'è?» disse Xar, guardandosi attorno.

Gli animali ulularono terrorizzati, gli spiritelli spalancarono le bocche piene di denti affilati e strillarono di paura, perché ci sono poche cose più terrificanti di un nemico che non si può vedere.

Desideria, dall'altra parte della stanza, si rialzò tremante.

«Niente panico» disse Caliburn, che era sopraffatto dal panico. «Dov'è? Qualcuno lo vede?»

I tre girarono per la stanza cercando di vedere l'invisibile Stregone.

Ma lì non c'era nulla.

«Sta per attaccare Desideria!» disse Xar. Ne era sicuro, ma non sapeva come mai.

Comunque sembrava che l'aria sopra Desideria si stesse addensando e scurendo.

Il coraggioso Cucchiaio Incantato si drizzò sulla testa di Desideria, pronto a fronteggiare quell'oscurità.

Ma un Cucchiaio Incantato ti può essere d'aiuto davanti a un dessert, non se devi affrontare la più terrificante forma di vita che abbia mai calcato questa terra.

Xar tentò di estrarre la spada dalla roccia ma quella non si muoveva, come se si fosse pietrificata. Per quanto lui tirasse, non si spostava di un millimetro.

Quindi, con un altro urlo da far gelare il sangue nelle vene ma del tutto disarmato, Xar, il ragazzo cui non importava di nessuno fuorché di se stesso, si gettò contro lo Stregone che scendeva in volo su Desideria.

Mentre si gettava urlando su di lei, il Re Stregone stava tornando visibile, e tornare visibile non è facile o indolore come accendere una candela. Sembrava, infatti, che l'aria venisse strappata come una tenda man mano che apparivano prima la testa, smangiata ai bordi da fumo e scintille nere, e poi, con un tremendo odore di penne bruciate, l'intero Stregone, che strideva come un falco.

Desideria si rannicchiò d'istinto.

Lo Stregone puntava dritto alla testa della ragazza, deciso a reciderla. (Che dolci creature queste Streghe, vero?)

Ma Xar e i gatti dei ghiacci fecero il più incredibile balzo che sia mai stato balzato e lo afferrarono per la coda.

Perciò gli artigli dello Stregone arrivarono soltanto a un soffio dal viso di Desideria e le strapparono via la benda dall'occhio, mentre l'orribile creatura si alzava in aria e Desideria urlava, coprendosi il volto con le mani e cadendo a terra.

Con un urlo furibondo il Re Stregone si scosse di dosso Xar e i gatti, turbinando malefico, e si volse per attaccare l'irritante ragazzo umano che aveva affondato la spada nella pietra e gli aveva impedito di arrivare a Desideria.

Lo Stregone sorrise, e oh, per il vischio e tutte le cose dolci e succose e velenose, il ghigno di uno Stregone è una cosa terribile. E spalancò le mascelle così da poter ingoiare Xar in un sol boccone.

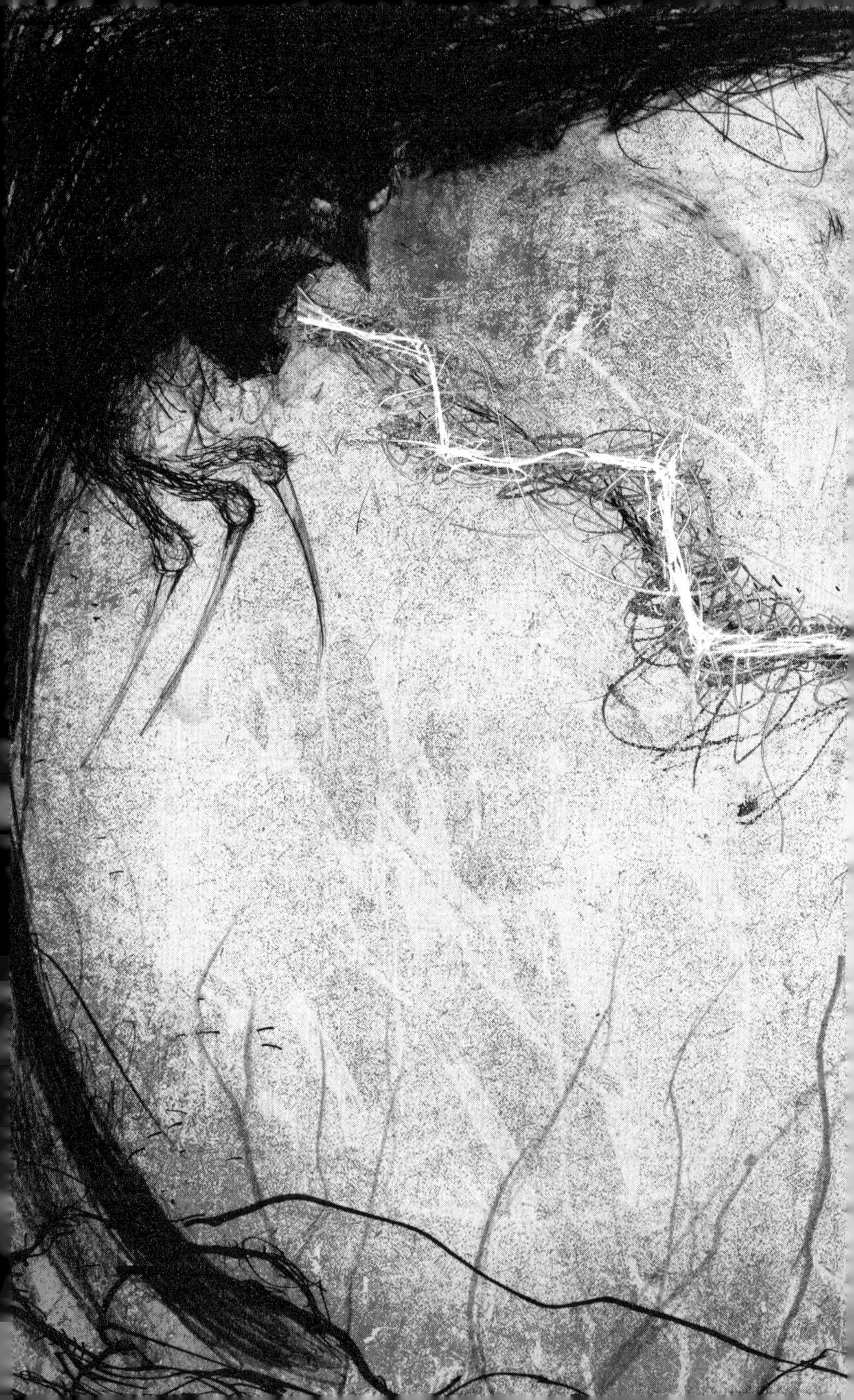

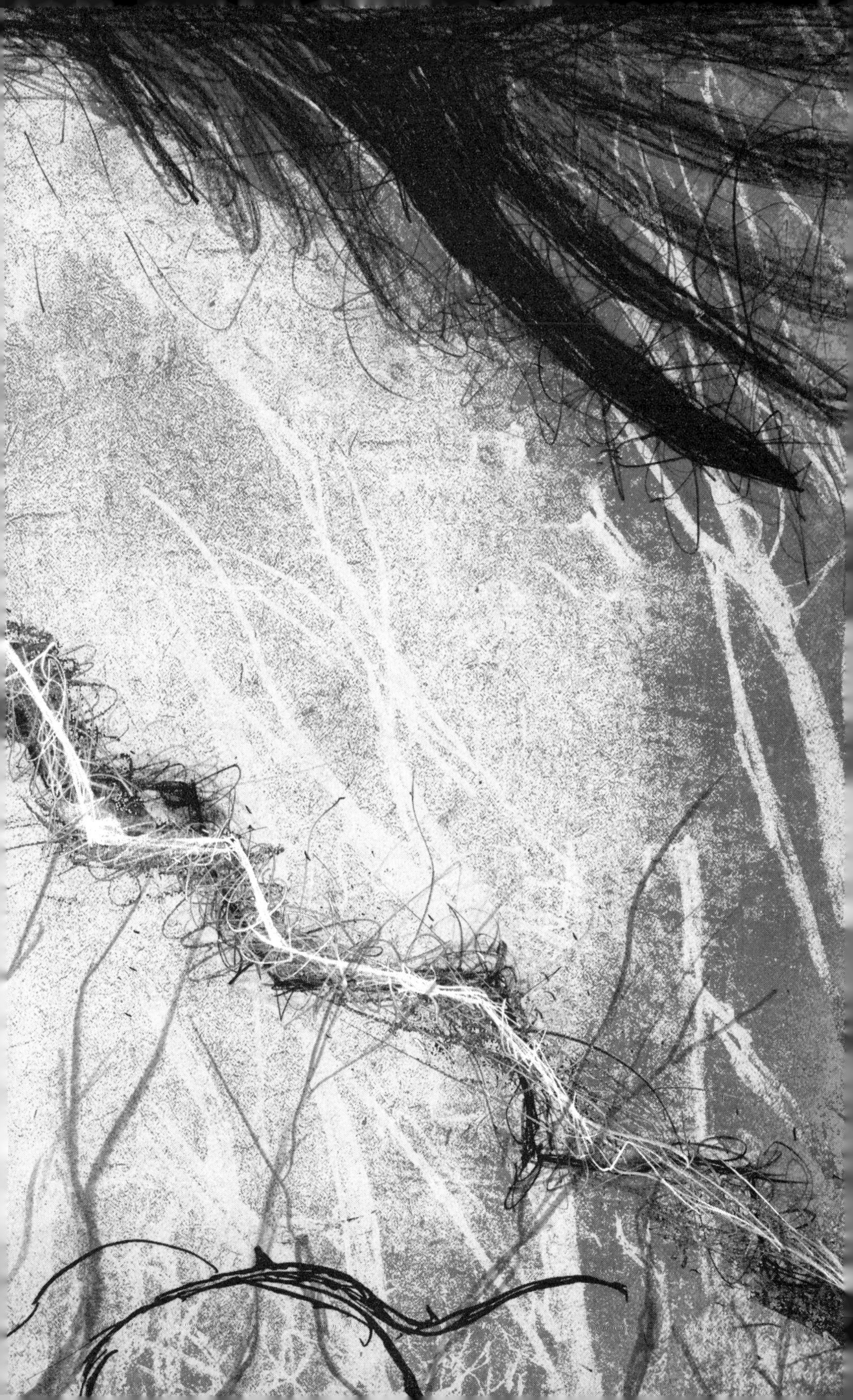

Il caldo e rivoltante alito dello Stregone puzzava così tanto di uova marce e morte che Xar per poco non svenne.

"Almeno avrò una morte gloriosa" pensò nonostante il terrore che provava, "non come un signor nessuno. Sarò il primo a essere ucciso da una Strega dopo centinaia e centinaia d'anni..."

Com'era da lui pensare alla gloria e alla fama anche a un passo dalla morte!

Lo Stregone iniziò la picchiata. Questa volta non avrebbe mancato il bersaglio.

21. Desiderare

Stiletto urlò: «NO!».

Dall'altra parte della stanza vide Desideria abbassare le mani dal viso.

La ragazza alzò la testa e anche lei urlò: «NO!».

Lo Stregone le aveva strappato la benda, che era caduta a terra.

L'occhio che in genere Desideria teneva nascosto sotto la benda era chiuso e attraversato da un graffio profondo. Era leggermente più grande dell'altro, e lungo i bordi della ferita correva un livido viola scuro, come se la pelle umana facesse fatica a sopportare il bruciore del graffio.

Quando Desideria gridò, lo aprì di pochissimo. Il colore dell'iride era davvero strano. Era un colore che nessuno aveva mai visto prima, un colore fino ad allora mai immaginato. Non posso descriverlo, se non paragonandolo ad altre cose. Era un colore che riusciva a essere allo stesso tempo caldo e freddo, un colore che ricordava vulcani, uragani, elettricità, POTERE.

Desideria riusciva a sentire il potere dentro di sé ed era terrificante: era ira e rivolta, un temporale tanto violento da farle male alla testa, come se un gruppo di goblin gliela stesse martellando dall'interno. I capelli le si rizzarono agitandosi sulla testa.

Un vento confuso, ripugnante, esplose per la stanza travolgendo spiritelli, penne e polvere e facendoli turbinare per aria; il pavimento si piegò e tremò come un mare nauseabondo.

Nelle profondità di quell'occhio straordinario si formarono strane nuvole, come idee che nascono e si agitano e crescono, e si sentì il secco rumore di qualcosa che si spezzava e…

… la Magia esplose con un boato dall'occhio di Desideria. Il suo impossibile colore prese la forma di una stella piegata e ritorta, che colpì lo Stregone nell'esatto momento in cui stava puntando le dita artigliate contro di lei per scagliare una lacerante bomba di bruciante Magia.

… E poi…

BANG!!!

Lo Stregone scoppiò, in un'esplosione di penne nere come il carbone.

Stiletto, Xar e i gatti furono scagliati lontano.

La polvere e le penne che erano state il Re Stregone caddero a terra come una pioggia scura.

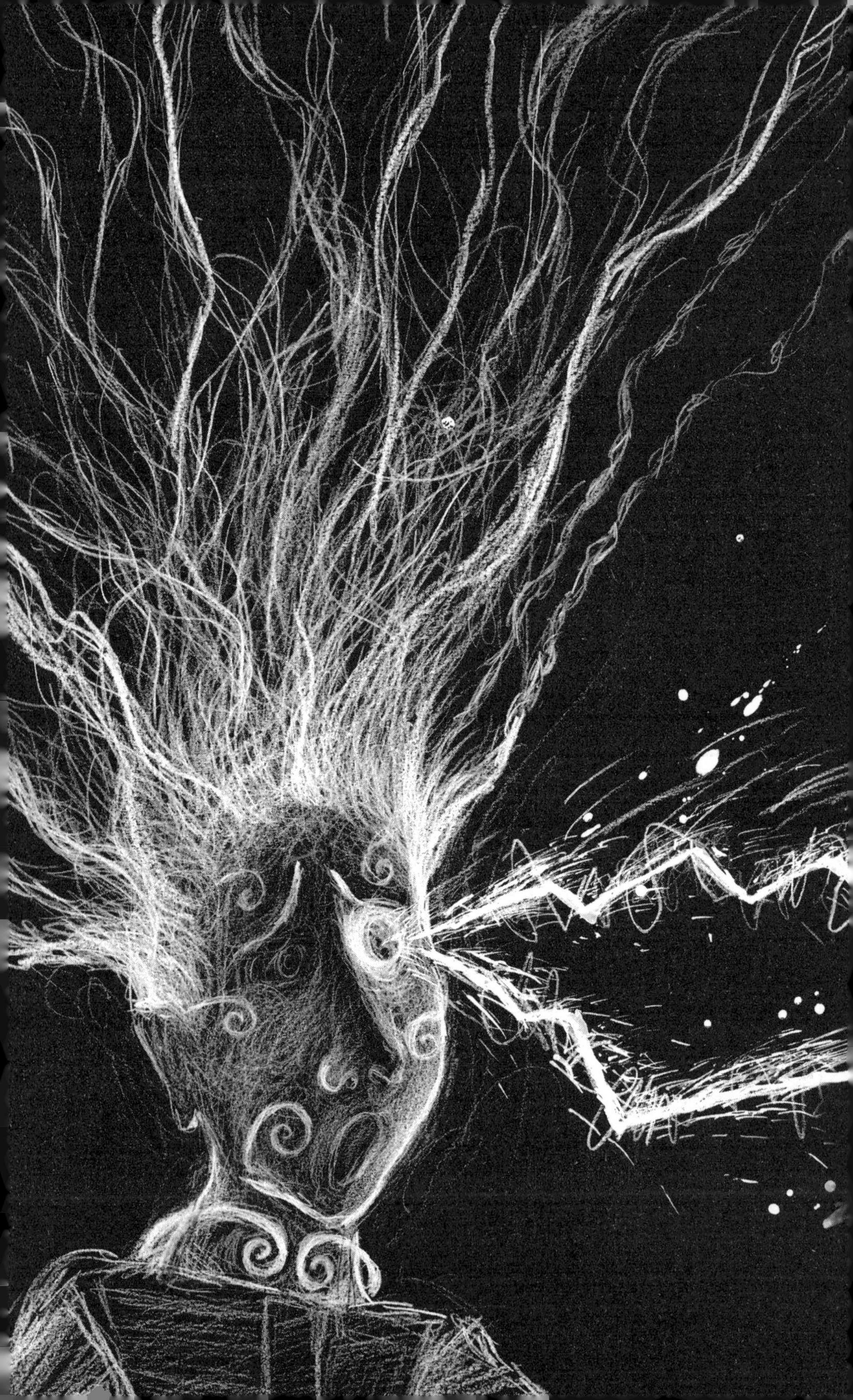

22. Rimediare agli errori e pagare lo scotto

Le pareti e il pavimento smisero di tremare e si immobilizzarono di colpo, tanto che un paio di grosse pietre caddero dallo stipite.

«Oh cielo… Non ci posso credere… *Ce l'ho fatta!*» sussultò Xar sbalordito.

Si appoggiò su un gomito, tossendo e sputacchiando, e si rialzò in piedi traballante, i vestiti ricoperti di polvere, tentando di afferrare le penne che cadevano. «Ho ucciso lo Stregone!»

«Svegliati, Viceguardia del Corpo, svegliati!» Xar diede una spintarella col piede al corpo steso di Stiletto, che era svenuto di nuovo per lo shock. «HO UCCISO LO STREGONE! IO!»

«Lo Sssssstregone è morta! Lo Ssssssstregone è morto!» cantavano gli spiritelli, facendo capriole in aria.

Stiletto, intontito, si mise a sedere, massaggiandosi la testa. «Cos'è successo?»

«È ESPLOSO!» esclamò Xar eccitato e meravigliato, perché adorava le esplosioni. «È davvero ESPLOSO! È stato magnifico! La più potente esplosione che io abbia mai sentito! Non posso credere che te la sia persa!»

Xar gongolava mentre stendeva un braccio per

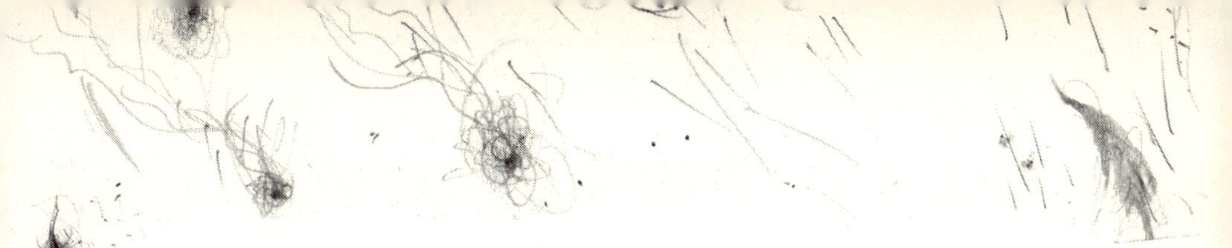

aiutare Stiletto a rialzarsi.

«È esploso?» ripeté Stiletto stupito, allungando una mano per afferrare una delle penne che ancora piovevano nella stanza distrutta.

«Guarda!» disse Xar, indicando le penne che giacevano tutt'attorno a loro. «Ecco tutto quello che resta del Re Stregone… La Magia di Desideria l'ha fatto esplodere… ma è stato il MIO geniale colpo di spada a indebolirlo a sufficienza perché l'esplosione potesse funzionare.» Alzò il pugno in aria: «SONO L'INCARNAZIONE DEL DESTINO! GUARDATE IL MIO POTERE!».

«Oh cielo, ce l'abbiamo fatta!» urlò Stiletto, quando finalmente comprese l'enormità di quel che erano riusciti a fare. «Abbiamo ucciso il Re Stregone! I Maghi e i Guerrieri, insieme!»

Xar e Stiletto si abbracciarono mentre i gatti dei ghiacci saltellavano di gioia attorno a loro sul pavimento dissestato, ululando di felicità.

«Sì, devo ammetterlo, Desideria, sei stata d'aiuto con quella cosa strana che hai fatto con l'occhio. Che cos'era, a proposito?»

Xar si voltò per congratularsi con lei…

… Ma lei non c'era.

Fu solo allora che si rese conto del silenzio nella stanza.

I muri non tremavano, il pavimento divelto era fermo sotto di loro.

E non erano le piume l'unica cosa a piovere dolcemente nella stanza e atterrare ai loro piedi.

C'erano anche fiocchi, come fiocchi di neve, e ognuno di essi era di un colore molto singolare.

Nel silenzio si sentiva appena il lento cadere delle penne nere, della neve di quel colore strano e della polvere.

«Ma dov'è Desideria?» chiese Stiletto perplesso. Si guardò attorno e fissò l'ingresso senza porta. «Avete visto dov'è andata?»

«Guardate! La porta è stata scardinata!» osservò Xar. «Quindi magari è corsa a chiamare aiuto o una cosa del genere...»

Fu allora che notò il cucchiaio per terra, immobile, al centro della stanza.

Xar si chinò a raccoglierlo.

Era duro e freddo ora che ogni Magia lo aveva abbandonato.

Un cucchiaio di ferro del tutto ordinario.

Xar lo riappoggiò con delicatezza sul pavimento.

C'era silenzio nella Camera di rimozione della Magia.

Caliburn volò sulla spalla di Xar con lunghi, lenti, riluttanti battiti d'ala e ci si appollaiò afflitto.

Muoviti, cucchiaio, muoviti!

«Mi dispiace tanto, Xar» disse. «Ma nella confusione temo che tu non abbia notato una seconda esplosione, più o meno contemporanea alla prima. Desideria è stata colta di sorpresa… Era scioccata, ha abbassato la guardia… Il Re Stregone ha lanciato un ultimo tremendo colpo di Magia che l'ha centrata in pieno.»

«È esplosa *anche lei* come il Re Stregone?» chiese Xar, incredulo poiché non l'aveva visto coi propri occhi.

Impossibile.

Inconcepibile.

"Torna qui, Desideria!" pensò Xar con grande intensità.

"TORNA QUI!"

«IO DESIDERO! IO DESIDERO! IO DESIDERO CHE TU TORNI QUI!»

Ma non poteva soffiare la vita in quei minuscoli frammenti, per quanto lo desiderasse.

«RESPIRA! VIVI! MUOVITI!»

La polvere dallo strano colore che era stata Desideria giaceva fredda e immobile, e nessun desiderio di Xar poteva far sì che tornasse a muoversi. Nemmeno il Mago più potente del mondo avrebbe potuto farlo.

Le azioni hanno delle conseguenze. Bisogna pagare lo scotto per rimediare ai propri errori, e accadono cose che non possono *dis*accadere.

Xar pianse.

Lui e Stiletto si inginocchiarono e piansero insieme, a capo chino, mentre le nere penne e la polvere dallo strano colore giacevano ferme e silenziose in cerchio attorno a loro.

Perfino gli spiritelli piansero, e loro non piangono.

È una loro particolarità. Non piangono proprio mai.

Ma le loro lacrime scendevano e piovevano sulle penne e sulla neve.

E allora…

E allora…

E *allora*, tra le lacrime, a Xar sembrò di vedere il manico del cucchiaio muoversi.

Batté le palpebre.

Forse era un'illusione.

Ma no, eccolo di nuovo, un tremolio nel profilo del cucchiaio.

«Cosa succede?» sussurrò Stiletto spalancando gli occhi meravigliato.

«Cosa sssssssucccccede?» sussurrarono gli spiritelli, stringendo i piccoli aghi appuntiti che erano le loro bacchette. I peli che avevano sulla schiena si drizzarono, elettrici. La stanza riprese a pulsare di Magia.

I fiocchi di Desideria, che avevano quello strano colore, si sollevarono dal pavimento: una grande nube di frammenti che cantavano come uccellini vorticando nell'aria, e si mescolavano e cambiavano disposizione come se ricordassero la posizione esatta che ogni microscopico pezzettino doveva occupare nel complicatissimo puzzle che era l'essere umano.

Non si scontrarono mai quei milioni e milioni di microscopici fiocchi di polvere e cenere che volavano frenetici, finché non si fermarono a poco a poco sul pavimento, formando il naso, gli occhi, le orecchie, la bocca, le gambe di Desideria; creavano così una scultura d'aria e insieme costruivano la VITA stessa, sotto gli occhi di Xar e Stiletto.

Per un attimo quella scultura perfetta rimase immobile, perfetta ma inerte, come morta, il robotico profilo di ciò che un tempo era stata Desideria.

Ma sopra le loro teste gli ultimi frammenti della ragazza stavano componendosi a formare un cuore umano, sospeso nell'aria.

«Guardate!» sussurrò Tempestizza, indicandolo, e Xar trattenne il respiro.

"È impossibile..." pensò. "Non sto davvero vedendo una cosa del genere... un cuore volante..."

Il piccolo cuore bruno scese, veloce, e si incassò con delicatezza nel petto di Desideria sdraiata a terra...

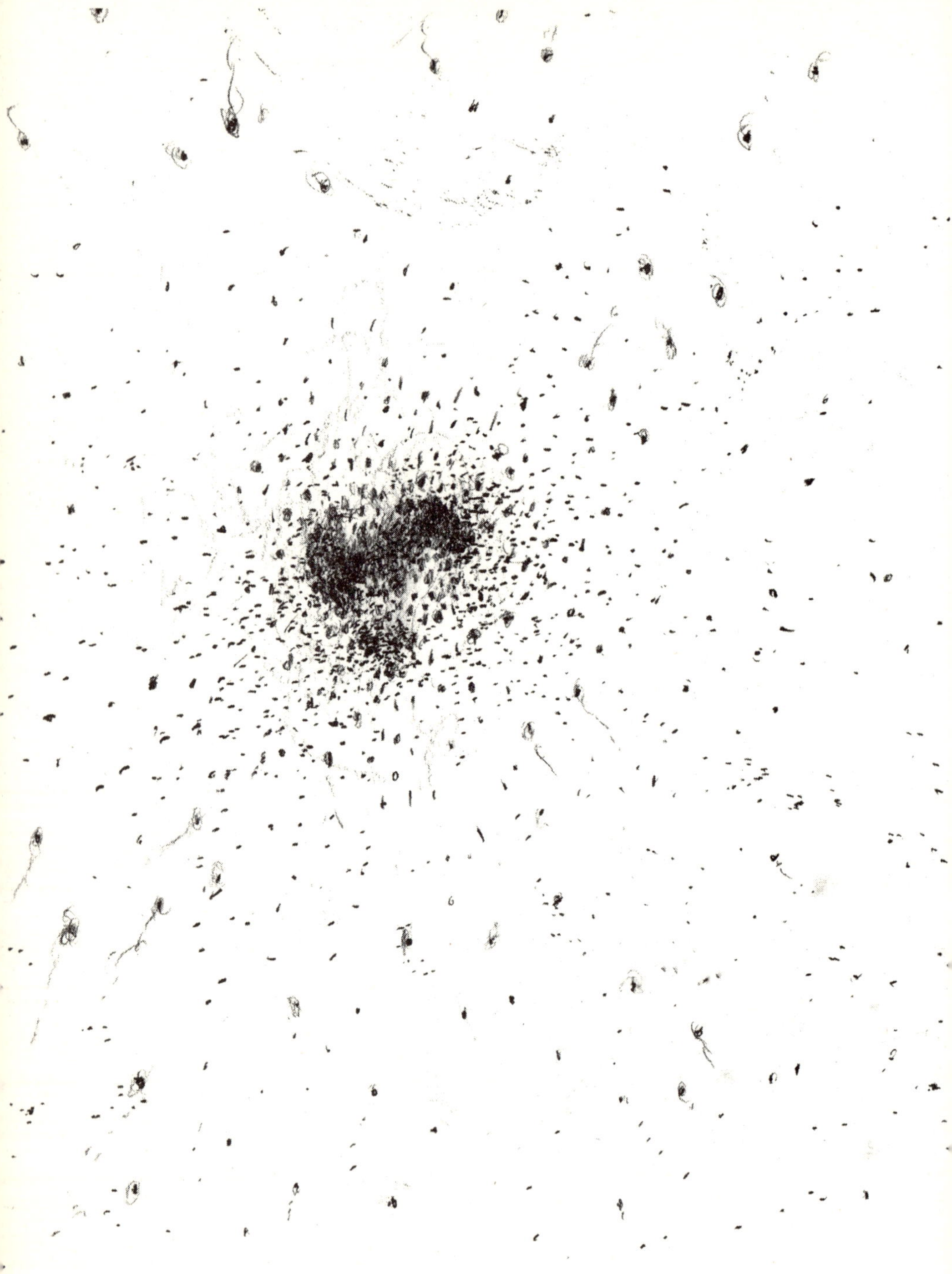

E Desideria si rizzò a sedere come un automa di legno e fece un grande respiro, inghiottì l'aria quasi stesse inspirando la vita stessa, e da morta ritornò alla vita in un solo tremante momento, sputazzando e scatarrando.

«Co… cos'è successo?»

«È VIVA!!!»

23. Quando finisce l'avventura iniziano i problemi

«È VIVA! È VIVA! È VIVA!»

Ora ballavano per la stanza con ancor più gioia di prima, mentre il Cucchiaio Incantato faceva folli piroette.

«Oh per le mie penne, becco e coda!» esclamò Caliburn. «Grazie al cielo, per un orribile momento ho pensato che fosse andato tutto storto, e il fato e l'universo ci avessero dato la giornata più nera di tutte… ma è viva!»

Desideria barcollò rimettendosi in piedi, in una nuvola di polvere.

«Sto bene» disse tremante, «sto bene…»

Coi capelli che andavano da tutte le parti, in un enorme groviglio elettrico, sembrava in tutto e per tutto un riccio di mare.

«Presto! Rimettiti la benda!» disse Stiletto, chinandosi a raccoglierla dal pavimento polveroso. Si affrettò a portarla alla ragazza perché l'occhio Magico, scoperto, stava facendo tremare di nuovo le pareti.

Non appena Desideria l'ebbe indossata, il pavimento smise di sollevarsi e i muri si raddrizzarono.

«Che cosa… è successo… qui?» chiese Desideria, che ancora non riusciva a mantenersi in equilibrio.

«È stato incredibile!» urlò Xar.

Incredibile.

Impossibile.

Inconcepibile.

«Abbiamo appena assistito a una delle cose più straordinarie dell'intero universo» disse Caliburn con voce solenne. «Un Grande Incantatore che si rigenera.»

«Di che cosa diavolo stai parlando?» chiese Desideria.

«Sei viva!» gridò Stiletto. «Sei morta, ma sei un Grande Incantatore, perciò hai più di una vita.»

«Questa è la cosa più stupida che abbia mai sentito» disse Desideria. «Non sono MORTA… Sono solo caduta un attimo.»

«Eri ridotta in FRAMMENTI!» disse Xar, allegro. «Piccoli, microscopici frammenti sparsi per tutta la stanza… e poi sei tornata insieme! È stata la cosa più incredibile che io abbia mai visto!»

«Sciocchezze» disse Desideria, ma un po' meno sicura perché in effetti si sentiva un po' non-insieme, come lo sareste anche *voi* se foste appena esplosi e vi foste riassemblati piuttosto in fretta.

«Ma è impossibile… Cosa state dicendo? Volete dire che posso morire e tornare in vita?» chiese Desideria.

«Sì, ma c'è un ma» disse Caliburn. «Anche i Grandi Incantatori sono fatti di carne e ossa, e dopo un po' si logorano. Quindi devi stare molto attenta alle tue vite, Desideria. Perché non sai quante ne hai.»

«Okay…» rispose Desideria, trovando il tutto un po' difficile da accettare. «E il mio occhio?»

«Dev'essere un Occhio Magico» rispose Caliburn. «Estremamente raro. Molto potente. Ne ho visti solo due prima d'ora, in tutte le mie vite. E mai di quel colore. Dev'essere il colore della Magia-che-ha-potere-sul-ferro.»

«Aspetta un attimo» disse Xar contrariato. «Chi ha la Magia-che-ha-potere-sul-ferro è l'incarnazione del destino. *Desideria* non può essere l'incarnazione del destino! È una *ragazza*, tanto per cominciare!»

Il Libro degli Incantesimi

L'OCCHIO MAGICO

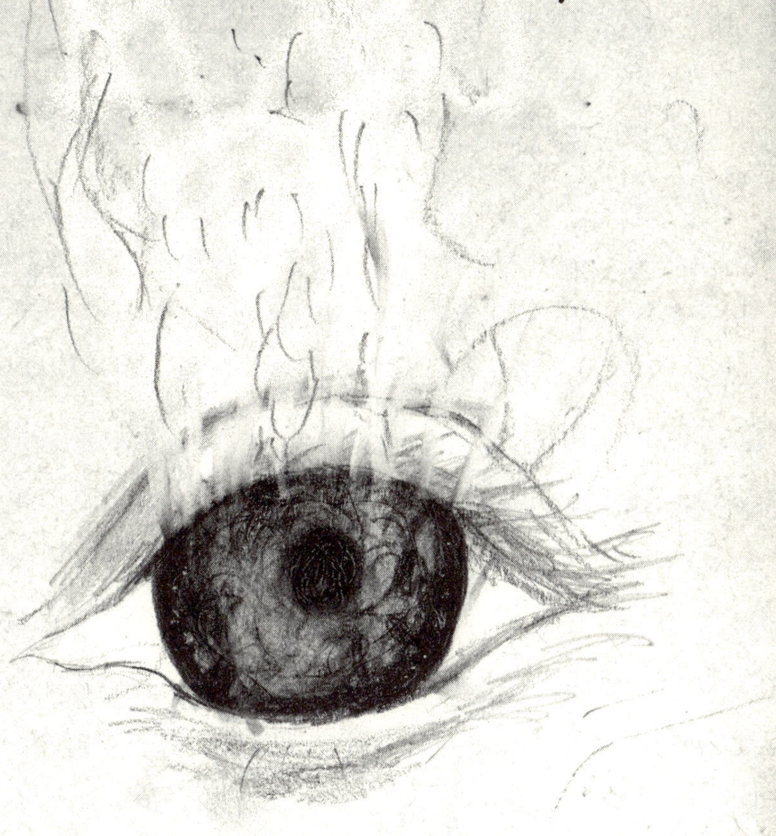

Molto, molto di rado un Mago nasce con un Occhio Magico. È una Magia estremamente potente che può essere difficile da controllare. Spesso succede agli Incantatori che hanno più di una vita.

Pagina 5.321.942

«Nessuno ha mai detto che l'incarnazione del destino debba essere un ragazzo, Xar» disse Caliburn. «Non siamo mica nel Medioevo, sai.» (Be', in realtà *sì*, ma nessuno pensa mai di essere nel Medioevo.)

«Ma non capisco» disse Desideria. «Ho tolto la benda migliaia di volte e, fidatevi, non era mai successo niente del genere!»

«Sì, be', hai appena compiuto tredici anni, quindi la tua Magia si è appena manifestata» le spiegò Caliburn.

«Quindi non solo sono Magica» proseguì Desideria molto, molto turbata, «ma ho un tipo di Magia stranissimo ed è colpa mia se le Streghe si stanno risvegliando?»

«Be', non proprio *colpa* tua» rispose Caliburn. «Comunque, se le Streghe riescono a ottenere la Magia-che-ha-potere-sul-ferro potrebbero davvero risorgere. Sanno, dopo secoli di guerre sanguinarie, che senza quel potere non possono sconfiggere i Guerrieri. È questo che hanno aspettato per tanto tempo.»

ACCIDENTACCCCCIO.

Era una situazione brutta, anzi bruttissima.

Non è piacevole pensare che le più terrificanti creature sulla terra ce l'abbiano proprio con TE.

Desideria si sentiva combattuta sulla questione.

Da un lato, naturalmente, era un disastro per un Guerriero scoprire all'improvviso di essere Magico.

Ma dall'altro…

Fino a quel momento era sempre stata *Desideria*, una parola che veniva pronunciata con un sospiro di delusione; la settima, ordinaria figlia di Sychorax, un po' goffa e mezza cieca, che tentava invano di diventare un Guerriero come le sue sorelle. Ma ora aveva scoperto di essere **DESIDERIA**, una parola del tutto diversa, una parola che era sinonimo di Magia, e questa nuova **DESIDERIA** era una persona speciale, che poteva sembrare normale dall'esterno, ma dentro nascondeva un glorioso (seppur pericoloso) segreto.

«Possiamo pensarci più tardi. Per ora abbiamo risolto tutto!» disse Xar esultante. «Abbiamo salvato Spremucco. Desideria è viva. Abbiamo ucciso il Re Stregone. Ho distrutto quell'orribile pietra e rimediato ai miei errori. Sapevo che tutto si sarebbe risolto, alla fine!» Si girò trionfante verso Caliburn. «Hai visto? Non è stato così difficile, no?»

«Oh, Xar…» sospirò Caliburn scuotendo il capo. «Mi ucciderai prima o poi. Queste tue avventure sono davvero poco, poco indicate per il mio cuore.»

Stiletto li fissava con timore reverenziale. Negli ultimi cinque minuti era passato dal terrore alla disperazione alla gioia più totale in maniera tanto brusca che si sentiva come se il Grande Orco Grigio gli avesse dato una bella scrollata.

«Vuoi dire» sussurrò con soggezione «che voi siete *abituati* a vivere questo genere di avventure?»

«In continuazione» sospirò Caliburn. «Questa è stata particolarmente tremenda, devo ammettere...»

Stiletto lanciò uno sguardo alla stanza devastata.

La preziosa Camera di rimozione della Magia di Sychorax era in rovina, il pavimento un mucchio di macerie, la pietra esplosa, la porta scardinata, con le tracce di artigli dello Stregone ai bordi.

Le Streghe, antiche nemiche morte per secoli, si erano risvegliate ed erano tornate nel mondo.

«Cosa intendi con "abbiamo risolto tutto"?» chiese Stiletto. «Non direi che questo è "risolvere tutto"! Guarda che disastro! Un disastro totale! E le Streghe sono *là fuori*» proseguì. «Ed è tutta colpa nostra! Non avrei mai dovuto lasciare che la Principessa uscisse dal forte... Avrei dovuto dirlo agli adulti...»

Desideria gli diede una pacca sulla spalla. «Su, su, Stiletto. Sei troppo duro con te stesso. Non è tutta colpa nostra. Le Streghe erano già là fuori comunque. Sono sempre state là, solo che noi non potevamo vederle. Dobbiamo guardare il lato positivo. E pensa a quante cose abbiamo imparato da questa avventura!»

Desideria continuò: «I Maghi e i Guerrieri hanno affrontato il Re Stregone insieme e lo hanno sconfitto! È di sicuro di buon auspicio per il futuro!»

Lasciarono la spada nella roccia perché non c'era modo di spostarla, per quanto Desideria tirasse.

A quanto pareva il destino pensava che nessuno di loro fosse pronto a brandirla.

«Non capisco» disse Xar perplesso. «Abbiamo bisogno di quella spada ora più che mai, adesso che le Streghe sono tornate nel bosco.»

«Ma la spada è un po'… *imprevedibile*, non vi pare?» osservò Caliburn. «E noi non ne comprendiamo davvero i poteri, per ora. Quindi chissà, magari questo è il posto giusto per lei, al momento.»

Caliburn poteva avere ragione, perché solo il cielo sa dove si potrebbe mettere al sicuro una Spada Incantata che sembra avere una mente propria e vuole uccidere le Streghe e può trapassare soffitti e pavimenti. Se perfino la Regina Sychorax, che era un'*esperta* di prigioni, non era riuscita a trovare una soluzione per tenerla a bada, be', la roccia probabilmente poteva considerarsi un posto adatto come un altro, al momento.

Lasciarono un biglietto per Sychorax accanto alla spada nella roccia. Lo scrisse Desideria, per cui l'ortografia era un po' fantasiosa. Non fu difficile trovare le creature un tempo Magiche che la regina aveva imprigionato. Bastava seguire i rumori, e quando aprirono le celle i canti cessarono e le creature li fissarono, incredule di vederli lì.

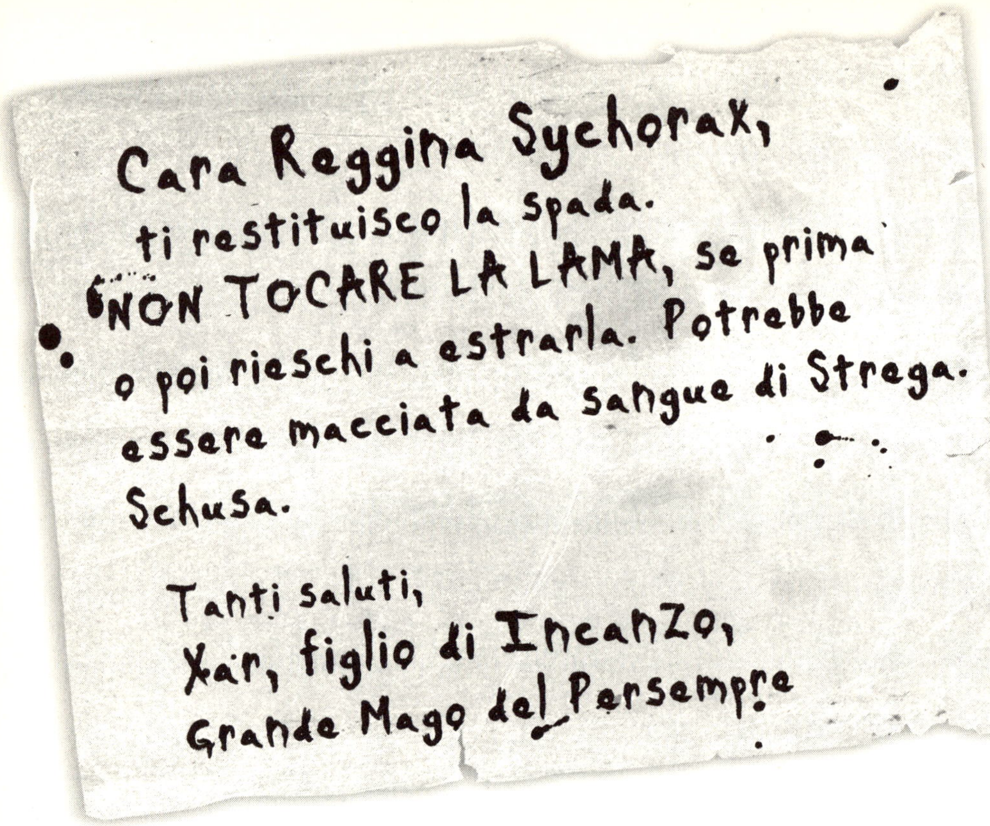
Cara Reggina Sychorax,
ti restituisco la spada.
NON TOCARE LA LAMA, se prima
o poi rieschi a estrarla. Potrebbe
essere macciata da sangue di Strega.
Schusa.

Tanti saluti,
Xar, figlio di Incanzo,
Grande Mago del Persempre

Il gigante Frantumo alzò il capo arruffato.

«Xar!» ruggì. «Sei venuto a salvarmi! Lo sapevo!»

«Ovvio che sono venuto!» rispose Xar, dimenticando – guarda caso – che se non fosse stato per Desideria non si sarebbe nemmeno accorto della scomparsa di Frantumo. «Perché sono un capo ed è così che si comporta un capo!»

A Desideria bastò vedere il viso gentile e innocente del gigante che si accendeva di gioia mentre Xar gli abbracciava la caviglia per sentirsi ripagata. Imprigionare le creature Magiche era sbagliato, ne era sicura.

Sua madre aveva torto.

Non era crudele come diceva Xar, certo che no, ma comunque aveva torto.

«Andiamocene!» gridò Xar, tirando pugni all'aria.

Ma con grande sorpresa di Xar, le creature un tempo Magiche non erano così impazienti di scappare come immaginava. Anche il più rumoroso dei piattelfi rimase lì, silenzioso e depresso, come un palloncino sgonfio, e i poveri spiritelli che avevano perso la capacità di volare erano talmente mortificati che scapparono, correndo a piccoli passi come topi sul pavimento della prigione.

«Si vergognano, Xar» spiegò Caliburn. «Perché cos'è un gigante senza la sua statura? O uno spiritello senza le ali?»

Quelle povere creature erano come Guerrieri che tornano da una battaglia con ferite terribili; non sapevano più che posto occupare nel mondo della Magia.

Ma Xar li convinse a uscire.

Saltò su un masso al centro delle segrete.

«Non vergognatevi, gente!» gridò. «Io sono Xar, l'incarnazione del destino, eppure, per qualche strano disegno della sorte che non capisco bene, sembra che al momento anch'*io* sia sprovvisto di Magia. Sono venuto a salvarvi e vi riporterò da mio padre Incanzo, il più

Grande Incantatore che sia mai vissuto, e sono sicuro che lui sarà in grado di restituirvi la Magia.»

«Non dovresti far loro una promessa del genere, Xar» obiettò Caliburn. «Non sono sicuro che sia possibile.»

Ma la promessa dava loro speranza. Il pensiero che avrebbero riavuto la loro Magia riportò la luce anche negli occhi più opachi e avviliti di un boggit o di un fuoco fatuo.

Frantumo sollevò gli spiritelli che non potevano più volare e offrì loro le sue tasche o li sistemò tra i suoi capelli. Il gruppo si fece sempre più grande, e tutti galopparono e saltarono e corsero per i corridoi fino alla Camera di rimozione della Magia, perché era da lì che avrebbero dovuto imboccare la strada per l'uscita segreta.

Alla Camera di rimozione della Magia il gruppo si fermò.

«Qui ci separiamo» disse Stiletto.

«Vieni con noi, Desideria» propose Xar. «Torna all'accampamento con noi. Lì puoi vivere la tua Magia.»

Xar e Desideria si erano incontrati nel bosco, in un incrocio di stelle e destini, solo ventiquattro ore prima. Lì, nelle profondità delle prigioni sotterranee, erano davanti a un altro bivio, e Desideria aveva già deciso che strada percorrere.

Una era quella segnata da polvere di spiritello

che conduceva attraverso il labirinto di Sychorax fino al forte sulla collina. L'altra, un alto corridoio scuro, portava all'uscita segreta e nella foresta; era lì che Xar e le creature Magiche stavano andando.

Desideria aveva la forte tentazione di prendere *quest'ultima* strada, perché era quella dell'avventura e della libertà e della Magia e dei gatti dei ghiacci.

Però...

«Non posso lasciare casa mia» disse. «Ho solo tredici anni. È *questa* casa mia... e mia madre non è tremenda come pensi tu.»

«Tua madre è una persona pericolosissima!»

Anche se Stiletto avrebbe voluto che Desideria tornasse con lui al forte, in tutta onestà dovette dirsi d'accordo con Xar. «Pensa a quelle teste nella cella, a quei *Libri degli Incantesimi* impilati... Sychorax sta cercando di imparare l'arte della Magia, Desideria.»

«Vischio viscoso, pensi che sia così?» trasalì Desideria. «Ma com'è possibile, se continua a ripetere che la Magia è orribile e che noi dobbiamo combatterla?»

Sì, Sychorax aveva tanti segreti, e Desideria aveva imparato più cose su sua madre di quanto avesse voluto.

«Ma sta cercando di fare la cosa giusta, lo so, e si merita una seconda possibilità» disse, ostinata. «Ce la meritiamo *tutti*, no?»

«Desideria ha ragione, deve restare qui» intervenne Caliburn, pensando non tanto a dare una seconda possibilità a Sychorax quanto piuttosto a tutte quelle persone malvagie, Maghi o peggio, che avrebbero potuto tentare di mettere le mani sulla Magia-che-ha-potere-sul-ferro. «La sua Magia è talmente potente che per il momento è meglio resti protetta nel Forte dei Guerrieri. In effetti, ora che ci penso, dovrebbe tenersi anche il *Libro degli Incantesimi* di Xar, non si sa mai.»

«Oh, che gentile da parte tua, Caliburn» rispose Desideria. «Ma non mi servirà.» Rabbrividì appena. «Non farò più alcuna Magia per il momento, almeno finché non riesco a convincere tutti i Guerrieri che non è una cosa negativa come pensano.»

«No» convenne Stiletto, anche se moriva dalla voglia di dare un altro sguardo alle figure, alle storie, alle ricette, agli incanti, all'intero fantastico mondo Magico del libro, che Caliburn aveva ora tirato fuori dalla tasca di Xar. «No, Desideria non deve avere altre cose Magiche. Guardate tutti i guai che ci hanno portato quel dannato cucchiaio e la Spada Incantata! Desideria è una Principessa Guerriera e deve rinunciare alla Magia.»

Caliburn gli lanciò uno sguardo affettuoso. «Ah… La Magia può essere nascosta, ma *rinunciarci*… è davvero molto difficile. Pensa a cosa è appena accaduto qui dentro. Comunque, il tipo di Magia

che *Desideria* possiede» continuò il corvo «è così pericoloso e speciale che probabilmente è meglio nasconderlo. Nessuno dovrà mai scoprire la verità, altrimenti Desideria sarà in vero pericolo. Ci sarebbe tanto da dire sulla vita bella, pacifica e ordinaria di una Principessa Guerriera. Lei è molto fortunata ad avere *te*, Stiletto, come angelo custode.»

Stiletto arrossì. «Non so di cosa parli. Cos'è un angelo? Una specie di spiritello?»

«Più o meno» sorrise Caliburn. «Ricorda, non mi stanco di dirlo, *nessuno dovrà mai scoprire la verità su di lei*. È

per questo che vi serve il libro. Ci sono tanti capitoli utili su come nascondere la Magia alla vista degli altri… e se, per qualche caso sfortunato, della gente malvagia dovesse cercarti, gente dal cuore crudele e incanti maligni e Magia potente, be', questo libro potrebbe salvarti la vita.»

Desideria prese il libro che il corvo le porgeva. Era in condizioni pietose, bruciacchiato e macchiato, con le pagine volanti come coriandoli.

«Puoi anche scriverci sopra» proseguì Caliburn. «Scrivici la tua storia, è sempre d'aiuto se devi mantenere un segreto. Prendi una penna dalla mia schiena – ce n'è una che sta per cadere – e tienila sempre con te.»

Desideria prese la penna dalla schiena di Caliburn e la mise con cura nel *Libro degli Incantesimi*, che infilò in una tasca del mantello.

«Addio, Spremucco» disse Desideria allo spiritello che le svolazzava davanti contrariato. «Spero che ti riprenderai presto… e che tornerai a volare come hai sempre fatto…»

«Non capisssssssco perché non vuoi tornare all'accampamento con noi… ma non mi importa…» borbottò Spremucco, tirando i capelli di Desideria con rabbia, e dandole un pizzicotto sul naso nonché piccoli morsi come punture di ortica. «Hai la faccia da facocero… e puzzi come una cacca di mucca!»

«Oh, mi stai insultando, ma è magnifico, Spremucco! Si vede che stai meglio!» rispose Desideria contenta.

Spremucco la fissò con occhi mesti.

«Ma perché rimani qui? *Vieni con noi*… Non rendermi TRISTE!»

«Mi dispiace tanto, Spremucco…»

«Non importa» sibilò Ariel, gli occhi che sprizzavano malignità. «Ci mancherai ma supereremo anche questa, dico bene, Senapensiero? Possono starsene qui nel loro ottuso forte di stupidità PER SEMPRE!»

Ariel agitò le sue braccia puntute e ringhiò «XPCTELRBURTIBUT» e «CCRVMLBCXTT». Non suonava molto amichevole.

«Addio, Xar» disse Desideria.

«Addio» rispose Xar, fischiettando con le mani in tasca, perché non voleva far vedere quanto fosse triste.

Poi si separarono.

Xar e le sue creature Magiche corsero via lungo il corridoio, con gli spiritelli che lasciavano splendide scie di luce a formare le parole "Addio" o "Non farti più vedere" o "Fa' attenzione" o "Finalmente!". Desideria e Stiletto rimasero a guardarli finché non furono svaniti nell'oscurità, intonando canzoni troppo distanti perché riuscissero a udirle.

E infine si voltarono, tristi, e camminarono nella direzione opposta fino all'ingresso delle segrete dove la sentinella era ancora addormentata, per poi sgusciare dentro il forte, facendo attenzione a evitare le guardie.

Nel frattempo, Xar e le creature un tempo Magiche girarono a ogni seconda svolta a sinistra finché non si trovarono davanti l'uscita segreta della Regina Sychorax, una porta enorme, che doveva essere stata costruita dalle rapide mani sapienti dei piattelfi, perché non era solo gigantesca ma svasata verso l'interno.

Era incredibile che fosse segreta, visto che era grande abbastanza da far passare un gigante a testa china.

Una volta lì, fu molto più facile *uscire* dal forte di quanto fosse stato *entrarvi*.

Imitando la voce della Regina Sychorax, Xar

urlò: «APRITE, E IN FRETTA! La parola d'ordine è "CONTROLLO"!».

E CRIIIIIIIIIIIIIIIIIIIIIC!

La guardia dall'altra parte aprì la porta, che all'interno era di legno ma fuori era ricoperta d'erba, e tutti uscirono. Xar era avvolto nell'inconfondibile mantello reale rosso, perciò la guardia diede per scontato che sotto ci fosse la Regina Sychorax.

La guardia non sembrò sorpresa di vedere la propria regina uscire dal forte in compagnia di un gigante e di un gruppetto di creature un tempo Magiche. Fece solo un leggero cenno alle sentinelle sugli spalti per dir loro di non far fuoco.

«Nessuno corra...» sussurrò Xar, perché sentiva i gatti scalpitare accanto a sé. «Non dobbiamo sembrare spaventati; se ci mostriamo spaventati e iniziamo a correre sospetteranno che c'è qualcosa che non quadra.»

Ma le sentinelle non videro altro che qualcuno vestito con il mantello rosso della Regina Sychorax al centro del gruppo, mentre i gatti procedevano lasciando dietro di sé le proprie impronte nella neve; Xar e le sue creature Magiche si allontanarono tranquilli dal forte ed entrarono nella foresta, con gli spiritelli che sfarfallarono come candele che vengono spente non appena sfrecciarono nel cielo.

Xar si rilassò solo quando ebbe raggiunto il riparo

che fornivano gli alberi insieme ai gatti dei ghiacci. Si voltò a guardare il forte. La porta era stata richiusa e nessuno avrebbe mai potuto sospettare che c'era un'apertura, lì.

E le piccole sentinelle sugli spalti, grandi ormai come formiche, non parevano affatto agitate o in allarme.

Sembrava quasi che fossero abituate a vedere la Regina Sychorax entrare e uscire di nascosto da lì, con un seguito di strane creature Magiche, senza che gli abitanti del forte ne sapessero nulla.

Senonché la Magia era severamente vietata, e per suo stesso ordine.

Ah, era una donna interessante, quella Regina Sychorax.

Ma astuta.

Mo-o-olto astuta.

24. Ciò che non videro

Xar e le creature Magiche non furono i soli a scappare nel buio della foresta.

Non appena Xar, Desideria e Stiletto avevano lasciato la Camera di rimozione della Magia, per un secondo era sceso il silenzio.

E poi uno strano vento aveva cominciato a soffiare per la stanza, per quanto sia impossibile che un vento soffi al chiuso.

Le penne nere e i frammenti di polvere del Re Stregone sparsi tutt'attorno avevano cominciato ad agitarsi.

Perché vedete, ogni luce ha la sua ombra.

Il giorno esiste solo con la notte.

Desideria era morta e tornata in vita, giusto? A quanto pare era un Grande Incantatore e i Grandi Incantatori hanno più di una vita.

Ma c'era più di un Grande Incantatore in quella stanza.

Se Desideria poteva tornare in vita…

Poteva farlo anche il Re Stregone.

I milioni e milioni di frammenti che lo componevano si librarono in aria molto lentamente, producendo uno strano, dolce ronzio, e i singoli piccoli pezzi iniziarono a vorticare a gran velocità, simili a uno sciame d'api, unendosi e rimodellandosi, proprio come era successo a Desideria, quasi che avessero un ricordo innato della posizione che occupavano.

E uno strano canto riempì la stanza, dolce e malvagio allo stesso tempo.

Quante volte la vita di questa Strega…?

Quante volte dovrà essere uccisa…?

Quante vite ancora avrà…?

Rischia tutto…

Rischia tutto…

Rischia tutto…

Nemmeno un Grande Incantatore sa con esattezza quante vite gli restano, per questo è sempre un azzardo rischiarne una, in caso fosse l'ultima.

Ma a quanto pareva il Re Stregone ne aveva ancora una, quantomeno.

Penne e polvere si alzarono su, su, su, e man mano che si alzavano si riunivano a formare la buia e terribile forma del Re Stregone.

Una delle ali era fratturata e gli pendeva floscia da una parte, ma per il resto era proprio vivo.

«… A etlov angosib eredrep anu ailgattab rep erecniv al arreug…» gracchiò.

Che voleva dire: "A volte bisogna perdere una battaglia per vincere la guerra…".

Lo Stregone lanciò un grido incomprensibile e tornò a essere invisibile, svanendo come fumo nell'aria.

Volò via attraverso la porta distrutta.

Era debole, debolissimo, dopo la battaglia e l'esser stato intrappolato in una pietra per secoli e per via della ferita che gli aveva inferto la spada ammazzastreghe. Doveva scappare, riposarsi, prima di poter attaccare di nuovo. Perciò si nascose come un pipistrello invisibile, e volò sopra le teste di Xar e delle sue creature Magiche che correvano per i corridoi. Quando questi scapparono per l'uscita segreta di Sychorax, con loro fuggì anche lo Stregone invisibile.

E via volò il Re Stregone nel mondo, ritornando visibile pian piano una volta raggiunti gli alberi.

25. Madre e figlia

Desideria e Stiletto si separarono davanti a casa della ragazza, al centro del forte. (Desideria viveva in una casa tutta per sé, perché le principesse erano così importanti da avere la loro dimora personale, cosa che le rendeva un po' sole ma dimostrava il loro rango.)

Stiletto si sentiva molto abbattuto, perché ora non era più un eroe, solo una comune Viceguardia del Corpo. Aveva rubato un giorno di gloria, ventiquattr'ore fantastiche durante le quali aveva cavalcato e combattuto accanto a una principessa, come se fossero alla pari e lui un vero Guerriero.

«Ora» disse a Desideria, cercando di apparire più allegro di quanto non fosse, «possiamo tornare alla normalità, Principessa. Ridammi il cucchiaio e io lo riporterò in cucina, dove potrà vivere la sua vita normale… È ora di rinunciare agli oggetti Magici, me l'hai promesso.»

«Sì-ì-ì» disse Desideria pensierosa. «Però MI RESTA

il *Libro degli Incantesimi*, giusto? Forse ti darò il cucchiaio *domani*...»

«Va bene» rispose Stiletto. «Prometti di restituirlo domani?»

«Prometto» disse Desideria.

«Buonanotte, Desideria» la salutò il ragazzo. «Buonanotte, cucchiaio.»

«Buonanotte» ricambiò Desideria, stringendo la mano di Stiletto con una certa timidezza.

«Ehm, Principessa» disse infine Stiletto, perché c'era una cosa che lo preoccupava, «quella storia... degli svenimenti che è capitata un paio di volte stanotte... pensi sarà un problema, sai, per la mia carriera come Guardia del Corpo?»

«C'è qualche altro mestiere che ti interessa?» chiese Desideria con tatto.

«Be', sì, in effetti, ho sempre desiderato fare il buffone di corte, e sono piuttosto bravo a raccontare storie e... ma non è questo il punto!» ribatté Stiletto. «Il fatto è che tutti nella mia famiglia sono stati Guardie del Corpo, quindi devo esserlo anch'io. E come posso riuscirci se svengo?»

«Sono sicura che lo supererai» disse Desideria. «Domani, magari... ma nel frattempo pensa a quanto sei stato bravo stanotte! Sei un eroe, e un ottimo amico.»

«Non sono un eroe; sono una Viceguardia del

Corpo» rispose Stiletto molto sollevato, «ed è questo che fa una Viceguardia del Corpo: sta di guardia.»

Ma non negò di essere amico della principessa.

E così entrambi andarono a dormire.

La principessa nel suo letto regale di piume d'oca.

La Viceguardia del Corpo sul suo letto di paglia sotto il tavolo della cucina.

Dormirono tutti e due profondamente, perché era stata una nottata estenuante con tutto quello che era successo.

Ma le cose non potevano tornare a essere come prima, naturalmente. Una volta che una Viceguardia del Corpo ha vissuto un'avventura del genere, è mutata per sempre.

Come il Cucchiaio Incantato, era stato bruciacchiato dal fuoco della Strega e scottato dal respiro degli spiritelli. Aveva aperto gli occhi nell'accampamento dei Maghi, ascoltato i discorsi dei corvi, che gli avevano mostrato le cose dal loro punto di vista.

Devo averlo già detto prima ma…

È questo il problema delle avventure e il motivo per cui il padre di Stiletto vi era così contrario.

Nel frattempo Sychorax aveva trascorso una notte lunghissima, da sola nell'oscurità, e aveva avuto molto tempo per riflettere.

Chissà? Magari aveva imparato un paio di lezioni.

Dopotutto le prigioni servono proprio a questo.

E quando, alla fine, la sentinella si risvegliò e aprì la cella nella quale era rinchiusa, la Regina Sychorax corse fuori e andò dritta alla Camera di rimozione della Magia, perché quella notte aveva udito lo scontro e immaginava che fossero accadute cose terribili.

Vide la pietra, la spada; lesse il biglietto, e da gelida che era divenne ancora più fredda.

La Regina Sychorax non era una sciocca. Il biglietto era firmato Xar, ma la grafia – l'ortografia – le fece pensare subito a Desideria.

Corse (senza curarsi dell'eleganza, questa volta) alla piattaforma, salì in superficie e si precipitò per le strade del forte sotto gli occhi stupefatti dei cittadini, con gli splendidi capelli dorati ritti come un nido d'uccello elettrico sulla testa, che le ci sarebbero volute settimane a districare (e fu fortunata di riuscire a districarli, perché gli spiritelli a volte possono ingarbugliarli con Magie così intricate che la sola soluzione è tagliarli).

Corse di filato alla casa dove viveva Desideria. La Regina Sychorax non ci andava spesso, perché le regine sono persone molto impegnate e non hanno sempre tempo di far visita ai propri figli come la gente normale.

Facendo irruzione nella camera di Desideria, Sychorax trovò la figlia che russava nel letto, immersa in un sonno profondo, e si lasciò scappare un sospiro di sollievo.

Ma il sollievo si tramutò presto in rabbia, come spesso accade.

Diede una spintarella alla figlia per svegliarla.

Desideria aprì gli occhi assonnati e si svegliò all'istante quando vide la madre incomberle addosso come un iceberg inferocito.

Oddio.

«Buongiorno, Madre» sussultò inquieta.

«Il Maghetto è scappato» disse la Regina Sychorax livida di rabbia, vedendo i graffi sul viso di Desideria e i capelli selvaggi, che proprio come i suoi erano ancora aggrovigliati in nodi impossibili dopo che gli spiritelli li avevano usati come nido. «Fuggito con tutte le altre creature Magiche! Caos! Disordine! Anarchia! La Pietra-Che-Elimina-La-Magia è distrutta!

«E ho pure perso la mia spada» ruggì inferocita Sychorax. «È intrappolata nella roccia, proprio quando ne abbiamo più bisogno, ora che le Streghe sono tornate nel bosco. È un vero disastro. *Qualcuno* deve avermi rubato la chiave… *Qualcuno* deve aver aiutato quel dannato Maghetto a scappare… *Qualcuno* deve avergli portato la spada… e il *Qualcuno* che ha fatto tutto questo è un TRADITORE della propria madre, della propria famiglia, dell'intera tribù dei Guerrieri.»

Desideria evitò lo sguardo furibondo della madre e guardò pensierosa nel vuoto.

«Ho appena fatto un sogno stranissimo» disse. «Ho sognato che dentro la Pietra-Che-Elimina-La-Magia c'era una Strega che si chiamava Re Stregone.»

Sychorax la fissò sbalordita. E la rabbia svaporò, trasformandosi in ansia.

«Il Re Stregone *dentro la pietra*?» trasalì. «Che sciocchezze stai dicendo? Impossibile… È proprio impossibile…»

Ma…

Se le Streghe non erano estinte significava che anche le leggende sul Re Stregone dovevano essere vere. In tutte le vecchie leggende il Re Stregone era il capo delle Streghe, la mente che le controllava tutte.

«Nel mio sogno il Re Stregone era rimasto imprigionato nella pietra per tantissimo tempo. Chissà? Magari qualcuno tanto tempo fa lo aveva imprigionato lì perché il mondo fosse un posto più sicuro» proseguì Desideria.

«Le storie sulla pietra dicono tutte quante di non toccarla, giusto? Ma non si sa più PERCHÉ. Per secoli il Re Stregone deve aver attratto la gente perché toccasse la pietra così da rubarle la Magia e liberarsi. E deve aver esercitato questa sua volontà anche su di voi, Madre, e su di me, su Xar, su tutti noi.

«Nel mio sogno, il Re Stregone si liberava dalla pietra.»

«Nooooooo...» sussurrò Sychorax con occhi ardenti.

Ma stava riflettendo a fondo.

Desideria sentì la madre cedere un po', perciò continuò, parlando come sovrappensiero e con aria innocente, lo sguardo sognante perso nel vuoto.

«Un'altra cosa strana» aggiunse «era che nelle segrete sotto di noi c'era una stanza piena di teste. Ma non erano vecchie teste qualsiasi. Erano teste di persone che conoscevo, persone che sono venute a corte a parlare per sostenervi, Madre, o a dire belle cose di voi mentre eravate via...

«Non penso che la gente del forte voglia venire a conoscenza di quelle teste, Madre» concluse Desideria.

«I sogni sono cose strane» disse Sychorax, squadrando la figlia con grande attenzione.

Madre e figlia si fissarono, i loro visi due maschere identiche.

Dietro a quelle maschere la stessa domanda: "Che cosa sai?".

Per la prima volta la loro somiglianza era

Per la prima volta,
la somiglianza di madre e figlia
era sorprendente.

sorprendente: i capelli ritti in ridicole cascate verticali, i volti dall'espressione studiata per non rivelare nulla, gli occhi diffidenti.

«È complicato» disse Sychorax alla fine.

«Già» rispose Desideria.

Allungò la mano e la chiuse su quella gelida della Regina Sychorax. «Dev'essere dura fare la regina» disse.

La Regina Sychorax strinse a sua volta la mano della figlia.

«Sì» rispose.

«Cos'è successo allo Stregone nella pietra? Dov'è ora?» chiese poi.

«L'abbiamo ucciso con la spada» rispose Desideria. «Nel sogno, intendo.»

«Mmmmh... Siete stati fortunati a uscirne vivi.»

Toccò il volto della figlia, i suoi graffi.

La Regina Sychorax guardò Desideria e per un millesimo di secondo la sua maschera cadde e non c'era delusione nei suoi occhi, ma rispetto guardingo, sospetto e paura.

La Regina Sychorax non avrebbe più sottovalutato sua figlia.

La glaciale scogliera del suo viso si sciolse nell'ombra di un sorriso, come il sole che appare tra le nuvole su un ghiacciaio.

«Brava, Desideria» disse la Regina Sychorax.

«Dev'essere stato un sogno davvero spaventoso, un incubo, in effetti, e sembra che tu l'abbia affrontato da vera… Guerriera.»

Desideria fu così sollevata che le restituì il sorriso.

"Mia madre mi ha sorriso!"

Il sorriso di Sychorax svanì e lei riprese la sua brusca compostezza.

Risistemò la benda di Desideria che si era leggermente spostata.

«Può darsi che mi sia sbagliata su quella pietra» ammise. «Perfino le regine si sbagliano a volte. Perciò, viste le circostanze *eccezionali*, preferisco sorvolare su qualsiasi cosa sia successa stanotte.»

La voce della Regina Sychorax si fece adamantina. «Ma in futuro dovrai fare esattamente come ti dico. Voglio che tu ti tenga lontana da tutto ciò che ha a che fare con la Magia: Maghi, creature Magiche, anche il più piccolo Pruritello. Intesi, Desideria?»

«Sì, Madre» rispose la ragazza.

«Se vedi quel miserabile imbroglione di Xar, figlio di Incanzo, devi venire a riferirmelo subito, mi hai sentita?»

«Sì, Madre» rispose la ragazza.

Ma si dà il caso che io sappia che sotto le lenzuola Desideria stava incrociando le dita.

«D'ora in poi, Desideria, devi impegnarti a fondo

per essere una normale Principessa Guerriera. Puoi cominciare con l'indossare sempre la benda, tesa e a posto. Ricordati» disse la Regina Sychorax, alzandosi in piedi severa, «noi siamo Guerrieri.» Alzò un dito. «E un Guerriero dev'essere sempre a posto. I capelli in ordine. Le armi affilate. Le unghie splendenti. Ricordatelo.»

Con quelle parole uscì dalla casa di Desideria, davanti a cui si era radunata una piccola folla che guardò in un silenzio sbalordito Sychorax – il lungo strascico della gonna bianca lacero, i capelli devastati – passare per il cortile con la stessa dignità e gravità che se stesse andando alla propria incoronazione. Le Guardie si affrettarono a offrirle i propri mantelli, ma con un solo superbo gesto della mano lei rifiutò.

Una regina in tutto.

D'impulso, qualcuno iniziò ad applaudire, nervoso, e gli altri si unirono, pur non sapendo perché. Cos'era successo? Chi aveva osato attaccarla? *E, per gli dèi verdi, cosa mai avevano i suoi capelli?*

Poi la folla si fece silenziosa.

Si allungarono in avanti per ascoltare ciò che aveva da dire, aspettandosi di sentire la storia di quel che era successo giù nelle segrete.

«Che nessuno» disse la Regina Sychorax con la sua solita voce, pacata e gentile, «ne parli mai più.»

E nessuno lo fece.

26. Padre e figlio

Nel frattempo Incanzo l'Incantatore camminava avanti e indietro nel salone d'onore, divorato dall'ansia, perché nonostante avesse spedito squadre di soccorso alla ricerca di Xar il ragazzo non era stato ritrovato.

Il giorno prima, quando Incanzo l'Incantatore e i suoi Maghi erano entrati nella camera di Xar, l'avevano trovata vuota, con un'enorme voragine nel mezzo.

Quando Incanzo si era chinato sul bordo del cratere e vi aveva visto una Strega morta in fondo, considerando che suo figlio era scomparso, be'…

"Cosa ho fatto?" si era chiesto, immaginando per un singolo terribile istante che la Strega avesse ucciso Xar, prima di rendersi conto con indicibile sollievo che *no*, per quanto sembrasse incredibile, era accaduto l'esatto opposto.

Looter, dietro Incanzo, aveva allungato il collo per guardare ed era sbiancato. «Cos'è, Padre?»

«Quella» aveva risposto Incanzo truce, «è una Strega.»

Per il vischio e il pantano e le bruciacchiature rossicce del Grande Orco Torvo!

Le Streghe non erano estinte, dopotutto.

E la prova era lì, nel bel mezzo della camera di Xar.

C'era voluto un po' perché i Maghi, accalcati tra le macerie della stanza, assimilassero la notizia.

«Vedete!» disse Rampogna trionfante, perché anche quando accade qualcosa di davvero terribile si prova sempre una certa soddisfazione ad aver avuto ragione fin dal principio. «Ve l'avevo detto che il ragazzo avrebbe fatto qualcosa di veramente atroce prima o poi. E infatti ecco qui. Le Streghe non sono estinte e dopo secoli di pace Xar ce ne ha portata una dritto in casa!»

Era in qualche modo ovvio che fosse stato Xar a trovarne una.

«Come ha fatto a ucciderla?» si chiese Incanzo con una specie di riluttante ammirazione nella voce. «In teoria è impossibile uccidere una Strega.»

«Be'» aveva ammesso Looter riflettendo, «in effetti ha barato al Torneo di Incantesimi portando con sé una colossale spada di ferro che diceva di aver rubato a dei Guerrieri.»

«Era una spada di potere?» si era stupito l'Incantatore.

«Sembrava piuttosto antica» aveva risposto Looter. «E credo abbia accennato al fatto che era una spada ammazzastreghe… ma sai com'è Xar, mente tutto il tempo, da perderci la testa.»

«*Perché non me lo hai detto?*» si era infuriato l'Incantatore, girandosi verso Looter, mentre i lampi della sua ira esplodevano nella devastazione della stanza.

Perciò ora, circa ventiquattr'ore più tardi, l'Incantatore camminava su e giù, su e giù per il salone, sperando contro ogni evidenza di ritrovare Xar.

Looter non capiva bene come mai tutti fossero così dispiaciuti all'idea di aver perso Xar. Persino Rampogna sospirava e diceva frasi come: «Era un bravo ragazzo, davvero... pieno di vita, certo, birichino... ma in buona fede...».

«È tutta colpa sua» disse Looter imbronciato. «È lui che ha portato qui la Strega. Gli sta bene.»

Ma l'Incantatore dava la colpa a se stesso.

"Cosa mi ha detto il ragazzo prima che lo rinchiudessi nella sua stanza?" pensava. "'NON TI INTERESSA NIENTE DI *ME*! VUOI SOLO UN FIGLIO *MAGICO*!'"

Incanzo avrebbe voluto poter dire a suo figlio che non era così.

Ma era troppo tardi.

Suo figlio non c'era più.

Il Re era stato sveglio tutta la notte sotto l'aspetto di falco pellegrino, ed era volato sopra le cime degli alberi per chilometri e chilometri, in cerca di suo figlio. Ma Xar era un esperto nel dissimulare le proprie tracce, perciò perfino i rossi occhi penetranti del falco, che scrutavano l'oscurità frondosa laggiù, non avevano trovato alcun segno del ragazzo.

Incanzo aveva consultato le carte astronomiche tanto a lungo che i suoi occhi brucianti vi avevano fatto qualche buco, ma Xar era nascosto in un forte fatto di ferro, e così, per quanto l'Incantatore scrutasse, non trovò traccia di lui da nessuna parte.

Era come se fosse svanito dalla faccia della terra.

E fu allora che l'Incantatore iniziò a pensare l'impensabile.

Nessuno sapeva granché delle Streghe.

E se, subito prima di morire, la Strega avesse ucciso il ragazzo e ne avesse fatto sparire il cadavere in chissà quale maniera a lui sconosciuta?

L'Incantatore aveva spedito Xar nella sua stanza per dargli una lezione. Ma come spesso accade, la lezione l'aveva imparata lui stesso.

"VORREI tanto non avergli urlato contro! VORREI tanto avergli dato retta, senza minacciarlo con l'esilio! VORREI tanto che non fosse morto senza sapere quanto gli voglio bene!" pensava Incanzo il Grande Incantatore.

Ma perfino un Grande Incantatore non può far tornare indietro il tempo.

Si udì un urlo alla porta.

Incanzo affrettò il passo.

Era lui! Era Xar!

Eccolo che scendeva di dosso a Occhiobuio, il

Perfino i più potenti Incantatori
sono genitori come tutti gli altri...

suo gatto dei ghiacci, con l'aria un po' colpevole, poco sicuro della reazione del padre, ma sempre impertinente, irrefrenabile e pieno di sé come al solito.

Forse ancora di più.

Perfino i più potenti Incantatori sono, nel profondo del cuore, genitori come tutti gli altri.

Incanzo il Grande Incantatore corse verso il figlio tremando appena e con commovente calore e sollievo strinse Xar tra le braccia.

«XAR! SEI VIVO! E SEI TORNATO A CASA!» gridò Incanzo il Grande Incantatore.

«Sì» rispose Xar, con un sorriso di sorpresa che gli andava da un orecchio all'altro, perché si aspettava l'esilio, o per lo meno qualche domanda imbarazzante, che era quel che accadeva sempre quando era di ritorno da un'avventura. «Ehm… scusa per la Strega morta, Padre… e per la mia stanza… e ho perso di nuovo il *Libro degli Incantesimi*… però guarda!»

Con un cenno, Xar invitò i giganti, i Maghi, i nani e gli spiritelli che aveva liberato dalle segrete di Sychorax a farsi avanti.

La folla riunita nell'accampamento sussultò di sorpresa nel riconoscere parenti, amici e colleghi che pensavano di non rivedere mai più.

Tutti corsero a riabbracciare i propri cari con grida di gioia.

«Volevo rimediare ai miei errori» disse Xar con orgoglio. «Ho provato a rubare la Magia a una Strega e ho rubato una spada che l'ha condotta qui, perciò ho riportato la spada nelle segrete di Sychorax e già che c'ero ho pensato che stava tenendo prigioniera la nostra gente, così li ho liberati.»

Be', di fronte a imprese così sorprendentemente folli ma audaci come questa erano tutti pronti a perdonare Xar, anche se avesse guidato un ESERCITO di Streghe nell'accampamento (sempre che le avesse anche uccise, beninteso).

Incanzo era – fatto rarissimo – orgoglioso di suo figlio.

Ma soprattutto suo figlio aveva fatto per una volta una cosa veramente giusta!

La "cosa giusta" più importante di tutte era... tornare a casa SANO E SALVO.

Per la prima volta Incanzo il Re Incantatore strinse la mano del figlio da pari a pari.

Xar pensò che non era mai stato così felice in tutta la sua vita. Vedere suo padre guardare *lui*, Xar, con tale orgoglio, amore e ammirazione... Vedere tutti quanti nell'accampamento acclamarlo e applaudirlo...

L'Incantatore si rivolse alla folla.

«Forse è ora di fare spazio nel mondo Magico anche a quelli che non hanno Magia!» gridò. «Perché, guardate!

Questi coraggiosi Maghi, giganti e spiritelli che stanno tornando da noi hanno perso la propria Magia. E noi dobbiamo trovare un posto per loro nella nostra società, non è così?»

La folla urlò in risposta: «Sì, sì!».

«Vorrei proporre tre urrà per mio figlio Xar!» disse l'Incantatore. «Che ha affrontato gli orrori delle segrete di Sychorax per riportarci i nostri amici perduti, pur mettendo in pericolo se stesso e i suoi spiritelli e animali.»

«Xar! Xar! Xar!» lo acclamò la folla dei Maghi.

«Perché Xar dev'essere COSÌ ODIOSO?» s'infuriò Looter stringendo i pugni.

«Mio figlio è tornato a casa, ed è tornato come una persona migliore. Xar ha imparato una lezione» sorrise l'Incantatore, «e cioè che è molto, molto più saggio attendere che la propria Magia si manifesti che tentare di ottenerla da una fonte oscura.»

Si voltò verso il figlio.

«E Xar ha insegnato a ME una lezione. È molto, molto meglio avere un figlio senza Magia che non averlo affatto… Bentornato a casa, Xar.»

L'Incantatore abbracciò suo figlio.

Quindi si rivolse nuovamente alla folla festante.

«Perciò dichiaro che questo sarà un giorno di festa e ringraziamento… Vediamo, come possiamo chiamarlo?» disse, e se non fosse stato il Grande Incantatore che era, si sarebbe detto che c'era un luccichio nel grigio cupo dei suoi occhi. «Lo chiameremo… la FESTA DI XAR CHE NON È DIVENTATO MAGICO! *Che la festa abbia inizio!*»

Ora, i Maghi non hanno bisogno di molte scuse per festeggiare.

La sala si scatenò, con violini che si suonavano magicamente da soli, lo zigzagare luminoso degli spiritelli che sfrecciavano dappertutto e i Maghi, i gatti dei ghiacci, i giganti, i nani e gli animali di ogni forma e dimensione che ballavano e cantavano e ululavano al buio cielo invernale.

«Sssssiamo liberi ora, Padrone?» chiese Ariel, volando fin dall'Incantatore per parlargli finché era di buon umore. «Non dimenticarti che hai promesssssssssso, a Caliburn e a me… ssssaremmo sssstati liberi quando il ragazzo fosssssssse cressssssciuto e non avessse più avuto bisssssssogno di noi… Noi sssspiritelli sssssiamo troppo coraggiosi per un ragazzo come Xar…»

«Non mi sono dimenticato» replicò l'Incantatore, senza più alcuna traccia di benevolenza, «ma guardiamo in faccia la realtà: Xar avrà bisogno di voi ancora per un po' di tempo. Non libererò te e Caliburn finché il ragazzo non sarà diventato un adulto saggio e riflessivo.»

«Ma potrebbe non accadere mai!» disse il corvo.

«Nel qual caso non sarete mai liberi» disse truce l'Incantatore. «E a proposito, Caliburn?»

«Ehm… sì, Incantatore?» disse il corvo sussultando con aria colpevole.

«A un certo punto vorrò da te un resoconto completo di ciò che è successo nelle ultime ventiquattr'ore. Ora è il momento di festeggiare, ma più tardi dovrai raccontarmi tutta la verità, Caliburn.»

Detto questo l'Incantatore si allontanò con un fastidioso sbattere del mantello, per unirsi ai festeggiamenti.

«Spero che non gli dirai tutta la verità» ghignò Xar.

«Ssssì» disse Caliburn. «Credo che tralascerò il fatto che la spada è fatta di Magia e ferro mischiati insieme. E che Spremucco è stato infettato. E lo Stregone nella roccia. E Desideria come incarnazione del destino… Ora che ci penso, non posso raccontargli granché, giusto?»

«Be', di certo non rivelargli QUESTO» disse Xar, con un guizzo malizioso negli occhi, aprendo la mano.

Lì, al centro esatto del palmo, c'era una pallidissima macchiolina di sangue di Strega.

Caliburn gracchiò orripilato. «La macchia! Cos'è successo? Ero sicuro ce ne fossimo liberati!»

«Anch'io» ridacchiò Xar richiudendo la mano. «Ma devo essermi staccato dalla pietra troppo presto. E sai qual è la cosa più bella in tutto questo?» Xar non riusciva più frenare la propria emozione. «*Credo che stia già cominciando a funzionare!*»

«Ma… ma… ma… Xar!» balbettò il povero Caliburn. «È Magia Malvagia! Da una fonte oscura! Con tutto quello che abbiamo passato pensavo avessi imparato la lezione e fossi una persona migliore, proprio come ha detto tuo padre! Qual è stata la morale di tutta questa storia?»

Non vi libererò finché
il ragazzo non sarà diventato
un adulto saggio e riflessivo

Ma Xar si era già allontanato perché non voleva perdersi la Festa-di-Xar-Che-Non-È-Diventato-Magico.

Gli spiritelli si unirono entusiasti alle celebrazioni e schizzavano da una parte all'altra, combinando le loro solite birichinate.

Tempestizza si divertì tantissimo a lanciare incanti ai piedi delle persone, in modo che quando li raccoglievano assomigliavano a cibi squisiti, come una bella fetta di torta di mele, ma una volta messi in bocca si trasformavano in cose disgustose, come una lumaca gigante.

Spremucco lanciò un puzzincanto (anche se, come suo solito, lo sbagliò, perciò invece che puzzare di uova marce aveva un ottimo profumo di limone).

E Xar si mise in mostra con tutte le ragazze più carine, senza una sola preoccupazione al mondo...

Nel frattempo il povero Caliburn se ne stava appollaiato su un ramo, a tormentarsi e a tentare di tirarsi su il morale.

«Forse, visto che il Re Stregone è morto» si diceva, «le Streghe torneranno in letargo. Forse anche se si risveglieranno ancora nel corso della nostra vita non troveranno la ragazza, perché lei non è così stupida da avventurarsi di nuovo fuori dal forte, perché *forse* lei è una di quei rari umani che imparano dai propri errori.

«*Forse*.»

Poi, come succede sempre con le preoccupazioni, avendo messo a tacere un tormento, passò subito a un altro.

«Xar desiderava la Magia e l'ha ottenuta, ed è Magia davvero Malvagia… e se suo padre lo scopre sarà nei guai più che mai…» si angosciava Caliburn. «E anche se sono contenti di lui ORA, non ci vorrà molto perché si ricordino di tutte le passate disubbidienze, come dire le parolacce a un cane mannaro e cose del genere…»

Il vecchio corvo piegò la testa da una parte all'altra, valutando le alternative.

«Ma forse Xar imparerà a controllare la Magia prima che suo padre lo scopra. C'è del bene in Xar e questa avventura lo ha dimostrato. Il *bene* in Xar controllerà il *male* del sangue…

«Forse…

«*Forse.*»

«Caliburn!» gridò Xar da sotto. «Smettila di startene lì tutto cupo e angosciato!»

Xar si guardò intorno per vedere che nessuno li stesse osservando, e puntò la mano con la macchia di sangue di Strega contro il ramo dell'albero.

Aveva tentato di fare Magie un migliaio di volte prima di allora e non aveva mai funzionato.

Ma questa volta fu diverso.

Questa volta avvertì un intenso formicolio, come di aghi che lo pungevano lungo tutto il braccio. Sembrava che qualche strano muscolo mai sentito prima si stesse allungando e srotolando.

E con sua enorme soddisfazione poté sentire la Magia esplodergli dalle dita.

BAM!

Fece saltare in aria il ramo su cui era appollaiato Caliburn, e con uno stridio scontento il vecchio uccello precipitò in un turbine di piume per rialzarsi in volo, protestando davanti al viso ghignante di Xar.

«HA FUNZIONATO!» gridò il ragazzo, felicissimo, guardandosi la mano. «NE È VALSA LA PENA! ALLA FINE HO OTTENUTO LA MAGIA!»

Caliburn trasse un sospiro profondo, molto profondo.

La morale della storia era tutta sbagliata.

E ci sarebbe voluto *moltissimo* tempo prima che Xar imparasse a essere buono.

Ma nel frattempo…

«Rimanda la preoccupazione a *domani*, vecchio uccellaccio!» sorrise Xar. «Stasera si BALLA!»

Il ragazzo prese il corvo per le ali e il vecchio

uccello dimenticò le proprie angosce e si sentì come un pulcino tra le mani di Xar che lo lanciavano di qua e di là, danzando, sotto il gelo delle stelle notturne.

Epilogo

Ecco, questa è la storia di Xar e Desideria e di come le loro stelle si siano incrociate a mezzanotte, tanto, tantissimo tempo fa, in un antico passato.

Prima che le isole britanniche sapessero di essere le isole britanniche, quando la Magia viveva nei boschi oscuri.

E, un po' come Caliburn, anche io sto ancora cercando di capire qual è la morale della storia.

Bisogna dar retta alle storie, perché le storie vogliono sempre dirci qualcosa.

Ma quel che mi preoccupa è… COSA, per l'esattezza?

Questa è la storia di come Xar ha ottenuto la Magia e di come Desideria ha scoperto di essere speciale e di come il Re Stregone è fuggito dalla pietra.

Quindi tutti hanno visto i propri desideri avverarsi, ma *non* come si sarebbero aspettati.

Perché – e credo di averlo già detto un paio di volte prima d'ora – dovete stare attenti a cosa desiderate, ragazzi.

I vostri desideri potrebbero avverarsi.

All'inizio della storia vi ho detto che a narrarla sarebbe stato uno dei personaggi.

Avete indovinato quale?

Io potrei essere uno qualsiasi di loro, no?

Xar o Desideria o Stiletto la Viceguardia del Corpo che sogna di essere un eroe, Sychorax o Incanzo o uno degli spiritelli o quel vecchio uccellaccio, Caliburn, il corvo che ha vissuto tante vite.

Potrei essere uno qualsiasi di loro, buono, cattivo, o un po' e un po'.

Non vi darò la risposta per il momento.

Dovrete continuare a pensarci.

Perché non siamo ancora arrivati alla fine della storia, proprio per niente.

Il Re Stregone si è liberato dalla pietra come un genio dalla lampada. Tornerà a cercare Desideria, perché lei possiede la Magia-che-ha-potere-sul-ferro.

Xar, invece, ha ottenuto un po' di Magia Malvagia, e noi non sappiamo che piega prenderanno le cose.

Sotto il cuscino di Desideria, il *Libro degli Incantesimi* dorme. Ma potrebbe svegliarsi in qualsiasi momento. Speriamo che Caliburn abbia ragione e l'aiuti a sconfiggere le persone malvagie dalla Magia potente e dal cuore crudele, che potrebbero volerle rubare i suoi poteri speciali…

PERCHÉ DOVE C'È UNA STREGA, CE NE SONO ALTRE…

Continuate a sperare.
Continuate a pensare.
Continuate a sognare…

Firmato: Il narratore sconosciuto

Un tempo c'era la Magia...

Un tempo c'era la Magia
che libera volava via.
Su strade di cielo e sentieri di mare
e nel tempo infinito che sempre scompare
parole insensate avevan potere:
le porte volanti, gli uccelli parlanti,
le Streghe ghignanti, i grandi giganti.
Avevamo bacchette, avevamo le ali,
abbiam perso il cuore per cose irreali.
Pensieri impensati, finali felici,
Maghi e Guerrieri diventino amici.

In un mondo impossibile eppur vero
si è persa la Magia, l'incanto è andato via.

Ma rivedo di nuovo il sentiero nascosto
che ci porta a casa, ci riporta nel bosco.
Ritrovate gli incanti, ritrovate le ali
canterò il nostro amore per le cose irreali;
e se mi stringi la mano svanita
torneremo entrambi alla Magica vita
dove abbiam perso il cuore molti anni fa:
perché siamo stati Maghi un tempo.
Già.

RINGRAZIAMENTI

Molte persone mi hanno aiutata a scrivere questo libro.

Grazie alla mia fantastica editor, Anne McNeil,
e alla mia magnifica agente, Caroline Walsh.

Un grazie speciale a Jennifer Stephenson,
Polly Lyall Grant e Rebecca Logan.

E a tutti gli altri di Hachette Children's Group:
Hilary Murray Hill, Andrew Sharp, Valentina Fazio,
Lucy Upton, Louise Grieve, Kelly Llewellyn,
Katherine Fox, Alison Padley, Naomi Greenwood,
Rebecca Livingstone.

Grazie a tutti di Little, Brown:
Megan Tingley, Jackie Engel, Lisa Yoskowitz,
Kristina Pisciotta, Jessica Shoffel.

E soprattutto a Maisie, Clemmie e Xanny.

E a SIMON per i suoi eccellenti consigli su tutto.

Non ce l'avrei fatta senza di voi.

Non perdere un'altra avvincente storia di

CRESSIDA COWELL

Finito di stampare nel mese di febbraio 2018
presso Grafica Veneta – via Malcanton, 2 – Trebaseleghe (PD)
Printed in Italy